邪神金融道

クトゥルー・ミュトス・ファイルズ
The Cthulhu Mythos Files

菊地秀行
Kikuchi Hideyuki

創土社

目次

一章　雨の邂逅は危《やば》いというお話

1

　その年の十二月三十一日、我が「ＣＤＷ金融」は銀座のふぐ料理屋で忘年会を挙行した。

　こんな、まともな店なら正月の三日まで休業中というこんな時期に、よくもやらかしたものだが、当日の昼過ぎまで、追い込みをかけていたんだから仕様がねえ。

　テーブルにならんだ鍋を囲んで、副社長の万茶《まんだ》羅《ら》が、今年も良くやってくれた、来年も奮起を期待するという社長の言葉を伝え、乾杯の号令をかけると、たちまち十人の社員どもは、それぞれの話題に没頭しはじめた。

　おれの右隣は、色摩《しきま》大助で、左は万茶羅副社長。副社長は早速テーブルの下から足を伸ばして、向い側の経理・西さおりの膝頭をこちょこちょやり出しているから、必然的に話し相手は色摩になる。

　おれはこいつが嫌いだ。

　名前どおりの変態で、勧誘の電話をかける相手も何処ぞの専業主婦ばかり。こっちはなるべく高い金を長期にわたって融資し、利ざやを稼ぐのが仕事だから、おれたち営業の的は企業が多くなる。

ま、大企業は無理だ。狙いは中小企業。家族三人でやっているちっぽけな町工場だって企業には違いない。少なくとも、その辺のしがねえ婆ちゃん予備軍の中年主婦どもよりマシだろう。

ところで、色摩大助は、今年の夏に入社した途端、その月二位の成績を上げやがった。あっという間に都合三十件――利息を込みで二千五十四万七百十五円の貸付けを成功させ、社長賞を受けてしまったのだ。

たちまち社内に反発の風が渦巻いた。

「家族と親類が多いんだろうね」

「お友だちもよお」

「やれやれ、わが社のお得意はこれからオミズの姐ちゃんばかりかよ」

おれはそう思わなかった。反発した連中も本当はわかっていたはずだ。金貸しが親類縁者に声をかけたら、それだけで最も小さく、しかし強固な社会的交流が破滅してしまう。物品販売とは違うのだ。色摩が全くの素人ならやりかねがないが、副社長によると、二十五歳で金融営業歴八年になるという。高校中退でこの世界へ首を突っ込んだわけだ。もう足なんか洗えっこねえ。そんな野郎が反発どおりのミスなんかしでかすもんか。こいつは、亭主の留守に近所の同類を集めてお茶会なんぞをやらかしてるか、訪問販売のたくましいイケメン・リーマンに犯される自分を想像して股ぐらいじくりまわしてる主婦を電話一本でひっかけ、十桁の契約を成功させたのだ。

当人も社内の空気は察しているらしく、入社以来、ずうっと、他の連中とは距離を置いて仕事ひと筋のポーズを見せてきたが、ただひとり、おれにだけは妙に人懐っこくしてくる。一度、理由を訊いたことがある。

「おれに勝てないとわかったからか？」

「とんでもない。最初から僕、なついてたでしょ」

「あんまり馴れ馴れしくするな。迷惑だ。お前の仕事のやり方はおれの性に合わねえ。ついでに、その面も話し方も仕草もだ」

「冷たいなあ」

と天を仰いだが、次の日から今まで相も変わらず、飯行きましょうよ、いいフーゾク見つけました、とやって来る。

経理の西さおりが露骨に面白がってるのがわかるから、ほとんど無視してきたが、一向に気にした風もなく、親愛の情を示してくる。こいつオカマかと思ったが、営業内容からしてあり得ねえ。

とにかく、今年、色摩大助がおれに次ぐ営業成績第二位——百五十七件、五十八億四百万余を稼ぎ出したのは間違いない。どれ一件とっても不払いはゼロなのだ。

どいつが席割りをしやがったと思いながら、おれは銚子を色摩の猪口に傾けながら、

「今年はお前の年だったな」

と話しかけた。

「とんでもない。あなたがいる限り、僕の年なんかありませんよ。いくら頑張っても抜けませんでした。前の社じゃあこんなこと一度もなかったのに」

「いつもトップだったわけか。色男で優等生——天は二物を与えたな」

「嫌味はよしましょう。そうでなくても居心地悪いのに」

「それは仕方がねえ。出る杭が打たれるのは何処の世界でも同《おんな》じだ」

「僕はただ成績を上げたいだけですよ。そうすりゃ会社のためにもなるのに。自由経済主義って嘘ですよね。この国は社会主義国家ですよ」

唇が歪んでいる。おれはようやくこいつを少し

好きになった。

「ま、なんとか頑張るんだな。それが出来なきゃ別の社に行くさ。おまえなら何処でも務まる。なあ、なんでうちみたいなとこへ来たんだ?」

「それは僕の質問ですよ。あなたこそ、どうしてこんなセコい会社にいるんです? あの成績なら超一流企業でも引く手あまたでしょうが」

「それは、あたしも知りたいな」

話に身を入れすぎたせいで、色摩の右隣にいた庶務の八木沢玲子のことを忘れていた。

もうひとりの女――経理の西さおりとは何から何まで正反対。五十歳vs.二十五歳。一〇〇・一〇〇・一〇〇vs.七五・五二・八〇。一五〇センチvs.一八〇センチ。一五〇キロvs.五二キロ。下が玲子だ。おれたちは陰で「案山子《かかし》」と呼んでいる。

「あなたたち二人の存在が『CDW金融』の最大の謎よ。どちらもひと月で転職するかと思ったら――」

おれをじっくり眺めて、

「もう三年目」

色摩へ移って、

「半年目。まともな人間の判断じゃないわ。ま、あなたたち以外はまともな人間だけどね」

「どうなんだ」

おれは色摩に水を向けた。

「そうですね」

色摩はビールのグラスをひと口飲むと、覚悟を決めた殺人犯みたいに自白した。

「――多分、ご存知ないと思いますが、僕はインターネットやティッシュの広告を見て入社したんじゃないんです。神保町を歩いてるとき、社長に声をかけられたんですよ」

「え?」

玲子が地鳴りみたいな声を絞り出した。おれも内心、へえと呻いた。

「あなた——じゃ、初対面で社長の顔見たの？」

「いえ。車が止まって、君——うちへ勤めないかと。びっくりしましたよ。車ってロールスロイスじゃないですか。しかもスモークウインドウで内部は見えない。本当、悪い夢でも見てるんじゃないかと思いました」

「良かったわね。いきなり社長とご対面——なんてなったらあなた、いま程度のやっかみじゃ済まないわよ」

「わかってます。でも、結局、今まで社長の声しか聞いてません。見たのは、磨りガラス越しの影だけです」

「おれもだ。他の連中もそうだろ。西の小母《おば》さんは見たっていう噂があるけど、おれは信じちゃいねえ。なあ二人とも、うちの社長は大金持ちだと思うぞ」

「どうしてよ？」

「人間、金が出来ると神さまの真似をしたがるもんなのさ。声はすれども姿は見えずってな」

「そういうタイプならいいけどな」

色摩がかすかに頭を横に振った。反対の合図だ。

「神田のときだって、普通なら、おかしな奴に眼をつけられたな、さっさと別れようって去《い》っちゃいますよ。ドライバーの姿も見えない世界最高級車から、いきなり就職勧誘と来た。サングラスで顔に傷のある銀バッジのオッさんに腕掴まれて、うちの組に入らねえかとやられる方が、まだ理解出来ますって」

「そらそうだ。じゃあ、いったんは逃げたのかよ？」

「そうです。でも、社長——追いかけて来て」

「車でか？」

「勿論です」

おれは笑いたくなった。

迷惑そうに先を急ぐ兄《あん》ちゃんと、それを追いかけ追いかけ就職を勧めるロールスロイス。

「——そのうち、根負けした？」

玲子が弄《いら》うように訊いた。それが気に入らなかったらしく、色摩は黙ってビールを注いで一気に空けてから長い息を吐いた。

座敷を見回して、気分を変えるように、

「忘年会だってのに、社のトップが姿を見せないし」

これはおれも胸の中で、まったくだ、と同意した。乾杯の前に万茶羅から、社長は病欠だとお達しがあった。その後で例によってとつけ加えられ、みな大笑いした。おれみたいに失笑した奴も何人かいたに違いない。

「いままで出席したことがないって聞きました。訓辞も社長室からマイクだし。社内放送するほど大きな会社じゃありませんよね」

「無え無え」

おれは鍋の具合を確かめながら首を振った。

「けど、成績は大手に負けてねえし。今年も去年を凌ぐ黒字だった。このご時勢にだぞ。おまえの給料だって取り分だって一銭のチョロまかしも遅配もねえだろ。社長が神さまだって、会社はちゃんと動いていく——それで十分さ。おれに言わせりゃな」

「ま、そうですけど何だか気味が悪いですよ。僕やみんなの成績も、実は社長が操ってるんじゃないかって気がするんです」

「おれたちは、本当は神さまが経営している金融会社にいるってか？　残念ながらそいつは無え。副社長が戻って来たら訊いてみろ。あんた何人首吊らせたかって、な」

色摩は、いきなりおれの顔を覗き込んだ。こういう生真面目な顔も出来るらしい。女を口説くときだけかと思ったが。

色摩は鉄仮面を被ってるみたいな顔で、

「先輩も殺してるんですか？」

苦笑でごまかせるかな、と思った。

「言い方を変えろ」

「——死んだお客もいるんですか？」

「いるよ——七人ばかりな」

「へえ」

驚いた風はねえ。納得してるのとも違う。ただの合いの手だった。

「うちの経営者が神さまじゃねえとわかったか？　おれもおまえも天使じゃねえだろ？」

「よくわかりません」

「おまえなあ」

「——じゃあ、あの人、何なんです？」

わかってりゃ、まくしたててやりたかったが、そうはいかなかった。

おれは、ひと渡り後輩どもを見回し、こいつらも同じことを考えているんじゃねえかと疑った。

おれが金融——というより金貸し業界に首を突っ込んだのは、中学を出てすぐだ。口より腕っぷしと押しの強さの方に自信があったから、別の方面で名前が高くなり、何度か血だらけの惨劇もやらかして、故郷《くに》に居られなくなった。胸に拳銃、腹にドスを忍ばせた連中が周囲をうろつきはじめたのだ。

東北の温泉地に身を隠し、自前の米をてめえで煮炊きするような宿ともいえねえ宿で半年ほど暮らしたのは二十歳そこそこの頃だった。

自分では大人しくしていたつもりが、同じような境遇の連中相手に小銭を貸し付け、三日間で身ぐるみ剥いだりしたのが、追跡者の耳に入ったらしい。

ある晩、眼が醒めると男が三人、おれを見下ろしていた。

ひとりは拳銃を握っている。

こりゃダメだ思ったとき、ドアの向こうから、誰かがそいつらの所属事務所とそいつらの名を呼んだのだ。

「××組の○○さん」

男たちは仰天し、眼を丸くして外へ飛び出した。そして、だれも戻って来なかった。

どうなってるんだ、と少々ビクついていると、さっきの声がおれの名を呼んで、

「『CDW金融』という会社をやっている。この旅館の泊まり客、スタッフ全員を身ぐるみ剥いだそうだね。たいしたものだ。どうやって三日で全額返済をOKさせたんだね？　しかも担保をとって」

「あんた、声を聞いてから十分しか経《た》たねえ相手に営業の秘密をべらべらしゃべるのかい？」

「そのとおりだな」

声は満足そうに言った。

「大した金貸しがいると聞いてやって来た甲斐があった。ここを出る気になったら、うちへ寄りたまえ。待っている」

おれが残された名刺を頼りに新宿の雑居ビルを訪ねたのは二日後だった。何か、招き寄せられたような気がした。

2

同じ規模の普通の会社より、少々程度が悪い一次会が終わると、幹事の中川が指示したバーへ移動することになった。取っ組み合いをやらかした二人が先に帰り、後は喜んでついていった。会社

の金で羽目を外せるなんて滅多にない。

出るときは平気だったのに、歩いて五分もかからないバーの前に到着したところで、猛烈な尿意と——雨が襲って来た。

トイレへ駆け込むまで保たねぇ。

バーと隣の蟹料理屋の間に細い路地が口を開けていた。

最後尾だったのをいいことに、おれは素早くそこへ入りこんだ。たちまち濡れネズミの誕生だ。

スッキリしたがさっぱりしねぇ妙な気分だった。

おお急ぎで路地を出たとき、目の前を人影が塞いだ。

待ってた、とわかった。傘はさしてねぇ。

小さな動揺を抑えこみ、

「何だよ、兄さん？」

おれはなるたけ静かに凄みを利かせた。表沙汰にゃなってねぇが、逆恨みされた同業者が刺されたてな、よくあることだ。

年齢《とし》はおれより十は若い。そのくせ、百も老けて見える。おかしな印象の野郎だった。

よれよれの上着と前をはだけたシャツ——コートも着てねぇ。民家へ入り込んで身支度を整えてきた脱走犯みたいだ。それなら無精髭も剃ってくりゃいいものを、ずぶ濡れだから一層貧乏ったらしく見える。

いきなり、そいつはひとの名前を呼んだ。

おれの名前だった。

反応する前に、そいつは右手を上着の内側にへ入れて、丸めた紙を取り出した。街灯の光で、表面の文字が何とか読みとれた。

借用書じゃねぇか。

ハンカチを頭に載せながら、

「同業か？」

と、訊いちまった。

「『須藤金融』の黒川と申します。これ、代わって取り立てて下さい」

「はあ？」

「個人債権です。うまく取り立ててくれたら、半分、おれの家族にやって、後はあんたの取り分にして下さい」

何となく事情が呑みこめた。

瀕死の爺いが念仏を唱えるような声からして、こいつは不治の病に冒されているのだ。それで、もう凄みを利かせられなくなった個人債権の取り立てをおれに代行させ、残った家族を少しでも潤わせてやろうとしているに違いねえ——。胸が熱くなるような人情話だが、勿論、すぐ感動したりはしなかった。

「どうして、おれに——？」

「こういうのは——あんたがいいって——聞きました。名前も知ってたし頼みます」

「誰がいいって言った？　こういうのって、何だ？」

黒川は一歩前へ出て、おれの両手を掴んだ。ぞっとするほど冷たい手——というわけじゃなかった。普通だ。

ただ、濡れていた。

ぷんとある臭いが鼻をついた。

「海から出て来たのか？」

困惑しながら訊いてみた。

「潮の香りを、こんな時間に歌舞伎町のど真ん中で嗅ぐとは思わなかったぜ」

黒川は答えず、書類をおれの手に押しこんだ。

「二億あります。さいしょは会社との取引きでしたが、その会社はもうありません。その時点でおれの個人債権になりました。言いがかりをつける奴はいません。権利の譲渡書も一緒についてます。よろしく頼みます」

下げた頭に雨がしぶいた。

「おい」

「よろしく」

手が強く握られた。本気かこいつ、と思ったら、黒川の表情が急に変わった。

青白い顔が右方を向いてすぐ、身体ごと震えはじめた。コートも無しじゃ風邪引くわな。

一瞬でおれは事態を了解した。言いがかりをつける奴がいないなんて嘘っぱちなのだ。多分、性質《たち》の悪い不良債権を掴まされ、その処理の過程でやくざとトラブったか、やくざの手に入るはずの債権を持ち逃げしたかして追われているのだ。

危ない。しかし、同時に閃いた。追われるくらいだ。この債権は本物の二億円かも知れねえ。

おれは黒川と同じ方を向いたが、通行人におかしなやつは見当たらなかった。

雨に喧騒を売られてる〈歌舞伎町〉の光景がそこにあるきりだ。

だが、黒川の眼には、違うものが見えたらしい。

「おれはもう駄目だ。ああ、クトゥルー。許してくれ」

いきなり反対方向に走り出しやがったスピードは、おれも目を剥く代物だった。

折悪しく通りかかったリーマンとOLとホストに見境いなくぶつかり跳ねとばし、怒号と悲鳴を置き土産に人混みに呑みこまれた。

おれは右手を見た。

書類は確かにある。夢じゃないらしい。あわててポケットへ仕舞った。

「何だ、あいつ？」

もう一度、黒川が消えた方を見てから店へ入ろうとしたとき、

「ねえ」

と声がかけられた。雨が熄んだ。

理由もなくぞっとしたのは、今の出来事に何かおかしなものを感じていたせいかも知れねえ。

真っ白い顔の中で、血に濡れた唇が舌舐めずりしていた。

このブスが、と殴りかからずに済んだのは、先に声を聞いたからだろう。

おれの頭上に、傘をさしかけているのは、経理の西さおり小母さんだった。お白粉《しろい》とどぎつい口紅がおれの目をくらましたのだ。

「何してんのよ、こんなところで?」

「いや、何も」

おれは落ち着いた声を出した。この辺のハッタリなら誰にもひけはとらねえ。

「あんたこそ、何してんだー。みんな二次会へ行ったんだろう?」

「あーら冷たいこと。ご挨拶ねえ。いつまでも来ないから捜しに来てあげたのに」

はっきりと媚を含んだ笑顔が、おれをうんざりさせた。

この五十女がおれに気があると言うのは、前々から社内の噂になっていたし、おれも気がついていた。表立ってからかう奴がいなかったのは、おれの報復を怖れてのことだ。

「ああ、そらどーも」

おれはそっぽを向いて、礼みたいなものを口にした。

「さ、行こうか」

と歩き出そうとしたら、

「おかしな臭いがしない?」

と婆あが鼻を鳴らした。はじめて、首すじを冷たいものが流れた。

「――どんな臭いだ?」

「潮」

と婆あは明言した。

「それと——魚の腐ったような臭い」

「そうかい」

おれは首を傾げた。とぼけてみせたのだ。少し前から、それはおれの鼻孔に忍びこみ、不快な気分を醸成させていやがったのだ。

「ここって築地?」

さおりは鼻と口を押さえた。同じ動作が幾つも視界で生じていた。あっちでもこっちでも通行人が足を止め、四方を見廻して臭気のもとを探り出そうとしている。

「やだ——行きましょ」

さおりがおれの手に腕を絡めて来た。こっちも気味が悪かったが、この場を逃げ出すのにはおれも異存がなかった。

二次会ではしこたま飲み、さおりに送らせて——タクシー代を持たせて——代々木上原にあるマンションに辿り着いた。さおりはしつこく、部屋で酔いを醒ましてあげるとモーションをかけて来たが、車にいる間は酔っ払いモードで相手にせず、マンションの前まで来ると、さっさとひとりで下りて、

「ありがとよ」

頭をひとつ下げたきり、門をくぐってしまった。

整髪料の匂いと体臭がこびりついたベッドにぶっ倒れて酩酊度をチェックする。明日は全国的に休日でも、個人的な仕事があるのだ。

三百万の一割だけ返して逃亡した浅井って禿の潜伏先を昨日突き止めた。千葉市のマンションに、女房と四歳の餓鬼と暮らしている。餓鬼の未来をネタに脅しゃあ何とかなるだろう。うちみたいな中小企業は大手みたいにたるい仕事はやってられないのだ。

酔いは明日の早朝までには醒めると出た。経験

値だ。
　このまま寝こんじまおうかと思った。朝シャワーを浴びればすっきりするだろう。
　急に遠くなった意識が、不意に鮮明さを取り戻した。
　黒川の書類。
　よく考えりゃ、寝ちまっても良かったのだが、これだけは妙に気になった。
　おれはキッチンへ入って、ポットに残ったコーヒーを火にかけ、ダイニング・テーブルの灰皿から吸いさしをつまんで咥えた。チビてようが、ニコチンの香りさえすればいいんだ。
　ぐつぐつに煮えて出がらしみたいになったコーヒーを一杯飲むと、頭がスッキリした。「しんせい」との相乗効果はイケる。
　おれはリビングのソファに灰皿とポットを持ち込み、ソファに寝転がった。ベッドにしないのは、こっちの方が近かったからだ。
　内容はこうだ。
　債務者　赤城《あかぎ》伸子（32）
　債権者　黒川一志（41）
　借用金額　二億円
　金利　月八パーセント
　返済方法　現金にて一括払い
　返済期限　平成二×年四月三十日
　この債権は、平成二×年十二月三十一日をもって、黒川一志からおれに譲渡されるものと銘記されていた。
　別に譲渡書類が一通あり、そこにもおれの名前がプリントしてあった。
　おれが判を押してサインすれば、譲渡は完了する。法的に問題はない。
　急に眠気が身体ん中を駆け巡りはじめた。
　法的に問題なけりゃいい。この世の中は多少の例外を除けば、法律に支えられている。おれが相手をしているような連中はみなそうだ。

判を押した奴、サインした奴が、天国へ行くのも地獄を見るのも法律次第なのだ。

書類を耐火耐震金庫へ仕舞い、改めてベッドに横になった。

おかしな申し出も、二億円の譲渡書類も、黒川の焦燥ぶりも、〈歌舞伎町〉のど真ん中で嗅いだ潮の香りも、クなんとかいうひと言も、西さおりの媚態もどうでも良くなっていた。

明日はまた、金融業者としての平凡な一日が待っているのだった。

欠伸ひとつして、意識が闇に――

電話の音がそれを引き戻した。

怒りはしなかった。夜逃げしたバーのママ一家の隠れ家を探し出すために、人を頼んでいた。いつでも連絡してくれと言ってあるから、それかも知れねえ。会社を出たらプライベートな時間なんてのは、幸せなリーマンどものたわごとだ。

「おいよ」

耳に当てた途端、

「外にいます」

しっかりした男の声だった。あんまりしっかりしてるもんで、警察《さつ》かと思い、

「なにイ?」

と訊き返した。

「外にいます」

そいつは全く同じ内容を、全く同じ口調で繰り返した。

「外だあ?　こんな時間に何してやがる?　てめえ誰だ?」

思いきり凄みを利かせてみた。

外にいるんならノックをすれば済む。わざわざ電話をかける莫迦がいるか。

借金はしてねえし、女関係もこのところ平穏だ。酔っ払ってトラブったこともねえ。

わかった。

「てめえ、あれか――黒川のフォロワーか？」

途端に切れた。

「あれ？」

ふざけた野郎だ。少し耳を澄ませてみたが、チャイムが鳴らない。しかし、念には念だ。おれはドアに近づき、ドア・ミラーを覗きこんだ。

いた。それも――廊下にいっぱい。黄土色のフードを被り、同じ色の上衣を着た連中が、ずらりと戸口から廊下を埋めている。見たところ、右も左もだ。

怒る前にあきれ返った。

こんな夜遅く、他人《ひと》のマンションの廊下に制服着て勢揃い。こんな奴らにドアなんか開けてやるものか。何とか教の勧誘だったりしたら大事《おおごと》だ。

おれは無視することに決めた。

どうせ黒川か、二億円の債務者――赤城伸子とやらに絡んだ一派だろう。新興宗教かどうかわからねえが、どいつもこいつも毒ガス撒いたり、人殺しをするわけでもあるまい。

おれは寝室へ戻った。ベッドの脇には長さ三十七センチほどの肉切り包丁がテープで止めてある。外の奴らが狂信者なら、これで相手をしてくれる。二、三人頬でも掻っ切れば大人しくなるだろう。

今度こそ、おれはすんなり眠りに落ちた。あ、テレビが点けっ放しだ。

翌朝、新年初日。いい気分で眼を醒まし、おれはぎょっとした。

部屋中がきれいだ。

床に放り出しっ放しだった新聞や週刊誌や包装

紙の類は、きちんと分別してそれぞれビニール・テープでひと山にくくられて壁際に並んでいるし、ビールや焼酎の瓶は影も形もない。

灰皿の中身はどこかに捨てられて、テーブルもろともきれいに洗い拭きしてあると来た。

リビングもダイニングも同じだった。

点けっ放しのテレビがきちんと消してあるのを見たとき、おれは完全に逆上した。

どこのどいつか知らねえが、勝手に他人の家へ忍びこみ、整理整頓していきやがったのは許せねえ。

壁に貼ってあった矢吹春奈——現・阿部真理のヌード・グラビアもなかった。向うにもファンがいるのか、糞ったれ。

キッチンはどこもかしこもきれいに磨かれ、こびりつき油の天国だったガス・レンジも壁も天井も換気扇も新品同様だ。

これは、おれの部屋じゃねえ。

「あっ⁉」

気がついた。黒川の債権証書⁉　大慌てで隠し場所を調べると——無事だった。あの頭巾どもを見たら何となく気になって、金庫から別の場所へ移しておいたのだ。机やキャビネットを調べても探られた形跡はないが、こんなことをしでかす連中のこった、荒らされてないとは言えねえ。せめてもだ。

憤然とマンションを出て、通りへ向かう途中に、分別ゴミ置き場があった。

ちらと見て驚いた。

部屋から消えていた酒瓶の類がプラスチックのケースごと置いてあるじゃねえか。

なんて、丁寧な新年のご挨拶だ。

3

「それで怒ったの？」

隣りの田丸優子がシーツの上に上体を起こして、おれを見つめた。

「ああ」

おれは「しんせい」を咥えたまま答えた。

「頂戴」

優子はおれの唇から「しんせい」を奪い取ってひと口吸い、顔をしかめた。

「——変な臭いだと思っていたけど、何よ、これ？」

サイドテーブルの紙箱へ眼をやって、

「『しんせい』？　まだあったの？　こんなレトロな煙草」

小莫迦にしたような口調に、おれは少し腹が立ち、

「何を喫おうとおれの勝手だ。偉そうなことぬかす前に、借りた金払いやがれ」

と罵った。

「返すわよ、いつか。とりあえず利息は払ったでしょ」

「ああ、確かにな」

おれは不貞腐れた様子の優子の髪の毛を掴んで、強引にひき寄せた。

「危ない——灰が落ちるわよ」

「いいから」

今度はおれが女の唇から煙草をもぎ取り、おれの唇を重ねた。

優子は自分から舌を入れてきた。ニコチンの臭いがした。

しばらくべちゃべちゃ絡め合ってから、

「返すったって、手はあるのか？　亭主は夜逃げ

――おめえもおれの女になっちまったしよ」

「今どき、逃げた男の女房を手ごめにする借金取りなんかいると思わなかったから残ったのよ。返すつもりはあったからね」

「――何でもいいさ、返してさえくれりゃあな。おまえが働きてえんなら、いい店紹介するぜ」

「借金取りの知ってる店なんて真っ平よ。どうせ川口のソープか格安フーゾクでしょ。知ってるお店へ行くわ」

「まあ、好きにしな。月に六十万円の十回払いだ。そうそう楽な仕事じゃねえぜ」

「わかってるって」

ついさっき、昼前の部屋の中でおれと関係したばかりの人妻は、明るく、おれの乳首をつまんでひねった。この調子で優子の方から言い寄って来たのだ。おれは借金のカタに身体をよこせなんて、ひとことも言ってねえ。それがバレたら即後ろに手が廻っちまう。働きたきゃ店を、と言ってみただけだ。金額と回数だって単なる確認だ。そもそも契約書を見せて、亭主が逃げたから金を返せと言っただけで、優子は担保の有無を確かめもせず、おれを上に上げ、そして――というわけだ。ひょっとして、借金についてなにも知らねえ女かもな。

「まかしといて。返せばいいんでしょ？　これでも人から借りたお金をチョロまかしたことなんか一度もないんだから」

「ああ、信用してるぜ」

おれも平気で嘘をついた。借りた金をみな返済する？　そんな話、聞いたこともねえ。

ふと、おれは昨夜の黄色い連中を思い出した。あんな奴らも、見たことも聞いたこともねえ。

沈黙からそれと察したらしく、優子は豊かな乳房をおれの胸に押しつけ、

「昨日の連中のことを考えてるの？」

「ああ」

「気味が悪いわね」

「気味が？」

おれは眉を寄せた。

「——んなものちっとも悪《わり》いもんか。腹が立つだけだ。人の家へ勝手に上がりこんで、きれいに掃除してくなんて——舐めくさりやがって」

気がつくと、優子がしげしげとおれを見つめていた。

「——何だ？」

「おかしいわよ、あんた」

「おれがか？」

「ええ。同じくらい気味が悪いわ。ズレてるっていうか」

「何処がズレてる？」

「そういうの、普通、おっかないと思わない？　夜中、眠ってる間に勝手に入りこんで、整理整頓してくなんて、ちっとも筋が通らないじゃないの。普通の人間のやることじゃないでしょう」

「うーん。嫌がらせか」

「なら、あんたたちがやるみたいに、その黒川って人を出せとか廊下で怒鳴ったり、ビラ貼ったりする方がずっと効果的よ。事前にかかって来た、外にいる、の電話だって、何だか気味が悪いわ。異常よ」

「ふむ——新興宗教のやることはわからねえよ」

「あんたも負けてないわよ」

「ま、いいさ。今度来やがったらとっ捕まえて、本当のところを訊き出してやる。それよりおまえの亭主、何処へ逃げたかマジで知らねえのか？」

「ぜーんぜん」

優子は肩をすくめて、おれの胸に唇を押しつけ、ゆっくりと下げて行った。

「どうでもいいわよ、あんな下手糞」

何の話だ？

「もし、連絡があったら——わかってるな？」

凄みを効せたた声に、優子はじっーとおれを睨みつけ、

「いいわよ。すぐ教えてあげる。乱暴なことしないと誓ってくれない？」

「そりゃ、亭主次第だな」

「ケチ。でもいいわ、これ持ってるんだから」

掴まれた。それから持ち上げて、先っちょを軽く指で弾かれた。

「痛て」

「あら」

「何があらだ？　舐めてるのか？」

「いいわよ」

いきなり口にした。勘違いだと思う。

さっきので優子の舌戯が凄いのはよくわかってるが、ぐったりしてるおれに、みるみる芯が通ってくるのには驚いた。

「おめえの亭主——、毎晩これやられて堪りかねたんじゃねえのか？　やり殺されちまうってよ」

「かもね」

優子は口を放して——また咥えた。

おれはぼんやりと六畳の寝室を眺め、

「何だ、あれ？」

と訊いた。

紫色のカーペットの隅に、人形みたいな物が落ちている。普通なら気にもしないのだが、あんまり妙な形なので眼についたのだ。

「ああ、あれ？　亭主の拝んでた神さまよ」

「なに？　おまえの亭主、新興宗教絡みだったのか？」

眉を寄せるおれへ、優子は莫迦にしたような視線を投げかけ、

「今頃、何言ってんのよ。そう言って金借りたん

じゃないの？」

「いいや、借金を返すためだと言ったぞ。野郎、舐めやがって」

「もう舐めてるって」

「やめるな、莫迦野郎」

「金借りる理由は確認しないの？」

「そんな細かいことまで気にして金が貸せるかよ。必要なのはそれらしい理由と担保だけだ」

「あら、うちの亭主にそんなものあったの？」

しまったと思ったがもう遅い。普通ならごまかすのだが、何故か出来なかった
「ああ。実家の持ってる土地だ」

「岩手の？」

「そうだ」

「あんな土地、一銭にもなりゃしないわよ」

「何だって？」

おれは跳ね起きた。よほど凄い形相だったのだろう。半分イヤミの入ってた優子が、怯えの表情を浮かべた。おれはその髪をひっ掴んで激しくゆすった。手加減なんかしなかった。

「どういうこった？」

「やめて、痛い」

「痛いのがイヤならしゃべれ」

「あんな岩だらけの土地――坪百円だって買う奴はいないわよ」

「莫迦なこと言うな、ちゃんと農業区域に入ってたぞ」

「十日くらい前に大地震があって、亭主の実家とその周りの土地はすっかり変わっちゃったのよ。それまではまともな農地だったのが、地面は裂けるは、裂け目から岩が盛り上がるはで、十万坪の農耕地がたったひと晩で岩山だらけの荒地に化けたの。でも法律上は農耕地だから、担保として有効よね」

おれは優子を突きとばして、ベッドから下りた。床のアタッシュ・ケースからノートPCを取り出し、グーグルにつないで、地図検索を開始する。スクリーンに映ったのは、優子の言葉どおりのごつい岩の広がりだった。農地なんかどこにもありゃしねえ。あっちこっちから噴き上がる白い蒸気は硫黄か何かか。

PCを閉じて、優子に近づき、平手打ちをかました。

「何するのよ⁉」

と逆上するのを、もう一発張り倒し、

「もう担保はゼロだ。こうなった以上、おめえが稼ぐしかねえぞ」

ここで、イヤと言われたら、正直打つ手はないのだが、優子は違った。

「だから、働くって言ってるじゃないの。乱暴しないでよ！」

「月に六十万円だ。一日でも遅れたら、上野動物園のライオンの檻へ放りこむぞ！」

五千万円相当の農地が岩山に化ける——おれは怒りのあまり理性とやらを完全に喪失していた。ライオンの件は本気だった。

すぐ社長に連絡して指示を仰がなくちゃならねえ。服を着替えはじめたとき、

「ねえ」

と優子が声をかけて来た。

うるせえとふり向いた眼の先で、仰向けにベッドに倒れた女がおれを見つめていた。

「あたしを放っとくつもり？」

明らかに欲情の声だ。二発も手加減なしのビンタを食らって——こいつ、ひょっとしたら？

「Mか？」

「どうかしら」

優子は右手を黒い茂みに入れた。すぐに濡れた

音が響きはじめた。両頬は瘤みたいに腫れ上がっているのに、表情は恍惚としている。

こいつは掛け値なしのMだ。

「ねえ――誰にもいわないでね。虐めて」

「それどころじゃねえ」

とおれは吐き捨てたが、声には力がなかった。

仰向けになっても、九十はある乳は垂れていない。平手打ちの衝撃のせいで、その身体は熱く息づき、汗さえ掻いている。乳が動いている。心臓と手を組んで上下動を繰返している。指がまさぐる茂みは、ぐちゅぐちゅと濡れた音をたてている。

おれは身に着けたばかりの衣類を脱ぎ捨てた。

「やっぱり、おれがいい店を紹介してやるよ」

「真っ平よ」

優子がせせら笑った。

「この野郎」

おれはまた優子を責めはじめた。今度はやり方を変えた。あれだけ責めても失神しなかった優子は、一分もしないうちに意識を失った。

二章　山と海と、どっちが好き？

1

優子のマンションから、おれは真っすぐ住いへ戻った。

車は三菱のパジェロ5ドアだ。ランクルだから、車高が高くごつい。夜逃げしようとするど畜生のセダンの前にとび出すと、乗ってる奴まで位負けして逃走を断念する。

屋外駐車場に入れて、パジェロを下りた途端、人影がおれを取り囲んだ。他の車の後ろに隠れていたのだろう。

声も立てずに殴りかかってきた。

おれも同じだった。誰だなんて訊くのは、平穏な生活を送っている凡人だ。

前へ出ざま、邪魔な二人の喉笛をひっ掴んで指を食いこませた。爪先立ちになるまで持ち上げた。勢いよく振り回した。手を放したところへ、他の二人が突っ込んで来た。仲間を助けるつもりだったのだろう。

ひとりは跳んで逃げたが、もうひとりにぶつかった。まとめてアスファルトの床へぶっ倒れるのを見届けもせず、おれは外へと走った。玄関は住人識別システムを取っていて、指紋の確認がいる。照合を待つ時間は長かった。

「火事だ火事だ。誰か来てくれ！」

おれは声をふり絞った。

周囲はマンションや貸ビルだが、何の反応もなかった。どいつもこいつも焼け死んでしまえ。

通りへ出る前に追いつかれた。おれは右方のパルサーにとび乗った。屋根まで上がって、地団駄を踏む。ヤワい天井はたちまち凹んじまった。おれの狙いは破壊ではなく破壊音だった。

「出て来い。車をぶっ壊わしてやるぞ」

喚きながら、敵の人数を数えた。六人いる。どいつも三下やくざの顔と服装をしてやがる。組の躾が悪いところなのだ。

三人が車によじ昇って来た。

いよいよか。おれは右手を上衣の内側へ入れた。眼つきも思いきり悪くする。

「大変だ。パルサーが目茶苦茶だ。パルサーが目茶苦茶だあ」

フロントとバックに乗った二人が、おれの足を掴みに来た。

ジャンプして躱わしたとき、三人目が後ろから体当りをかましやがった。

落ちた。しかし、只では落ちなかった。体当り野郎の頭がぶつかる寸前おれの手に触れたのだ。襟を掴んだ。死なばもろとも、来たまえ友よ、だ。

足が屋根を離れる前に、おれは思いきり上体をひねって、そいつを横へ持ってきた。

アスファルトに落ちたのは、そいつが先だった。思い切り早くとび起きるつもりだったが、遅かった。

下にいる奴の蹴りが顎に来た。

のけぞった。脳震盪だ。動けねえ。

「早く、乗せろ」

両脇を取られた。眼が開《あ》かねえ
駐車場の入口の方からエンジン音が近づいて来た。危い。

そのとき――

「こらあ」

と聞こえた。マンションの玄関からだ。

「危《やべ》え」

ひとりが鋭く洩らした。慌てている響きがあった。

「連れ込め」

まだ諦めねえ野郎がいた。車に乗せられたらおしまいだ。おれはまず全身の力を抜いた。男二人でも、男ひとりを運ぶのはキツい。おれは八十五キロある。

「この野郎――ぶち殺すぞ」

左腕を持った男が喚いた。

「何してるんだ、お前ら」


玄関の声が大きく――近くなった。こちらへやって来る。事無かれ主義がはびこる中で、度胸のある男だ。

「畜生」

外道どもは諦めた。怯えてることがわかる。おれを拉致しても、車のナンバーを読まれてポリ公へ連絡されりゃおしまいだ。

「置いてけ！」

おれはアスファルトに投げ出された。右の脇腹にごん、と来た。行きずりのキックか。

痛みをこらえて顔を上げ、車のナンバーを読み取ろうと努めた。只じゃ済まさねえ。

スピードを上げたとき、救いの主がおれのかたわらに到着した。六十近そうな白髪の親父だ。

「畜生――逃げたか。あんたナンバー見たかい？」

「いいや」

おれは苦しそうに答えた。

「見ようとしたけど——駄目だった。あんた——あいつらが壊わしてた車の人か？」

「そうだ。ひでエことしやがって。絶対に許さんぞ」

と、車の去った方をにらみつけながら、急に妙な目つきでおれを見つめた。顔つきと身体《がたい》と雰囲気から、奴らの仲間じゃないかとの疑いが芽ばえたのだ。

「あんた——誰だい？」

尋ねる声も用心深い。

「あいつらが車に群がってるのを見て声をかけたんだ。そしたら。——車上荒らしだよ」

「——そう……らしいな」

男は猜疑心満々の声と眼つきでうなずいたが、おれが手をのばすと、逆らわずに掴んで起こしてくれた。

「ありがとう。後で礼に行くよ。部屋のナンバーを教えてくれ」

「——いや、いい。気にしないでくれ。大怪我——してないよな」

「大丈夫だ」

「それじゃ、一応警察に届ける。あんたも証言してくれ」

「いいともよ」

おれはマンション玄関の方へ歩き出した。男はパルサーのところへ行って、溜息をつきつき傷や凹みを点検しはじめた。

「大丈夫、保険は下りるさ」

と声をかけてやった。

部屋は荒されてなかった。例の証書類の無事を確かめてから、応急処置に取りかかった。

膝を食らった顎より、頸《くび》の骨がズレたような痛みが頭全体をくるんでいる。医者にかかりゃ、何とかなりそうだ。間一髪でずれたらしい。脇腹の方は骨まで響くが、ひびは入ってない。

救急箱を引っ張り出して、ヘッドギヤで首と頭を固定し。肋骨には湿布を貼りつけた。ついでに痛み止めと胃の薬も服《の》む。痛み止めの効果が強いので胃をやられる怖れがある。どの薬も前回病院で処方してもらった残りだ。いや、前々回かも知れねえ。薬てのは、効いて治ったと思っても、処方された分はその回で服み切らねえと効果はないと云われるが、痛くなくなったのに、それ以上使う必要なんかあるものか。溜めときゃ、今回みたいに役に立つ。

痛みが収まるまで待つのも惜しい。おれは早速、PCを使って捜査を開始した。

十分もしないうちに、

「よっしゃ」

おれは舌舐めずりをしちまった。成果は上がった。

川崎の工場街近くにあるオフィスへ入るなり、溜っていた連中が軒並み顔色を変えた。

四人とも、昨日、マンションの前でおれを襲った顔だったからだ。

「て、てめ」

それ以上、ふざけた呼び方が出来なかった。おれはそいつらのうちひとりの眉間に、でかい自動拳銃の銃口を押しつけてやったのだ。

コルト・ガヴァメント45口径——米軍《アメ・ミリ》の制式拳銃が現在のベレッタM92に変わる前の10式だが、9ミリ弾《ミリ》のベレッタなんかとは桁が違う。麻薬を服《や》って痛みを感じなくなったプロレスラーでも一発でダウンさせられるし、制式採用前には牛を相手にパワーを試した。人間にしてみれば、頭くらいもある石を時速一千キロで叩きつけられるくらいのパワーがある。

そいつはみるみる蒼白になった。体中から汗を噴き出す前に、全身が派手に震え出す。

「世話になったな」

おれはゆっくりと撃鉄《ハンマー》を起こした。

そいつは、ひいひいと断末魔の呼吸を繰り返しながら、おれを見つめていた。

「こいつを食らうと、後ろから派手に脳味噌がとび散るパワーがある。見られなくて残念だな、え？」

足音がした。おれは素早くそいつを睨んだ。

別のひとりが、スチール・ロッカーに駆け寄ったところだった。夢中でドアを開け、右手を突っ込む。拳銃《チャカ》でも隠してあるんだろう。

危《やべ》えな、と思ったとき、奥のドアが開いた。

「莫迦野郎――真っ昼間から、おかしなもん出すんじゃねえ」

チンピラは凍りつき、しかし、すぐおれの方を向いて何か言おうとした。

「おめえも悪戯がすぎるぜ、兄弟」

金子のひとことで空気が変わった。怒りから驚き、そして――恐怖。

「社長――こ、こちらは？」

別のひとりが呆然と訊いた。

おれはコルトの撃鉄をそっと戻し、

「オモチャだよ」

と汗みどろに笑いかけた。

改めて社長――金子神介を見ると、茶の縞が入ったブルー・グレーのスーツをぴっちりと着こなし、きれいに分けた七三の髪には白髪一本ない。靴など顔が映るくらいぴっかぴかだ。どこから見てもそれなりの実業家――ただし、ご面相は除く。

「よお」

おれはガヴァを腰の後ろでベルトに差しこみな

がら挨拶した。

金子はすぐ眼を合わせず、棒立ちの組員——もとい「金子興行」の社員たちをひと渡り見廻して、

「いやあ、うちの社員がおまえに用事とはな。知らぬこととはいえ、済まんことをした。ま、後から締めとく。こいつらも仕事だったんでね。大目に見てやってくれや」

「ああ、いいとも。話を聞かせてもらえればな」

棒立ちの襲撃犯どもを、ざまあみやがれと見渡してから、おれと金子は奥の部屋へ入った。

金子は黒檀のデスクの椅子に、おれは皮張りのソファにふんぞり返った。

「で、どうしてくれる？　端っこのやったことだから、トップは知らねえじゃ通らねえぞ」

おれが遠慮なく凄むと、金子は苦い顔で、

「仕事だ。仕様がねえ」

「ほお、そうかい、おれとおまえは何だったたっけな？　さっき兄弟とか言わなかったかよ？」

「——わかったよ」

金子は思いきり背中を椅子の背にぶつけて、

「治療代込みで五十万でどうだ？」

「莫迦野郎」

「じゃあ——七十万」

「おまえも小さくなっちまったもんだ。人間、金ができると大きくなるのは腹だけだというが本当だな」

「百万」

「びた一文いらねえ」

「えっ？」

喜ぶ代わりに、金子は火の用心、という表情になった。

おれは立ち上がって、デスクの前へ行った。

両肘をでん、と突き、広げた両手の平の上に顔を乗せて、

「依頼人――教えろや」

「おい、そいつは――」

「おめえから聞いたとはわからねえように手を打つからよ。な、頼まあ。これこそ昔のよしみってもんじゃねかか」

「聞けねえな。バレたらおれはこの世界でやってけなくなっちまう」

「大丈夫だって」

「おまえの保証なんか当てになるもんか。そもそもおれを何回騙したと――」

「昔の話はよそうや。今じゃおれはこの世の中でいちばん堅い商売で身を立ててる。お互い、そこを崩したかねえだろ？」

金子はそっぽを向いた。

おれはその眼の前に、凄みをきかした顔を突き出した。

「この頃の警察は不祥事つづきで、警視総監直々にヤキを入れろとお達しがあったのは知ってるよな。かたぎの衆をボコったやくざとその組長――TV局の絶好のネタだ。この頃のレポーターてのは、一億の視聴者が味方についてると錯覚してるから、やくざなんか怖がらずに突撃取材してくるぜ。おれは一切を隠し立てせずインタビューに応じるつもりだ。おまえのとこの社員にどんな目に遭わされたかについては、少々大げさにしゃべるかも知れねえな。おめえらもわかってるだろうが、近頃の世の中は清潔がモットーでな。いったん汚れてるとわかったが最後、絶対に受け入れてもらえねえ。ま、廃業は間違いねえな。おめえ、女房も子供もいるんだろ」

「ああ。親父とお袋も健在だ。みんな仲良くやってるよ」

「ならここは踏ん張りどころだ。家族のために漢《おとこ》になれや」

おれにも踏ん張りどころだった。どっちの精神《こころ》が先に折れるか、だ。おれは金子をじっと見つめた。勝てると思った。奴の横顔には、これまで見たこともない脆さが染みのように広がっていた。もうこいつやおれの時代じゃねえんだ。

ある音がおれの意識を奪った。テーブルの上に乗ったグラスや皿が、地震の揺れで踊り出す——あの音だ。ただし、方向が違った。おれの眼は斜め後方を向いた。

神棚だ。現実的な仕事に従事している人間ほど、神頼みの傾向が強い。やくざの事務所には、大概立派な神棚が高みから信心深いゴロツキどもを見守ってくれている。

金子は突然、こっちを向いた。はっきりと覚悟のほどが顔に被せてある。やった。感謝するぜ神さま。

「御不動様がしゃべれと言ったよ。依頼して来たのはなあ」

凄まじい破裂音が、金子の言葉とおれたちを薙ぎ倒した。細かい破片がいっぺんに顔面と頭に叩きつけられた。幸い突嗟につぶった眼は無事だったし、マフラーのおかげで顔も何とかなった。何よりも神棚に金属が殆ど使われてなかったのが生命拾いの原因だ。

金子は床に伏せていた。ひいひい言ってるところを見ると無事らしい。

「おい」

声をかけた。まだ顔を押さえてヒイヒイ言ってやがる。

「情けねえ野郎だな。も少し気張れや」

襟首を掴んで立たせ——おれは息を呑んだ。

木だらけの神棚にも金属の部分があった。芯の出た灯明台が。そのひとつが金子の右眼から生えていた。

おれは思わず床の上を見た。もうひとつの灯明台を探したのである。見つける前に、組員――じゃねえ社員が駆けつけて来た。

「社長――わっ？　て、てめえ、何しやがる？」

全員がおれに歯を剥いたのは当然だ。

「違う。客人じゃねえ。神棚が壊れたんだ」

二個のローラーの間から絞り出されるピザ皮みたいな金子の呻きが、社員たちを止めた。シャツの内側《なか》に手を入れてる奴までいたから、おれは少しほっとした。

「済まねえが、この様だ。またにしてくれ」

金が出来て太ったといっても、そこは現役だ。社員に不様な真似は見せず、血まみれの顔でおれに挨拶してから出て行った。

おれも出るしかなかった。

通りまで、社員たちの眼つきが気になった。今すぐにでもおれを八つ裂きにしかねない面構えしてるくせに、なんか避けてやがる。

パジェロを停めてある有料駐車場へと歩き出したとき、前から二十代そこそこと思しいアベックがやって来た。

茶髪で身体中に安物のアクセサリーをくりつけた小娘とジャケットの下はユニクロのTシャツにエドウィン（らしい）のジーンズのチンピラだ。

三メートルあたりで、ヘラヘラ笑い合ってたのが二人しておれの方を向き、いきなり両眼を剥き出した。金子のところの社員と同じ眼つきだ。素人の分だけ胆がすわってねえから、表情も露骨だった。

小娘が、おれの方に右手を上げるのを、チンピラがあわてて押さえた。人を指さすなというエチケットくらいは知ってるらしい。

しかし、おれから眼を逸らさねえ。

おれが近づいても突っ立ったまま見送るつもり

らしい。

　すれ違いざま、おれはじろりと眼技を使ってやった。現役の頃は、近所一の愛想が悪い煙草屋の婆あと、手癖が悪いと評判の餓鬼に小便をチビらせた実績がある。婆あはその後二週間くらいでくたばり、餓鬼は自閉症にかかったそうだ。

　効かなかった。

　アベックは少しも表情を変えずに、呆然とおれを見送り、おれもふり向きはしなかった。多分、女は指をさしてるに違いない。

　パジェロに乗るつもりが、昼飯がまだだと胃腸が凄み、駐車場から十メートルそこそこのファミレスに入った。

　入った途端に空気が凍りついた。

　店内を七割ほど埋めた学生やＯＬやリーマンや家族連れの視線がおれに集中し、レントゲン写真みたいにおれを貫いた。

　こいつらもか。何がおかしい？

　怒鳴りつけたいのをこらえてウエイターを待っていると、黒服の支配人がやって来て、

「あの、申し訳ございませんが」

と切り出した。あの眼だ。

「何だよ？」

「お客さま、失礼ですが、その胸のお飾りを取っていただく訳には参りませんでしょうか？」

「飾り？」

　おれは視線を落とし――はじめて気がついた。

　これなら、あの眼つきになるしかねえわな。

　金子の事務所で吹っとんだもうひとつの灯明台が、やっと見つかった。おれの左胸に深々と突き刺さっているのがそれだ。

　おれのきょとんとした顔を見て、マネージャーは、

「今まで気がつかなかったんですか……？」

と訊いた。なに死人みてえな面してやがる。

「こいつは気がつかなかった。悪《わり》い悪い」

冗談だよと笑顔をこしらえて、おれは手をかけ、引き抜こうとした。

びくともしねえ。

何度やっても駄目だ。一センチもねえ鉄の芯が刺さったくらいで起きる筋肉の凝縮なんかたかが知れている。餓鬼だってちょちょいと抜いちまう。ところが何の変哲もない灯明台は、マッコウクジラの肉に射ちこまれた鋼鉄の銛みたいに、ぴくりとも動こうとしないのだ。

おれは苦笑を引っこめ、恐怖の表情を代わりに立てるマネージャーへ
「おい、引っ張れ」

と命じた。マネージャーは従った。渾身の力をこめてるのは間違いねえ。だが、徒労に終わった。

「お客さま……これは？」

「おれに訊いたってわかるかよ。芯に接着剤でもくっついてたんだろ」

「血も出てらっしゃらないようですし、あの、痛みは？」

「全然ねえ」

「そうすると、やっぱり、接着剤でしょうか」

「だろ。仕様がねえ。このままオーダーさせてもらうぜ」

「それは、あの……」

「胸に灯明台がくっついた客には、飯が出せねえってのか？」

「いえ――そんな」

結局、マネージャーは手ずから喫煙席へおれを案内し、アメリカン・ハンバーグとエビフライのミックス・プレートをオーダーされる羽目になった。

じゅうじゅう音をたてるアメリカ産のひき肉を

食いながら、おれは奇妙な灯明台の事を少し考え、すぐにやめちまった。わかるわけがないのに、頭を悩ましたって無駄だ。いつか外れるさ。

「ん？」

気がつくと、三歳くらいの太った餓鬼が通路に立って、おれを見つめている。

「――何だ、でぶ？」

真向いの席で、母親らしいのが血相を変えたが、餓鬼はびくともせずにおれの胸を指さし、

「それ、３Ｄ？」

と訊いた。

おれだってそれくらいは知ってる。おれがこのでぶと同じ年頃に、アメリカの漫画映画はしょっ中、画面から飛び出して来たものだ。

「それだ」

おれは右の拳を左手に打ちつけた。

「そうだぞ、でぶ。よく教えてくれた。エビ食え、エビ」

フォークに刺したエビフライを、餓鬼はありがとうのひとこともなく受け取り、ひと口食《や》ってから、

「――でもさ、それって触われたじゃん」

と言った。

そう言やそうだ。３Ｄは映画だ。おれやマネージャーに触われるはずがねえ。

「そうだな。おまえ、どう思う？」

答えなんか当てにしてなかったが、餓鬼は、

「いま、アメリカ映画は、タッチャブル３Ｄをめざしてるんだって。それじゃないの？」

「何だ、そりゃ？」

エビをモグモグしながら言った。

「タッチャブル――触われるって意味だよ。画像の分子密度をもの凄く濃くすると、お客さんが触われるようになるんだって。宇宙船や恐竜の肌触

わりもすぐ実感出来るらしいよ。女の人のおっぱいも触われるよ、おっちゃん」

おれは餓鬼からフォークを取り上げ、頭のてっぺんをはたいてやった。

「餓鬼がなににやついてやがる。帰れ！」

びえーん、びえーんと泣きすがられて、母親らしいのがヒスを起こした。

「なんてことするの？　ちょっとふざけただけじゃありませんか」

「やかましいや、このお気楽女」

とおれは言い返した。

「こんな色餓鬼育てやがって。三歳児がおっぱいでへへと涎《よだれ》たらしてどうする？　おい、奥さん――あんたまともな服装《カッコ》して、まともな学校も出てるんだろ。まともな躾も受けてるよな。それが子供に言っていいことと悪いことの区別もつけさせられねえのか。それともなにか、亭主が留守の間に男引っぱりこんで、子供の前であれ、、して見せてるのか？」

おれの地声は本来低いのだが、その気になれば幾らでも高くなる。

餓鬼は泣くのも忘れて呆然と立ちすくみ、腐れお袋は眼の玉がとび出すくらい眼をひん剥き、他の客と従業員はその場で石に化けた。

とても飯なんか食う雰囲気じゃなくなり、何人もの客が席を立ちはじめたが、おれは構わず残りのハンバーグとエビフライを平らげ、セットのコーヒーも飲み干して、意気揚々とファミレスを後にした。こんなことで食い残して堪るか、勿体ねえ。

駐車場へと歩きながら、おれは次の訪問先を考えた。病院か映画館か。

決めたのは、そのときかかって来た電話だった。

「――これは社長。どうしました？」

携帯の小さな送信孔の奥で、

「用がある。すぐ来い」

それだけ言って、通話が断たれた。

2

ドアを開けると、灰色の部屋がおれを迎えた。

どんな会社も同じかも知れねえが、休日の社内というのは、荒涼たる廃屋を思わせる。

並んだテーブルとそれを埋める書類の山とパソコン、資料用ロッカー、乱暴に脱ぎ捨てられたサンダル、そして、社内の帝王――電話。

仕事中はあれだけ熱くどろどろとしたものに溢れてる社内が、今は百年も放ったらかされた虚ろな空間だ。

万物に神が宿るてのがこの国の宗教観だが、とてもそうは思えねえ。パソコンはパソコン、コーラの瓶はコーラの瓶だ。

社長室のドアをノックすると、

「入れ」

と主の声がした。

来客用の本皮張りのソファと墨檀のデスクはいいが、いつも危《やば》いと思うのは、その向うの磨りガラスの衝立だ。社長は今日もその奥にいた。

ダーク・スーツとネクタイの上の顔は、かろうじて眼鼻の所在がわかるくらい――つまり、じれったい程度に滲んでいる。なぜ、こんな真似をするのか、会社の誰に訊いてもわからない。人間、金が出来て年を取ると、神さまに近くなるらしいというが、それか？　何となくTVのニュース番組に出てくる顔の出せない証人を思い出しちまう。

「色々と大変だったようだな」

社長は若いんだか爺さんなんだか、よくわからない口調で言った。顔の形や立派な顎髭からして社長だと思うが、それも実物を見ないとわからねえ。

「いやまあ、慣れてますから」

「それは結構だな。事情を話してみろ」

おれは少しもごまかさずに打ち明けた。社長にいわれると逆らえない。これはみなそうらしく、酒の席でしょっ中話題になる。別に脅しのテクニックが使われているわけじゃないのに、絶対にしゃべらないと誓っていた内容も、みいんな口を衝いてしまうのだ。一種の瞬間催眠術に近い。そこにいるのに絶対に顔を見せない経営者——そんな野郎の会社を誰も辞めないというのもそのせいか。

「灯明台を見せろ」

聞き終えると、社長はまずこう言った。お言葉に甘えて磨りガラスに近づいたら、いきなり横から手がのびて、灯明台をひっ掴み、あっという間に抜いちまった。

さすがに驚いた。

「社長——3Dじゃなかったんですかね？」

「ああ。おまえは都合のいいように事実を曲解しすぎる。もっと虚心坦懐に物事を見て理解しろ」

「お言葉ですがね、爆発した神棚からとび出して、人の心臓に突き刺さりやがった灯明台ですぜ。しかも、誰がやっても抜けねえし、痛くねえ。3Dしか考えようがないんじゃありませんか」

「私は抜いたぞ」

「そら社長が映画会社の奴から消し方を聞いてたんでしょうが。色摩の野郎が何社かに金貸してましたよね」

「おまえはどう思う？」

「何をスか？」

「灯明台の件だ。なぜこんなことになったと思う？」

「そら――神棚が爆発して、灯明台のひとつは金子の糞ったれの眼を貫き、ひとつはおれの――」

「何処に３Ｄの入る余地がある？」

「……」

「それに、おまえの旧友の眼に刺さったのは、本物の灯明台だった。おまえだけ違うというのはおかしくないか？」

「じゃあ、何だってんです？　おれの胸の灯明台も本物だった？　なら痛くもねえし、血も出ねえのはどういう理由《わけ》ですか？　やっぱ３Ｄですよ、３Ｄ。ほれ、シャツにだって、穴は開いてませんぜ」

「金子のは罰だ。おまえを招いてしまったことへの、な。おまえのは警告だ」

胸の中で、はあ？　と声が上がった。

「警告？　何のです」

「余計なことに首を突っこむな」

ピン、と来た。

「やっぱり、あれか。黒川の野郎の」

「そうだ」

社長がはっきり断言してくれたおかげで、少しすっきりした。

「すると、あの借金をチャラにすりゃ、おれの身には何も起こらねえと？」

「そうだ」

「冗談じゃねえ。おれはやめませんよ。二億ですぜ、社長。会社へ一円も廻さねえで、半分が懐ろに入るんだ。絶対に手離しません」

「おまえなら、そう言うだろうと思っていた。ま、しっかりやれ」

顔も知らねえ身内から、こう言われると、素直に納得できないものがある。

「しかし、社長、神棚を爆発させて金子の眼までつぶしちまった相手にしちゃ、おれに対して３Ｄ

だけなんて、警告にしても甘すぎやしませんか？」

「それは、お前には取り立てる権利があるからだ。黒川の債権は、いまおまえに渡っている。だから、奴らも無茶はできんのだ」

「灯明台で人の眼をつぶす奴らが、権利や義務は守るってんですかい？」

「そうだ」

おれは口が閉じなくなった。呆きれ返ったのである。この妄想野郎の下から、早いとこ出てった方が良さそうだ。

そんな考えが顔に出たのだろう。こっちを向いていた影絵みたいな顔は、はっきりと笑った。

「神さまてのはな、意外と律儀なものなのさ」

「そんなもンですかねえ」

金物で鼻をくくったような返事をしてから、おれは驚いた。

「――神さま？」


返事はない。社長は笑っているようだった。

「おまえと寝た女の部屋に、おかしな像があったと言ったな」

「ええ――。あれが神さまスか!?」

「さて、な」

意味ありげに言うと、この社長えらく様になる。

「でも、あれは黒川とは関係がねえ、別の客のもんですぜ。逃げ出しやがったが」

「そっちもしっかり取り立てて来い」

社長の声が厳しくなった。胸にぴしりと食いこんだ。

「わかりました。とりあえず、そんなとこで」

ひとつ頭を下げたとき、社長がまたも意味ありげに、

「その二億――会社《うち》に譲らんか？」

「へ？」

「会社のになれば、社を挙げて力を貸すぞ。おま

えの取り分は、そうだな——一千万でどうだ？」

「冗談じゃねえ！」

おれは断固、否定した。

「悪いが一億と一千万じゃ話になりません。勘弁して下さい」

「そうか。そりゃ残念だ」

意外とあっさり引いたので、おれは握りしめた拳をゆるめた。勿論、喧嘩用だ。

「ま、しっかりやれ」

「どーも」

社長の気が変わらないうちにと、おれはひとつ頭を下げてドアへと向きを変えた。

「おい」

ふり返った鼻先に壜みたいなものがとんで来た。

「うわっ」

間一髪受け止めたのは、おれの反射神経ならではだ。他の奴ならもろ鼻の頭に激突させていただろう。

「な、何すんです、社長!?」

「いい動きだ。何かやってたのか？」

「小学校の頃から古流柔術です。近所に凄え爺さんがいたもんで。筋がいいって褒められましたよ」

「そうか。この仕事にはそっちの方が役に立つかも知れんぞ」

おれは手の壜を見つめ、露骨に顔を歪めた。

「何です、『赤穂の荒塩』？　打ち入りですか？」

「討ち入りだ」

と社長は訂正して、

「塩を舐めるな」

とつけ加えた。舐めねえよ、こんなもの。高血圧になっちまう。

「古代の哲学者は、万物は塩から出来ていると考えた。

いわく――

〝獣類の本質をなす塩を抽出し、これを保存する時は、発明の才に恵まれし者なれば、その実験室内にノアの方舟を貯えおき、好むがままに、獣の死灰を材料に、もとの形を復元し得るものなり〟だ。

〝その塩の素が力持てる者なれば、塩となりても敵対する力を迎撃し、放逐すべし〟と続く」

おれにわかったのは、

「社長――、インテリなんですねえ」

ということだ。

「おれにゃさっぱりわからねえ。ま、とにかく餞別のつもりで頂戴しときますよ。ありがとうございます」

おれは壜をポケットに収めて、社長室を出た。

二億が生活の中心になっても、仕事はきちんとやらなきゃならねえ。正月だからって追い込みはあることを、債務者どもに思い知らせるのだ。

おれは個人宅と携帯へ催促の電話をかけはじめた。
十二、三本目に電話がかかって来た。
「誠に失礼ですが、五千億円ほどお借りしたら、利息はどれくらいになるでしょうか？」

おれは冷静に、

「冗談かい、あんた？」

と訊き返した。相手は少しあわてた風に。

「とんでもない。真面目な依頼です。一両日中に五千億円必要なんです。もしも、都合がつかないとおっしゃるなら、失礼いたしました」

「お待ち下さい」

おれは素早く紳士モードに切り換えた。

「我が社としても、はじめての金額でございまして、少々お待ち下さい――上の者と相談してご連絡したいと存じます。そちら様の電話番号とお名前をお教え願います。――んと、らりえーふじょう協会の日本支社長・坂崎良平さんですね？　カタカナのラとリとエで棒引き。ラリエーで、ふじょうは浮き上がるの浮上。ご不浄と間違えられるって。はは、大丈夫ですよ。はい、折り返しお電話いたします」

電話を切ると、おれはすぐ大垣部長に連絡した。

太っ腹な男だが、今回ばかりは唸った。

「うーむ。話がでかすぎる。社長決済だな。こいつは本来、銀行の商談だぞ」

「しかし、うちへ来た以上、放っとく手もありませんよ。五千億」

正直おれはどうかしていたんだ。後になって考えると、この金額を聞いただけで、ペテンじゃなくとも、うちの扱える話じゃねえと、丁重にお断り申し上げたはずなのだ。大垣部長だって、言下に、無理だ、よせ、と言い放ったはずだ。それが社長決済。

しかし、おれは意欲満々だった。五千億――担保さえきっちり押さえときゃあ、途方もない儲けになる。うちが現金を揃えられればだが。――こんなことを真面目に考えたんだから、このときはどうかしていたに違いねえ。

「社長、大丈夫ですかね？」

「正直、わからん。だが、あの人なら――普通じゃないからな」

おれも納得した。

社長室へ戻って事情を話すと、

「いいだろう」

と来た。

「はあ」

「その代わり、担保をちゃんと取っておけ」

「わかりました。ですが――」

「――何だ？」

おれはぼんやりと、

「額がでかすぎませんか。去年の国家予算がざっと九十兆。その〇・五パーセントですぜ。おれが知ってる融資で最大なのは飛縞建設への迂回融資ですが、あれは違法ルートだったので大騒ぎになりました。それだって三百億ですよ。幾らなんでも、そもそもうちにそんな金用意できるんですか？」

「それはおれの仕事だ。余計な気を使うな」

「わかってます。けど、五千億の担保って――」

「向こうだって金の素人じゃなかろう。町金に借りるってのがどんなことかぐらいわかってるさ。多分、担保も大丈夫だ」

「はあ」

いつの間にか、おれは社長の言葉を信じている自分に気がついた。さすがに神さまの真似をしたがるだけあって、信頼感は抜群だ。魔法にかけられたみたいだぜ。

おれはデスクに戻って部長に電話で事の次第を告げた。部長は静かな声で、わかったと言ったきりだった。

次はらりえー何とかの坂崎だ。

呼び出し音三回で出た。

「ラリエー浮上協会日本支社でございます。ただいま、全員金策に出ております。御用の方は、この留守番電話に――」

女のアナウンスは中々色っぽかったが、おれはBGMの方が気になった。女どものコーラスが高らかに、蘇れ　蘇れ、とやらかしている。ま、五千億貸してくれと言ってくる会社だ。おれたちには理解できないところで生きているのだろう。しかし金策か。正直な社風らしい。

こっちの名前を伝え、またかけますと切った途端、坂崎から電話があった。オーケイが出たと告げると、礼を言って、早速お伺いしますと切れた。

新規開拓を、と受話器を上げたとき、ノックの音がして、正面のドアから誰か入って来た。

三章　これが本当《ほんと》の都市浮上《まちおこし》

1

　ダブルのスーツを着た恰幅のいい大男と、これも地味なグレーのスーツに蝶ネクタイの爺さんである。顔も手もスーツと同じ色をしているが、髪と髯は見事な白髪白髯《はくぜん》で、七三に分けているのが何となく微笑ましい。思いきり腰を曲げて、これもひん曲がった杖にすがっているのもいい。

　おれの眼を引いたのは、蝶ネクタイの結び目についた飾りの石と上衣の袖に輝いているボタンだった。どう見ても本物のダイヤだ。それも、小サイズをカバーするために屑ダイヤを周りにくっつけてでかく見せてるやつでもねえ。純金の台につけただけのでかい粒だ。しかも、おれの眼が確かなら世界で最も希少価値のあるピンクダイヤで、こりゃ見事なブリリアント・カット。「ヴィヴィッド・ピンク」ってダイヤは一千九十万ドル（約十億円）で落札されたが、こいつらはそれ以上に大きく美しい。多分ひとつ二十億は下るまい。

　それが両手に四個――計八十億。蝶タイのはもっとでかいから三十億として百十億円。こら千億単位の融資話になるわな。

「ラリエー浮上協会の者です」

と大男が名乗った。

「え、えらく早いお着きですな」

電話を切ってから五秒とたってねえ。

「はあ、お店の前に居りました」

おかしな真似しやがる。

「ようこそ、おいで下さいました。さ、こちらへ」

おれは丁重に二人を応接室へご案内申し上げた。

大男と名刺を交換する。やはり坂崎だ。肩書きも同じで、おかしな協会の住所は、千代田区紀尾井町——おれの記憶が確かなら、議事堂の近くだ。爺いの方は、同社の世界相談役で、鈴木三郎という。おかしな団体のＶＩＰにしちゃ、平凡な名前だ。

「失礼ですが、どういうお仕事を?」

おれは二人を交互に見ながら訊いた。爺さんはぐったりしたのか、ソファの背にもたれて俯いている。いつこっくり——どころか、ぽっくり逝ってもおかしくねえ感じだ。

坂崎はまっすぐおれを見て、

「サルベージをしております」

『海猿』ですか?」

「いえ、あちらは海難救助の方で、うちらは引き上げでございます」

あれこれ訊いてみたが、坂崎は澱みなく答えた。

それによれば、「ラリエー浮上協会」の本社はスリランカのコロンボにあり、創立は一九三〇年。アメリカのカリフォルニアとロードアイランド及びウィスコンシンに支社を持ち、世界中の船会社からの受注で大忙しらしい。年商はと聞くと、昨年は約五兆アメリカ・ドルでしたとぬけぬけと答えた。「フォーブス世界企業ランキング」によれば、一昨年の売上第一位はアメリカのウォルマート・

ストアーズで四千二百十八億ドル。普通なら、この大ボラ吹きとなるところだ。

しかし——商売柄、金に関する嘘と真実《まこと》を見抜く自信はある。それによれば、こいつは嘘をついていない。

「失礼ですが、それほどの儲けがあるのに、五千億の借金ですか？」

と訊ねると、

「当社創立以来のビッグな受注をいたしまして」

「ほお」

「これはまだ極秘なのですが、成功すれば、世界が胆をつぶすこと間違いなしの大プロジェクトでございます。下世話な言い方をすれば、いくら金があっても足りません。当社の全スタッフも、家や土地を抵当に資本調達にいそしんでおります。他言は無用に願いますが、奥方を風俗で働かせたり、自分の血を売ったり、極端な場合は——本当に内緒にして下さいましよ——強盗殺人に手を染めた者までおります」

「それはそれは」

おれはとんでもねえことを平然とまくしたてる生真面目ふうな大男から眼を逸らし、もう一遍、こいつの頭の中身を考えた。まともだろうか？

ＹＥＳと出た。これは勘を信じるしかねえ。

眼の隅で、もうひとりの訪問者が動いた。ソファにもたせかけてあった杖を掴んで、がんがんと床を突いた。

「はっ、失礼いたしました」

坂崎があわてて爺いの方に耳を突き出した。——何かしゃべってる。えらく低い嗄れ声だ。内容はさっぱりだった。

「は、承知いたしました」

と支社長は恭しくうなずき、じっとおれを見つめて、

「子供の内臓を売った親もいるそうでございます。やはり心臓がいちばん高いと、相談役が申しておられます」

「はあ」

何言い出しやがんだ、この爺ぃ。思わず睨みつけたら、もう下を向いてこっくりしてやがる。おれは話を戻した。

「すると、あれですか。何処かの海の底に沈んでいる船を引き揚げて、その船には昔の宝物がごっそり積んであるとか」

「ごっそりではありませんが、広い意味の宝には違いありません。それから、船ではありません」

「船じゃない？　――じゃ、何です？」

「都市、と申しましょうか」

「としぃ？」

一瞬、新撰組かと勘違いしてしまい、おれはすぐ我に返って、

「すると、おかしなオカルト雑誌に載ってる――アトランチスとかムウとかいう」

「あれほど大規模ではありませんが、同様のものと思って下さって結構です」

また床が鳴った。

杖を掴んだ爺いへ、大男がお伺いを立て、

「あの二つはペテンだと申しております」

「そうですか。とにかく、おっしゃるとおり、途方もないプロジェクトですな」

餓鬼の心臓も売りたくなるだろう、と思った。

「しかし、五千億ともなりますと、かなりの担保設定が必要になりますし、利息もどえらい額に昇りますが。五千億で金利が月二パーセント、十回払いで月五百十億円です」

別人がしゃべっているような気がした。

「それはもう。協会の不動産がございます。こちらに登記簿のコピーを揃えてございます」

坂崎は黒革張りのアタッシュ・ケースから、分厚い書類ホルダーを取り出しテーブルに並べた。

登記簿のコピーがある。

「よくご覧下さい」

言われなくても、おれは食いつかんばかりの眼つきでチェックした。

「あン？」

思わず声が出た。反射的に坂崎を見つめた。

「何か？」

「いや。これ——銀座四丁目と新宿三丁目——〈高野〉のある土地じゃないですか」

おれは瞬時に気を落ち着かせ、坂崎を睨みつけた。

「ふざけた真似してくれるじゃねえか」

おれに睨みつけられると、大概の男はビビる。自慢の眼技だった。坂崎はしかし、平然と、

「銀座四丁目と新宿三丁目の登記簿をご覧になったことがおありですか？」

おれは詰まった。見ているわけがねえ。

「——誰の所有かご存知ではありませんな？　恐らく、今回の契約の当事者——私どもとそちら様以外には誰も知りません。その登記簿をご覧下さいませ」

言われる間でもなく眼を通し、おれは思わず呻いた。

「い、いつの間に？」

坂崎の口元がほころんだ。

「そんな詐欺師相手みたいなことをおっしゃらないで下さい。ここにある土地は全て、記入してある時代から私どもの所有でございます」

それを確認して、おれは眼を剥いた。

登記法が成立した年じゃねえか。

「左様でございます」

おれの顔つきから頭の中まで判断したらしい。

「ですが、登記法が成立する遥か昔から、それらの土地は協会の所有でございました」

「遥か以前？」

「日本が誕生した時から」

「はン？」

「失礼しました」

冗談ですよの合図に、坂崎は思いきり微笑んだ。爺ぃがまたドンドンやった。

耳を傾けた坂崎が妙な表情になったので、おれはじっと彼を見た。

「その——はっはっは、とおっしゃっておられます」

「笑っていられるので？」

「左様でございます」

この糞爺ぃが。しかし、まだ客だ。得体は知れねえが。

「わかりました。とにかく、登記所で原本に当たらせていただきます。返事はその後と言うことで」

「承知いたしました。ひとつ審査のほどよろしく」

立ち上がろうとして坂崎は固まった。上衣の裾を皺だらけの手が掴んでいた。

「失礼いたしました。何か？」

まるで怪力で引かれたみたいに、坂崎は爺ぃの方へ傾いた。高給取り——多分——は辛えな。

「今度は何でしょう？」

おれはうんざり顔を表へ出さないようにしながら訊いた。

「見ろ、と申しております」

「へ？」

立ち上がっていたおれは爺ぃを見下ろした。すぐにわかった。

Vサインを作ってやがる。

おかしなコンビが帰るとすぐ、色摩大助がやって来た。

「あれ、来てたんですか?」

日頃、クールなハンサムで通っているこいつが、珍らしく眼を丸くして、

「凄いなあ。元日から仕事してるなんて」

「休みなんざ時間の無駄さ」

「それにしたって。よくよく世間のルールに逆らうのが好きなんですね」

「とんでもねえ。おれくらい世間が好きな男がいるもんか。仕事を見ろ。嘘つきやペテン師を捕まえ、そうなりそうな奴らを崖っぷちで食い止めてるんだぞ」

「そりゃまあ」

「なら、いちいち驚くな。おまえは何しに来たんだ?」

「仕事ですよ。正月だって動いてる町工場は多いし、主婦は家庭にいるはずです」

「そのとおりだ。ま、しっかりやれ」

「他人事みたいに。もうやめるんですか?」

「ああ。でかい取り引きがまとまりそうなんでな」

「幾らです?」

いつものおれなら口も利かないのだが、今回はこのお澄まし野郎にひと泡吹かせてやりたくなった。

「五千億だ」

いきなり手をのばして来るので、胸ぐらでも掴むつもりかと思ったが、おれの額に手を当てただけだった。

「正気ですか?」

「ふざけるなよ」

「失礼しました」

さっさと手を引っこめ、

「でも、本当なんですか？」

「ああ」

「とうとう日本にも来たか」

心臓がひとつ大きく鳴った。

「――おい、他の国でもあるのか？」

色摩はうなずいた。

「ええ。世界中の金融機関で、途放もなくでかい融資話が進行してるんです」

「なんでそんなこと知ってる？」

「友だちが多いんで」

はじめて、本気でこいつを張り倒してやりたくなった。

「そんなことが進行してるなら、とっくに新聞かTVで騒いでるだろうが」

「僕もそこが腑に落ちないんです。まあ表立ってはいませんが、僕だって知ってるくらいですからね。あなたも友だちさえいればとおにわかってたと思います」

「ぶち殺されてえのか、てめえは？」

「いえ。とにかく謎です。ひょっとしたら――」

「――何だ？」

「謀略小説じゃよくある話《ストーリイ》ですが、巨大な力がマスコミを抑えてる、とか」

「おめえ、おかしな小説の読み過ぎだよ」

嘲笑しながら、おれは、巨大な力じゃなくて不条理な力だよ、という声を聞いた。誰の声かはわからねえ。おれのによく似てたが。

「巨大な力てな、どんな代物だ？」

「いや、僕にもよくわかりません。いくら巨大な力と言ったたって、世界中のマスコミを抑えるなんて絶対に不可能です。なのに『エコノミック・ヒップス』なんて経済・ゴシップ専門誌だって扱かっていない。後は超自然現象と考えるしかありませんね」

「借金の催促で首を吊った貧乏人どもの怨念が、ニュースをつぶしてるってか？　莫迦も休み休み言え」

「他に考えられますか？」

色摩は小馬鹿にしたような眼つきでおれを見た。

「――その世界中で融資を申し込んでるのは、どんな企業だ？」

「それこそ色々です。みんな知ってるＩＴ企業や福祉団体、教育機関、宗教団体」

「サルベージはあるか？」

「えっ――ひょっとして？」

色摩の表情が変わった。

「そうだ」

「何を引き上げるって言ってました？」

「何だと思う？」

おれは面白半分に訊いてみた。

「遺跡って言いませんでした？」

「残念。似てるけどな」

「じゃ、都市」

眉が思いきり寄るのがわかった。

2

おれの顔を見て、色摩はにやりと笑った。

「図星ですね」

「どうして知ってる？」

おれも正攻法で行くことに決めた。とりあえずこいつの頭の中身を知る必要があると判断したのだ。

「ちょっとホラーだのオカルトだの噛ってりゃ一発でわかります。今年はルルイエ浮上の星辰が巡ってくる年なんですよ」

「なんだ、そら?」

「ルルイエ、又はラ・リエーって言うんですが、超古代に君臨してた邪悪な神々の一柱《はしら》が、そこに閉じこめられて海の底に——ちょっと、どうしたんです?」

「ラリエーか」

おれは念を押すように言った。

「ラ・リエーです。ナカグロが入ります」

「もひとつの方は何つった?」

「ルルイエこっちの方が古い言い方です。中高年のファンはみんなこっちに慣れてますね」

「ファンて何だ?」

なんかおかしな方向へ進み出しやがったなと思いながら訊いた。

色摩は軽蔑を隠そうともせずおれを見つめてうなずいた。

「わかりました。何にも知らないんですね? うむうむ」

おれの手は自然に動いていた。

「何がうむうむだ。てめえひとりが特別だと他人を舐めてみろ。承知しねえぞ」

胸ぐら掴まれ、十センチの距離でおれと見合いする羽目になって、さすがに僕って頭がいいでしょ、の頭《ず》のぼせ屋も青ざめた。

「まままま」

「待って欲しけりゃ、とっとと吐け。てめえが知ってる内容を根こそぎ、な」

「ははは」

「何がおかしい?」

「は離して下さい」

色摩は胸もとを直し、溜息をひとつついた。挫折って言葉など知らずに世の中を渡って来た自信満々の若いのは、ごく普通の怖れを知る人間に戻っていた。

こちらを見る眼にはっきりと怯えを認め、おれは満足した。

「さあ聞かせてもらおう」

おれは反対向きに椅子にかけ、背もたれに顎を乗せて「しんせい」を取り出した。

色摩が話し出したのは、一本目に百円ライターで点火したときだった。

「まず、この地球に住んでいるものは、人間だけじゃないってことを前提にして下さい」

胸もとをいじくっている。おれのひと掴みがよくよく効いたらしい。

「おお、わかった。恐竜なんてのもいたしな」

「恐竜がのしてたのは、三畳紀、ジュラ紀、白亜紀の三時代ですが、その遙か以前、地球上の生命誕生以前に、他の宇宙から地球へやって来た神々があったのです」

「ほお」

おれは無関心を隠さなかった。恐竜だ、生命誕生だ、別の宇宙の神さまだ？　町金の事務所でする話か。

色摩の野郎、怒るかなとも思ったが、逆に声に熱がこもった。どうやら完全にそっちの方の話が好きで、しかも他人まで巻き込むのに情熱を燃やすタイプらしい。マニアだ。もっとも金貸しには、この能力が欠かせない。金を返せと言って、素直に応じる奴はいやしねえし、最近はやたら何とか防止法やら規制法やらが多くなって、無闇においこら言うわけにもいかねえ。理想は自発的に返す気にすることだが、これは人間ってものの本性に反するから至難の技だ。結局、最高の町金営業マンてのは、これをやってのける回数が多い奴ってことになる。必要なのは折伏能力というか、口がうまいことだ。

「で、神々は地球へ到着するや、自分たちに適した世界を創造しはじめました。あるものは地球の表面の八割を埋める巨石文明を、あるものは生贄に事欠かない黒魔術国家を、また別のものは、自分の故郷と等しい零下百八十度——あらゆる物質が原子核まで凍結し崩壊した無の世界をです。問題は彼らが順序よく、先行文明が崩壊したあとに飛来したのではないことでした。彼らの到着と繁栄の時期は幾たびも重なり、そのたびに闘争の歴史が、人間の手が触れたこともない深海の岩床や、幻の山脈の岸壁に刻まれたのです」

　少し面白くなって来やがったぞ、おい。

「ですが、彼らの力は強すぎたのです。そのフル稼動は地球の崩壊を意味しました。結局、戦いは——現代の核戦争が蟻の一騎打ちくらいにしか思えない途放もないものでしたが——小競り合いに留まりました。しかし、そのうちに悲劇が訪れます。神々から見ればささやかな戦いのエネルギーが銀河の動きに影響を与え、地球に降り注いでいた宇宙線に変質を促したのです。現在、僕たちの身体は一分間に何兆もの宇宙線や素粒子に貫通されています。それらはあまりにも小さく、かつ微弱なため、人体に影響を及ぼすことはまずありませんが、このときの神々に大打撃を与えたようなんです。あ、一本いいですか？」

　おれの返事を待たず、紙パックから一本取って火を点けた。ほう、金張りのライターか。

「何だ、それ？」

「ダンヒルです」

「けっ。貰い煙草して火点けにダンヒルか。いいご身分だな」

「有閑マダムには百円ライターより効きます」

「てめえ」

「おっと。話はこれからですよ」

「糞ったれが。いいか、さっさと本題に入れ」

「わかりました」

色摩は旨そうに一服吸いこんでから、糸みたいに細い煙のすじを吐き出した。おかしな喫い方をしやがる。

「んで、変質した宇宙線や素粒子に打ちのめされた神々は、やむを得ず地球を退散することにしました。今なら、バンアレン帯みたいに強烈な宇宙線を防いでくれる自然の砦もありますが、地球の創成期にそんなものが存在するはずがない。宇宙の彼方に去ったものもいれば、異次元に自らを封じ込めたものもいました」

「海の底へ、家ごと沈んだものも、か？」

「ええ。家というか神殿です。秋田県のある空屋で発見された手記によれば、その大きさは関東地方に等しいとか」

根っから好きな野郎が興奮するとこうなるのか、色摩の眼は据わり、唇の端から泡を吹いている。宇宙の神さまの話からいきなり秋田へとぶなんざ、何でもねえという面だ。

「この地球は宇宙でも稀に見る生命に溢れた星なんです。脳天気な科学者たちは、地球と似た程度の星は宇宙にゴマンとあると言ってますが、別の計算によれば、こんな星は我々の知る銀河には他にひとつもない。地球と我々は、いわば大宇宙の孤児なのです。ひと度これに眼をつけた神々は、たとえ宇宙の果てに去ろうと、この豊穣の星に注目した眼を決して閉じていません。彼らはひょっとしたら、あまりに孤独なのかも知れません。今なお虎視眈眈と地球を狙う急先鋒は、我々と同じレベルの自然法則に属する存在――つまり、海底の都市ラ・リエーないしルルイエに眠るクトゥルーという名の神なのです」

どこかで聞いたことがある、と思ったが、思い出せなかった。

「クトゥルー？　なんだそりゃ？　神さまの名前か？　誰がつけたんだ？　神さまが名乗ったんじゃあるめえ」

「つけたのは、二十世紀はじめ――一九三七年に四六歳で死亡したアメリカ人作家Ｈ・Ｐ・ラヴクラフトだと言われてます」

「おめえ、作家事典でも暗記してるのか？」

「彼が短い生涯に残した作品の多くが、いま話した超太古の神々の物語をベースにしたクトゥルー神話という小説大系にまとめられます。ラヴクラフトは生前、多くの作家仲間にその設定の使用を許し、彼らはそれに独自の神々や物語を加えて、神話大系は元祖ラヴクラフトの設定を超えて巨大化してしまいました。ですが、それは所詮は楽しい遊びに留まります」

「当り前だ。おめえらの話だと、ラリエー浮上協会は――」

「ラ・リエー」

「ラリエーだ」

おれは一喝した。色摩は沈黙した。

「あいつらは、その神さまが幽閉されてる都を浮上させるために、金を借りまくってる――つまり、何もかも現実の出来事ってわけだ。ところがそのもとは、アメリカのへっぽこ作家の書いた小説だと言う。つまりフィクション――空想小説だ。矛盾してねえか？」

「だから、クトゥルーの名前はラヴクラフトが小説に書いたと云われている、と言ったでしょ。違うかも知れないってことですよ」

「野郎、パクったのか？」

「いえ。最初に書いたのはラヴクラフトに間違いありません。ですが、それはもともと現実に存在した名前であり、誰かがラヴクラフトにそれを使って、クトゥルー神話を書くように勧めた」

おれは色摩の与太話を何とか理解できるものにまとめようと努力した。

「つまりラヴクラフトは、現実の物語を小説にしたってわけか？」

「ピンポーン」

色摩はおれを指さして笑った。親しみのある笑いだった。仲間だと、それは言っていた。

「莫迦野郎。それじゃ、只のノンフィクション作家じゃねえか。小説家だなんてぬかすな」

「ラヴクラフトの作品自体は真っ当な小説です。ベースの設定が現実のものだというだけです。彼の小説の中に、一九三四年に発表された『超時間の影』ないし『時間からの影』という中編があります。これは、ある大学教授が太古の生物から一時的に精神をコントロールされ、彼らの世界を目撃してからもとの世界へ戻るというものです。似ていませんか？　この小説の主人公の場合は、自分が目撃した万象を記憶していましたが、ラヴクラフトは単なる悪夢としか理解できなかったのでしょう。ひょっとしたら、そうするよう操作されたのかも知れません」

「誰にだ!?」

「わかりません。多分、永久に」

色摩は遠い眼をした。おれは思いきり嫌味ったらしく、へえ、と言ってやった。

「ようやく、おめえの言いたいことわかって来たよ。小説の基になった本物のクトゥルーとやらを、その棲家ごと浮き上がらせるために、ラリエー協会が銭集めしてるってわけだ」

「そうです」

「阿呆くせえ」

「はあ？」

色摩は眼を剥いた。

「まだ、わからないんですか？」

「おめえみてえな男が、そういう話をわかったつもりでいるのが、わからねえよ。何処の世の中に、古代の地球へやって来て縄張り争いをした神さまを浮き上がらせようと努力している連中がいて、しかも世界中に組織をこしらえ、金集めに励んでるなんて話が通用する？　今どき餓鬼にだって鼻で笑われるぞ」

「どんなに莫迦げて見えても、事実は事実です。現に世界中で経済活動が行われてるじゃありませんか」

ムキになって迫る色摩の鼻先で、おれはせせら笑ってやった。

「ガセだよ、ガセ。おまえな、自分だけが真実を知ってますって顔してるが、その情報が本物だと保証できるのか？」

「それは――」

「信頼できるネタもとだって？　なあ、ラヴクラフトさんもマインド・コントロールを受けてたって言ったよな。ネタもとがそうかも知れねえって考えたことねえのか？」

「いい加減にして下さい」

「とにかく、おれは興味も関心もねえ。おめえも早いとこオカルトから足を洗わねえと、その足をすくわれるぞ」

「万が一クトゥルーが蘇ったら、奴は早速、この世界を自分の好きなように作り変えようとします。ラヴクラフトの短篇『クトゥルーの呼び声』には、クトゥルー復活を待った信者たちは、あらゆる道徳をかなぐり捨てて殺戮の法悦にふけり、そこへクトゥルーが新たな殺戮の方法を提示、世界は血に狂った信者たちで溢れ返る。という未来が描かれているんです。あなたもそうしたいんですか？」

「おめえな。何処の世の中に小説を人生の指針にする莫迦がいるんだ。今すぐ洗面所行って顔洗って来い。それからな、世界がどうなろうと、おれたち金融屋の仕事は、金が要りような連中に金を貸すことだ。相手が幽霊であろうが、ジェイソンだろうが、神さまだろうがな」

　これでおしまいだとわかるように、おれは強く言い切った。

　色摩もあきらめたらしく、自分の席に戻って勧誘の電話をかけをはじめた。

　オッケーだ。申し分がねえ。これが金融屋のオフィスってものさ。

3

　五、六人の貸付け先を丁寧に脅したところで、優子から携帯へかかって来た。
「亭主の行方――わかったわ」

　さすがに、おれへ告げ口するのは良心にこたえると見えて、低くて重い声だった。

　奴の姉貴が千葉の紫水《しすい》ってとこにいる。そこに潜伏中らしい。

「どうしてわかった？」

「姉貴の亭主から連絡があったのよ」

「ほお。何でまた？」

「私、あいつと一回寝たことがあるの。それ以来、もう一遍もう一遍ってしつこく迫られてたのよ。今度のことがあったから、ひょっとしたらと思って連絡しといたの。借金取りに追われて逃げこんで来る義弟《おとうと》より、その女房の身体の方が大事だったんでしょ」

「もっともだ。野郎――どんな様子だ？」

「妙に浮き浮きしてるってよ」

「はあ？」

「朝から晩まで、じきに自分たちの世の中が来るって吹聴してるらしいわよ。そうなったら、借金なんかその意味を知る者もいなくなるって」

「野郎、ふざけやがって。おい、住所を教えろ」

優子はためらいもなくしゃべった。亭主てのは、日頃女房のご機嫌取りしとかねえとな。

「これから行ってくる。ありがとよ」

返事がない。気になった。

「どうかしたのか？」

「気をつけてよ」

「気をつける？　何だ、他にも取り立てが来るのか？」

「その辺は知らないわ。ただ、おれたちの世の中が来る云々は、あの人あたしにも言ってたのよ」

「ひょっとして革命家だったのか？」

「そんな思想や気概があるわけないじゃない。あんただって知ってるでしょ」

「まあな」

「その台詞を吐くときだけ、表情も眼の色も変わっていた。あたし怖くなったもの」

ぴん、と来た。記憶が飛んで、おかしな品に命中した。

「気が変わった。その前におまえんとこへ寄るぞ」

「あーら」

「莫迦。そっちの方じゃねえ。あいつが拝んでたって仏様――あれが気になるんだ」

「変なの。でも、あれ仏様じゃないわよ。訳のわからない神さまよ」

「何でもいい。とにかく行くぞ」

おれは電話を切ってから色摩の方をふり返って、

「先に出る。またな」

「余計なお世話ですが――どちらへ？」

「余計なお世話だ」

おれは真っすぐ優子の住いへ向かった。

ところが——チャイムを押しても出て来ない。

頭へ来てどんどんぶっ叩き、大声を出しても同じだった。

蹴とばしてたら出て来た。

隣りのドアから、肉まんじゅうみたいに太った顔がぬっと、だ。まさかと思ったが、女だった。

「ちょっと——うるさいですよ。静かにして下さい」

他人を毛虫みたいな眼つきで見やがって。しかし、優子の近所でトラブっては、この先不都合が生じるかも知れん。

おれは無理矢理笑顔をこしらえて頭を下げた。

「これは失礼しました。いえ、急な用だったものですから」

肉まんは、疑り深い眼でおれをねめつけていたが、

「さっき、人が来て出て行かれましたよ」

と迷惑そうに言った。

「人が来た？　ひとりですか？」

「いえ。何人もいたわ」

あいつらかな。

おれは何か思いついたように宙を仰いでから、

「うちの社員かも知れません。スーツ着てましたか？」

「ええ、みなさん、ちゃんとネクタイしめてねえ」

嫌味たらしく、おれのノータイの胸もと見てやがる。どんな美人でも結婚後二十年したら、退化したでぶになるというのがおれの意見だが、今日も確信が持てた。

「彼女——大人しく出て行きましたか？」

「ええ。あたし、買物に出るとき見かけたんですけど、おかしな様子はなかったですよ」

「あなたに挨拶しましたか？」

「いえ。気がつかなかったから」

「ふむ。鍵は自分でかけました？」

肉まんは、道を曲がった途端にダンプにぶつかったみたいに緊張した。それから、ダンプを撥ね返したらしく、頭を少しふって、

「いえ、男の人がかけてたわね。あら、何かおかしいわ」

「いえ、何でもありませんよ。すぐに帰ってくるでしょう。とりあえず、私は失礼します」

「そう、ですか」

肉まんの視線はおれが廊下を曲がるまで、付いてきた。

何処のどいつが。と考えながら車のそばまで来て、近くに古本屋があるのを思い出した。確かこの辺じゃ珍らしく、洋書も置いてあったはずだ。

さして期待もしていなかったが、「ＰＬＡＹＢＯＹ」だの「ＰＥＮＴ　ＨＯＵＳＥ」だのと並んで数冊、おれ好みの本があった。

おれが入ってから、それらを買って出るまで、ロイド眼鏡の親父は訝しげな顔でおれを見つめていた。

これで愉しみが出来た。

おれは首都高から東関道へと入り、紫水のサービス・エリアで早めの夕飯を摂った。カツカレーと醤油ラーメンである。外はもううす暗い。

その間の愉しみは洋書だった。

「ふむふむ」

とうなずきながらページを繰っていると、近くを通りかかった茶髪で短パンの姐ちゃんが、また変な眼つきでおれを見た。

じっと見てやがるから、じろりと見返してやると、あわてた風に席へ戻っていった。

カレーもラーメンも片づけ、本を小脇にレスト

ランを出ると、眼の前にプロレスラーみたいな図体の男が立ち塞がった。

「何だい?」

訊いたときには事情は呑みこめていた。レストラン前の駐車場に止まったカローラの脇で、さっきの茶髪がこちらを睨んでいるのだ。

クソあま、根に持ちやがったか。

仕事の前にトラブルはまずい。

おれはレスラーの脇を通り抜けようとしたが、また塞ぎやがった。

「何か用かい?」

腹を据えて訊いた。

「おれの女に眼《がん》づけしたってな。口説くつもりだったのか?」

「そんなつもりはねえよ」

そんな気になる面《つら》かと思ったが、胸の何処かでまだ悶着無しを願っていたらしい。

周りの連中が避けて通るのを意識しながら、おれはそれでも何とか丸く収めようとした。

「いやあ、悪かった。あんたの彼女があんまりいい女なんで、つい、な。勘弁してくれや」

おれにも営業用のスマイルくらいは浮かべられる。

「いい女?」

レスラーもどきは細い眼を一層細くした。女への感情移入がおれの想像以上に深かったらしい。他の男の誉め言葉も勘弁できねえというタイプだ。

「女のことも言うことも㴇に触わる野郎だな。おい、ちょっと付き合えや」

いきなり腕を取りに来た。

ロープみたいに太い腕を躱わして、おれはカローラの方へ走り出した。

女は意図を測りかねて突っ立ったままだ。ひと眼見たときから頭の中は空っぽだと思ってたぜ。

おれは女の肩を掴んでその背後に廻った。

追いついたレスラーの頭は、さらに沸騰した。

「この野郎——ふざけやがって!」

「ちょっと——離せよお!」

女も身悶えしたが、そうは行かねえ。

おれは女の右耳を掴んで思いきりねじ上げた。

当然、悲鳴が上がる。

「な、何しやがる?」

「それ以上近づくと、耳をちぎるぞ、おい。おれはこう見えても極真空手の三段だ。十円玉も指二本で曲げられるんだぜ。おめえの女の耳で腕自慢させてもらっていいか?」

「ふざけるな。この野郎。あんなことがそうそうできるもんか?」

「そうかい。ほれ」

遠慮なく力を加えた。勿論、ハッタリだから、ちぎるなんて芸当は無理だが、捩られる方にしてみりゃ大差はない。

「やめて。助けて。痛い〜〜」

「ほおら、どうする?」

「てめえ」

「うるせえ。さっさとレストランへ入れ。そしたら、離してやる。ほおれ」

悲鳴は三倍くらい高くなった。女は男とは比べものにならないくらいボディの損傷を嫌がる。顔が半分火傷した女の半数以上は自殺を試るとの統計があるくらいだ。

「行ってよ、ガンちゃん、あっち行って。言われた通りにしてえ」

レスラーガンちゃんはギリギリと歯を軋らせて俺を睨みつけていたが、畜生! と右フックを宙に一閃させて背を向けた。

ぶん、と風が来た。食らったら、おれの顎の骨などひびが入るだけじゃ済むまい。

ガンちゃんが入店したのを確かめ、おれは女を解放し愛車の方へ走り出した。

車のドアを開けたとき、ガンちゃんはまた店の外へ出たところだったが、いきなり方向を転じた。クソあまがおれを指さしていたのだ。

残念なことに、十メートル以上の差をつけておれは車をスタートさせた。ガンちゃんは無視してクソあまに突進する。

またも何をされるかわからず突っ立ってた低能も、間一髪で気づいた。

悲鳴を上げて逃げ出す。それが空きスペースの方だったものだから、こら面白えとおれは追いかけた。
二、三十センチのところまで追いつくと、女は狂気に近い顔でふり返った。けっ、鼻水をたらして泣いていやがる。ほれほれ、ぺしゃんこだぜ。
そのとき、バックミラーに危いものが映った。カローラがこっちに向かってる。

「おーっと」

おれは素早く方向転換し、出口めがけて走り出した。

追いかけてくるかと思ったが、ガンちゃんはまず女のところで止まった。案外優しい野郎だ。男は見てくれじゃねえな。

おれは猛スピードでSAを後にし、目的地へと向かった。


あきれたことに、優子に貰った住所は、深い森の中に立つ神社だった。

祭神は「素戔嗚尊」と白い看板に書いてある。読めん。

ひょっとしたら、今頃宗教戦争が勃発してるかも知れねえなと、少しウキウキした気分で車を駐車場に止め、赤い鳥居をくぐって拝殿の隣りにある社務所の前まで来たら、またも驚いた。

とにかく古い木造で、屋根など藁吹きだ。ここは斑鳩の里か。

社務所の隣に一棟、これは普通の建物らしい平屋が並び、元旦だというのに職人が屋根を修理中だった。

それでもガラスが嵌った引き戸の横には、コード付きの呼び鈴がついていた。

押した途端に、頭上でごお、と風が鳴った。神社を取り巻く木という木がそれに合わせて枝をゆらす。こんな状況はいつ以来のことだろう。さっきのＳＡと茶髪とレスラーの凸凹コンビが、すごく懐しくなった。ひょっとしたら、二度とこの森を出られないんじゃないのか。

いきなり引き戸が開いて、おれの不安を台無しにした。

犯人は平凡なベージュのブラウスとジーンズ姿の中年女だった。白髪が目立つが、顔立ちは妙に色っぽい。豊かな胸も眼を引いた。剥がすのにひと苦労だった。金借りねえかな。

「どなた様ですか？」

「ＣＤＷ金融って町金の者です。こちらに、田丸金造さんいらっしゃいますよね？」

おれは最初から凄味を効かせた。女の肩越しに屋内を見る。古くて暗い土間が広がっていた。太陽の届かない世界だ。

女は血相を変えた。優子から聞いた名前は蘭子だ。

「いえ、おりませんが」

と蘭子は首を横にふった。

「嘘ついちゃいけません。調べはついてるんだ。あんた知らんかも知れんが、奴には大枚の借金がある。とおに返済期日は来てるのに、住所にゃいねえ。つまりは踏み倒しだ。何なら警察沙汰にしてもいいんだが、それじゃあこっちは一文にもならねえ。何としても返してもらわにゃならねえのさ。邪魔するよ」

「いません」

優子に似て気の強い女だ。両手を引き戸と壁に置いて通せんぼした。

仕様がねえ。

「おい、おれは当然の義務を果たしてもらいに来たまでだ。それを邪魔する以上、あんた法律違反だぜ。これから警察へ行ってもいいのか？　ここは神社だろ、神さまにまで悪い評判がつくぜ」

それでも女の表情は変わらなかった。強靭な意志がおれを拒んでいる。金を貸すならこういう女に限る。もっともこんな女は町金なんぞから借りやしねえだろうが。

さて、どうしたものかと考えたとき、奥の方で男の怒声と別の男の悲鳴が聞こえて、ドアらしいところから人影らしいものが土間へと転がり出た。

女がふり向いた。その隙を逃がさず、おれは手の下をくぐって土間へ入りこんだ。人影は転がり落ちたところだった。

「痛てえ」

と頭と肩を押さえる情けない顔は、まぎれもなく田丸金造——優子の亭主だった。

四章　昏い水底《みなぞこ》のバーへ

1

　起き上がろうとするところへ駆け寄り、おれは田丸の胸ぐらを掴んで引き起こした。

「どうも」

　立たせてくれた礼を言うつもりが、たちまちおいれと気づいて、

「あっ⁉」

　みるみる恐怖の形相に変わった。

「わかったか。おれだよ。用件はわかってるよな」

「こ、こんなところまで、どうして――わかったんだ？」

「多分、優子よ」

　姉貴――蘭子が諦めたような口調で言った。

「あたしがしゃべったのは、あの義妹《こ》だけ。ひょっとしたら、この人と出来てるわよ」

　当たり、というわけにもいくまい。

「さあ、銭だ。まず一回目の支払い五十二万五千。耳を揃えてもらおうか」

「た、担保があるはずだぞ」

「あんな土地、地震でイカレちまったよ。てめえ、知らねえのか？」

「知らん」

この野郎と思ったが、とにかく銭掴むのが先だ。

「じゃあ、確かめときな。で、支払いだがな」

「そ、そんな金ねえ！」

「ねえのに借りたのか？　最初からフケるつもりでいやがったな、この野郎」

「あ、当り前だ」

金造は口から泡をとばして抗弁した。

「何だあ？」

「おれは――おれは――偉大なる存在に全てを捧げる決心をしたんだ。仲間はみんなそうだ。じきに、あの方は地上に顕現する。そしたら借金なんぞ意味がなくなる。いや、人間ごときの築きあげたチャチな文明など、誰ひとり記憶にも留めぬ世界が到来するんだ！」

「てめえはホラーかSFの読み過ぎだ、この唐変木。大鯰《おおなまず》が出てこようが、人間がみいんな阿呆になろうが、貸した金は返してもらうぜ。どうしても駄目なら、ちんまり稼げるところを紹介する。それが嫌なら、女房の出番だな」

「そんなこと出来るはずがないでしょう」

凄味のある声が背中にぶつかった。蘭子だった。この女に金を貸すのは無理だが、この女が金を貸すなら大いに面白そうだ。おれが金主ならいくらでも出資するぜ。

「連帯保証人はどうしたのよ？」

「逃げた」

おれはあっさり言った。

「ま、本人の身柄《がら》押さえたからいいがよ。姐さん、あんたもこれ以上首を突っこまねえ方がいいぜ」

おれは田丸の前に身を屈めて、

「さ、立ちな。返済の方法を話し合おうじゃねえか」

にっこりと諭すように話しかけた。本当は胸ぐら掴んでゆさぶってやりたいところだが、それをやると暴力行為と見なされちまう。目撃者もいるこった。

「ちょっと――」

蘭子が近づいて来た。

「いいや、払わせい」

おれも一歩退きかねない凄みのある声が、この場を収めた。

田丸が出て来た戸口から、白袴に烏帽子をつけた神主姿が現われ、上がり口に立つと、どっかの仁王像みたいな表情で田丸を睨みつけた。

「蘭子、おまえが妙に弟に甘いから、こいつの根性が治らないんだ。そちらは金融会社の人か？　借りた金は返すのが当り前だ。二人で話させろ」

さすが神主――話がわかるぜ。神さまに仕える人間は、こうでなくっちゃな。

「あんた――冷たいわねえ」

蘭子が抗議の声を上げた。

「ま、自分の弟じゃないからそんなもんでしょうけど、もう少し金造の身になってやってよ」

「返せもしない金を借りて逃げ廻る――こんな男、義理でも弟とは思いたくないな」

神主も他人に厳しいことでは女房に負けてねえようだ。

「ひどいこと言うわね。あんただって、そんな立派な口きける立場じゃないでしょう」

蘭子が腕組みした。これは相当気が強い証拠だ。どんな男とも真っ向勝負の姿勢を崩さないだろう。

神主も負けてねえ。女房の方を向き直って、

「何だ、それは？」

「あんたの携帯に大分前から随分とかかって来てるミエちゃんのことよ。あんたのロックなんか外すの簡単だったわよ。また昨日みたいに熱い夜

を過したいわ、マー坊、って何よ」

「お、おまえ、人の携帯を――」

怒りに赤黒くなるマー坊へ、

「テーブルなんかに置き忘れる方が悪いのよ。女と一緒に伊豆へ旅行するのも、ホテルの前で写真を撮るのもいいけど、見たら消しときなさいよ」

こいつは面白くなりそうだが、こんなものを聞きに来たんじゃねえ。おれは田丸金造に、なあ、と話しかけた。

奴は土間に伏していた。

肩が震えている。泣いているのかと思った。ここまで逃げたのにあっさりと見つかっちまった。しかも女房が密告したせいとなれば、誰だって我が身が情けなくなるだろう。

だが、おれはまだ善人だった。

田丸の泣き声が聞こえた。すすり泣き？　いや、それは泣き声ではなかった。田丸は――笑っているのだった。心底楽しそうに。顔が上がった。笑顔にしてはグロテスクすぎる表情で
「どこのどいつもちっぽけな人間め。借金だの熱い夜だのミエだのマー坊だの。そんなものあと少しで、みいんな失われてしまう。ああ、偉大なるクトゥルー、この俗人どもに怒りの鉄槌をおふり下ろし下さい」

クトゥルー？

誰かの言葉が記憶をチクリと刺した。

「おい、何だそいつは？」

「そいつは？」

いきなり田丸が立ち上がった。まるで弾かれた、というか、見えない手で引っ張り上げられたような勢いに、おれは少し驚いた。

「そいつはだあ？　もう一遍言ってみろ。絶対に許さん。いまここで殺してやる」

その声も口調も、幽鬼のような影をこびりつか

せた表情も、今までの腰抜け野郎とは別人の凄まじさで、おれを圧倒した。

「ちょっと、金造ってば。どうしちゃったのよ?」

蘭子がこわばった笑顔で前へ出た。

「うるせえ!」

田丸の身体が切れ良く回転した。光がきらめいた。

蘭子が、きゃっ!? と左手の甲を押さえて後じさった。鮮血がしたたり落ちた。

田丸はおれの顔面にコンバット・ナイフを突きつけた。こんなもの何処に隠してやがった。

「てめえが本番だ」

血まみれの刃の向うで、田丸は歯を剥いた。

「たかが金貸し風情が、偉大なるクトゥルーを嘲笑した罰は万死に値する。大人しく心臓を神の祭壇に捧げよ。ふんぐるい　むぐるうなふ　くとぅるう　るるいえ　うがなぐるふたぐん」

言うなり突いて来た。おれは欲しいものを手に入れた。正当防衛ってやつだ。右腕で田丸の手首を決めるや、思いきり回転しざまに、土間の奥へと放り投げてやった。

古臭いでかい戸棚が受け止めた。

引き出しを幾つかぶち壊して止まった。

すぐに立ち上がった。ナイフは構えたままだ。

「じきだ、じきに全てが変わる。おまえたちは世界というものの真の姿を見るだろう」

まだおかしな寝言ぬかしてやがる。とっとと銭返しやがれ。

「田丸くん――やめたまえ!」

神主の一喝は、別の効果を発揮してしまった。

田丸はナイフをふり廻しながらおれの方へ突進してきた。

足を出して蹴つまずかせ、その後仕止めるのがおれの計画《プラン》だった。

だが、足を出す瞬間がワンテンポ遅れ、田丸は戸口から表へとび出し——敷居に足をぶつけて前のめりに倒れた。効果は同じか。それでも必死で戸口の横へ這いずっていく。

「待ちやがれ」

おれは戸口をくぐった。誓って言うが、三秒と遅れていなかった。

「あれ!?」

思わず声が出た。

いない。

辺りを見廻した。

いない。

木の陰ものぞいた。

いない。

四方へ眼を配りながら、鳥居をくぐって通りへ出た。

通行人のカップルが、ちらとおれへ嫌悪の視線を注いで歩き去った。

おれは社務所へ戻った。

戸口前の地面には確かに田丸が膝をついた痕が残っているが、当人だけがいない。

蘭子と神主が出て来た。辛気臭え面でおれを睨むんじゃねえ。

「逃げたの?」

蘭子が不安そうに訊いた。

「逃げた」

蘭子の表情が変わった。

「——逃げたって、あんた五秒と遅れてなかったわよ。それで逃がしたの?」

「うるせえな。とにかくいねえんだ。まるで消えちまったようだ」

「——かも知れないわよ」

「何だ、そりゃ?」

「——何でも」

蘭子はそっぽを向いた。弟を追っかける借金取りへの意趣返しってわけだろう。

「逃げ足の速え野郎だ」

多分、そこの木の陰に隠れておれをやり過し、おれが通りへ出て、ここへ戻ってくる前に、その塀をよじ昇って逃げたんだ
二人は沈黙していた。気になる沈黙だった。蘭子は諦め、おれは神主に、

「何処へ逃げたか、心当りはないですか？」

と訊いた。

「わからんな」

と答えたのは、本気じゃなく女房に睨みつけられたせいかも知れない。

「しゃあねえ――今日は引揚げるけど、舞い戻って来たら連絡してもらえませんか。よろしくお願いしますよ」

おれは名刺を一枚、無理矢理神主の手に握らせた。

「頼んます。何処逃げたって無駄なんだ。早いとこ金返した方があいつのためですよ」

それきり後ろも見ずに神社を出て、通りをはさんで前の家のインターフォンのボタンを押した。

「どちら様？」

女の声だ。

「新聞社の者です」

「――何でしょう？」

声に不安と――好奇が絡みついていた。

「実は前の神社に神主さんの弟さんが泊っているんですが、彼、某有名女優と不倫してるらしいんです。で、インタビューに来たんですが、逃げられてしまいました。もしも見かけたら、うちの社へ連絡してもらえませんかね？」

「――そんな……あたしに出来るかしら？」

「いや、駄目なら駄目でいいんです。見かけたら

一報下さい」

「でも、顔も知らないし」

「写真あります。お願いします。あ、失礼ですが、社からお礼も出ます」

社から――これが効く。お礼だろうが、連絡だろうが、個人じゃなく会社から。人間てのはそんなものだ。

すぐに平凡な中年女が顔を出した。

おれは新聞社の名刺と、社で盗み撮りしておいた田丸の顔写真を手渡し、よろしくと万札を一枚握らせた。女は困るわと言ったが、結局受け取った。つまり、やる気満々なのだ。人間、他人の人生をどうこうするほど愉しいことはない。

ちなみに、新聞社の名刺はもちろん偽造だ。印刷してある番号にかけると、契約している連絡代行会社につながる。ここは、新聞記者であるおれ宛ての伝言を、新聞社の受付として受領し、後でおれに連絡してくる。大概は並記してある携帯にかけてくるけど、念のためだ。勿論、バレたら即逮捕だから、ＣＤＷ金融でもおれしか使っていない。

主婦によろしくと頼んで、おれは駐車場へと向かった。

2

午後四時過ぎに帰京したおれを迎えたのは、雷雨だった。

突然の到来らしく、天気予報官も訝しげな声で、不意を衝かれましたと弁解していた。

空は時折り白くかがやき、その後で砲撃のような轟きが天地にどよもした。世界中のオカルト狂いが、こんな天気を待ち焦がれ、おかしな薬品や鉱物、天体儀や宇宙地図等を集めて火を点けたり水に溶かしたり、月に眼鼻を描《か》こうとしたり、あれこれ試した挙句に爆発一閃、新聞ネタになるのだ。

おれは〈新宿〉で高速を下り、〈三丁目〉にある贔屓《ひいき》のバーへ向かった。

見つけた田丸に眼の前で逃げられ、密告してくれた優子は行方不明――というか拉致された。チャンスは指先に触れただけで飛び去り、責任は全ておれにある。一杯飲まなきゃやってられねえ――って、落ちこんでるわけじゃない。おれは怒っていた。自分をこんな目に遭わせた人間と社会にだ。

近所のコイン・パーキングに車を入れ、折り畳み傘をさして徒歩五分。「平ビル」の二階が目的の地だった。

「ん?」

ビルの玄関前で、おれはワイン・レッドの照明に眼を引かれた。

いつの間にこんな店が出来たのかと首を傾げたくなったが、何せ新宿三丁目だ。一週間ばかり来なけりゃ、五十軒は別の店に変わってるだろう。そこは確かおでん屋がダシ汁のいい匂いを店の外まで漂わせていたところだが、いつの間にかバーの外装に変わり、軒下のネオンは「オーゼイユ」ときらめいていた。

レースのカーテンの向うに影絵のように浮かぶホステスと客の姿がおれをその気にさせた。行きつけの店より賑やかそうだ。今夜はそんな気分だった。

店内は意外に広く、あのおでん屋が、とおれは訝しんだ。どう記憶を探っても、もとの店はこの半分しかなかったのだ。

BGMが珍らしい。ただの波の音だ。基本的にはよくある癒し音楽――ネイチャー・ミュージックと変わらないくせに、寄せては返す無常感に包まれた響きは、おれの気分をようやく落ち着かせた。

店はざっとみたところ七分の入りで、カウンターにもボックスにも空席が眼についた。

話しこんでる客同士も、狭い通路を行き交うホステスたちも、妙に大人しい。と言うか、スクリーンに映ってる映像みたいに軽やかだ。

だが、映像はおれに笑顔でいらっしゃいも言わないし、ボックス席へ案内もせず、「しんせい」に火を点けたりもしない。

いつから開けてるんだと訊いたら、昨日からだという。にしちゃ花輪もねえな。ママがそういうお体裁嫌いなもので。

しゃべってるうちに、和服姿の美女が、ホステスを追っ払っておれの前に坐わった。

ママの加菜江だと名乗った。下品なくらい濃いルージュを塗った厚目の唇が、ひどく色っぽい。

「前の店より大分広いな」

「あら、そうですか？　変わってませんよ。お客さん勘違いじゃありませんの？」

「ホステスも結構いるのに、やけに静かだなあ」

「あら。そんなことありません。女の子の声の高さは何処も同じです。ただ、この店は海底のムードが基調になってますから、知らないうちに、静かになってしまうのかも知れません」

「海の底かい？」

「はい」

艶然と笑った。はっきりした眼鼻立ちといい、仕草といい、大した美女なのに、不思議とゾクゾクしねえ。これも海の底のせいか。

「なんで海の底なんか選んだんだ？」

「オーナーが好きなんですって」

「へえ」

「人間の文明がどんなに進歩しても、その眼が届きっこない深い暗い海の底に、遠い遠い、地球が星としての形を整えた頃もう完成していた巨大な石の都が眠っているの。石ひとつの表面積がベルサイユ宮殿の敷地全部と同じだなんて、想像できる？　それが何千億個も使われているのよ。都が守っているのは、たったひとりの住人、大いなるクトゥルーよ。彼は星辰の狂いと致命的な素粒子の一撃を受けて、人間の知っているどんな生物も誕生しなかった頃に、いまの海底に消えてしまったけれど、やがて生じた人類は、祀るべき存在としてクトゥルーを理解したわ。海底からの精神波動で自らのイメージを人類の始祖に与え、神として崇拝するよう強制したからよ。それ以来、人類は大いなるクトゥルーを復活させるべく、黒魔術を学び、星辰を観測し、生贄を捧げて来た」

おれは、ぼんやりとママの話を聞いていた。半ば呆きれていた。

またクトゥルーちゃんかよ。うちのオフィス、優子のマンション、千葉の神社、そして、ここ。規模は小さいが、ちょっとした全国区的話題の主だ。何が悲しゅうて、酔っ払うべき場所でオカルト莫迦どもの与太話を聞かされなきゃならねえ。

少し頭へ来たので、おれは異議を唱えてやった。

「少しおかしいぜ、ママ。人間がその始まりからクトゥルー何とかに精神的に縛りつけられてるなら、今の世の中に生きてる人間は、おれもママもその信徒になってなきゃならねえだろ。おれは違うぜ。昨日までクトゥルーなんて名前も知らなかった」

「波のせいよ」

「波？」

「ラヴクラフトの『クトゥルーの呼び声』を読んでごらんなさい。こう書いてあるわ。

〝石の都ルルイエが巨大な石柱と墓所ともども

深海の底に沈んで、思考も透徹できぬ原初の謎にみちた波浪に蔽われたことから、夢のなかでの交感が断ち切られた〃。

とね。太古の海を支配していた波は、大いなるクトゥルーの精神波も撥ね返す力を持っていたのよ。それは何百万年も続き、クトゥルーはあらゆる人類に対する支配を失ったわ」

「そいつぁ幸運だったなあ」

おれはせせら笑った。

「ザザザザのおかげで、おれたちゃおかしな神さんを崇め奉らなくて済んだわけか。しかし、こんなところで、そんな話を聞かされるたあ思わなかったぜ。もっとこう、客が喜ぶ話をしようじゃねえかよ、ママ」

おれはそっとママの手を握った。世迷い言を口走らなきゃ、実にいい女なのだ。

「あら」

手を引こうとしたが、おれは離さなかった。

「はじめてのお客さまにしては大胆ですのね。これから通っていただけるのかしら」

「ママ次第だよ」

おれは素早く店内を見廻し、

「中々盛ってるようだから、まだ必要はないかも知らんが、おれは金貸しでな」

「あら」

「——お要り用の筋は当社まで連絡を、な」

名刺を渡すと、ママは素早く眼を走らせて、帯の間にはさんだ。

「お訊きしてもいいかしら？」

「おお、何なりと」

「急に必要な用が出来たのよ、ただちょっと金額が大きいので、みな二の足を踏んでしまうの。もう二十軒以上断られたわ」

「担保がねえんだろ？」

「いいえ」

「不動産かい？」

「いいえ。黄金よ」

「おおごん？」

「ちょっと、お待ちになって」

ママは席をたって奥へと消えた。

五分とせずに戻って来たその手には重そうな、錆を吹いた青銅の箱を抱えている。ひどく古いものだ、とあちこちが欠けた彫刻を見なくてもわかった。

それにしても、おかしな彫刻だ。腰から下は人魚みたいな鱗と尻尾の天パー野郎が、裸でラッパみたいなものを吹いたり泳いだり、それが一匹じゃなくて何十匹と徒党を組んでやがるのだ。

「――何だ、こりゃ？」

おれの問いに、

「ダゴン神――ペリシテ人の神よ」

「今度は別の神さんか。ここの店あれか、向うの新興宗教の出店か何かかよ？」

ママは答えず、テーブルに置いたその箱の両側に手を当て、静かに持ち上げた。

かがやきがおれの顔を山吹色に染めた――はずだ。

「おい」

誰にささやいたのかもわからぬ声が自然に口からこぼれた。多分、自分と――世界にだ。

箱の中から現われたのは確かに冠だった。

だが、この世の中にこんな冠を被る奴がいるのだろうか？

「どう表現したらいいのか、わからないのね」

とママが言った。眼の前にいるのにその色っぽい顔はひどく遠く、十分な照明を浴びながらも闇の中に浮かんでいるように見えた。

その唇が動き出した。だが、出て来たものは月並みな愛の言葉でもおかしな呪文でもなかった。

「〝それが一種の冠であることにまちがいはなかった。その形は前のほうがぐっと高くなっていて、ほぼ畸形に近いほど楕円形をした頭に合わせて作ったみたいに、その円周はひどく大きいうえ、妙にくねくねしていた。その材料は、おおむね金が使われていたらしいが、一種不思議な、金よりも明るいそのつやを見ると、なんか金と同じくらい美しいが、その正体のわからない金属との合金なのではあるまいかと思われた。その意匠のなかには、簡単な幾何学模様もあれば、また海を表わすいかにもあっさりした模様もあり、――信じられないほど巧妙な技術と美的感覚とをふるって、その表面に浮き彫りになっていた〟」

おれは珍らしく――黙ってママの誦読に聴き惚れていた。そう、惚れていたとも。ママの声は美しく鮮明で、そのくせ水の中で聞くみたいに神秘的に鼓膜を震わせた。それだけじゃない。ママが口にする表現は、正しくおれが考えそのくせ言葉に表わせないでいる感想そのものだったのだ。

「〝見ればみるほど、いよいよその冠の美しさに魅せられたが、その魅力には、ちょっと説明しかねるようななにか妙に不安な要素があった。初めにわたしは、それが奇妙なよその世界で作られた芸術作品であればこそ、不安な気分になるのだろうと判断した。これは明らかに、無限の成熟と完成を極めたある安定した技巧によって作られたものであって、しかもその技巧たるや、東洋風、あるいは西洋風とはまったくかけ離れた、また古代風でも現代風でもなく――その類例を見たことも聞いたこともないような、まったく不可解極まるものであった。この冠には、まるで他の惑星で作られた作品のような趣きがあった〟」

おれは、そうだ、と叫びかけ、あわてて抑えた。

おれだけじゃない。これを見た奴は例外なくそう考えるに違いない。

3

「〝だが、やがてわたしは、自分が不安になる原因が、あの奇妙なデザインの絵画的でしかも製図を思わせる点にも、同じくらい強く宿っているのに気がついた。その模様はどれを見ても、時間と空間に関しては、遙かに遠いさまざまな秘密と、想像もできない深淵のあることをそれとなく物語っていたし、またその浮彫りが、どこまでも単調に、さざ波の模様を表わしているところは、不吉な感じがしてくるくらいであった。浮彫りのなかには、思わず顔をそむけたくなるほどグロテスクで悪意に満ちた、忌わしい伝説上の怪物——たとえば、なかば魚、なかば両棲類を思わせる——姿も見うけられたが、こういう二つのものを思わせる気持と、たえず頭に浮かんでくる不愉快な潜在的な記憶感覚とを切り離すわけにはいかなかった。それほど、これらの怪物の姿は、ある生々しいイメージを呼び起こすかのように思われた。そういう神を冒涜するような半魚半蛙の姿こそ、人間のまだ知らない、非人間的な悪の真髄にみちあふれているのだとわたしはときどき想像した〟」

長い長い、しかし、少しもそうは思えない引用を、ママはそこでやめた。

その言葉はおれの耳の奥で永永《えいえい》と鳴り響き、その冠はおれの眼にまばゆく灼きついた。

「これでお貸しいただきたいの。五千億円」

頭の何処かで、誰かが、またかよ、と呻いた。

正直に言おう。おれは、

——それで足りるのか？

と訊くつもりになったのだ。金貸しにあっては
ならない素直な気持だった。だが、おれは自分が
何者かを忘れていなかった。

「担保はこれだけかい？」

苦々しい表情を作って訊いた。

「おれにゃ美術品のことはよくわからねえが、いくら珍品だって、これひとつで五千億は無理だ」

「そうかしら」

ママは妖しく、艶めかしく笑った。

「真の芸術とはお金に変えられないものよ。値段がつけられないの。それだって同じ。五千億円なんて、この王冠の真の価値から考えれば、端金《はしたがね》もいいところよ」

「そうかなあ」

とぼけるのに、えらい苦労が必要だった。あまりの嘘つきぶりに、心臓が止まりかけたほどだ。

おれは、じろじろと冠を観察し、はっきりと閻《えん》魔《ま》に舌を抜かれると確信した。おれが——三歳児が見たって、それが美術品としても、単に古代の品としても、途放もない価値があると判断するだろう。見ているうちに、あまりの素晴しさに意識が薄れてくる……

「どうして、手に取ってご覧にならないの？」

ママが笑った。それで我に返った。ママはどうぞと冠を差し出した。

「いや、結構だ」

おれは首をふった。こんなもの手にしたら、いきなり懐ろに入れて逃げ出しかねない。

「納めてくれ。悪いが五千億は出せねえ」

「そう？」

急にママの顔が大きくなった。テーブルの向うから身を乗り出して来たのだ。十センチと離れていないところで、かぐわしい吐息がこうささやいた。

「なら、別のものをつけるわ、いかが？」

「悪いが」

「見もしないで？　一兆円と言い出すかも知れないわよ、あなたの方から」

「だといいな」

おれの手に、冷たく柔らかいものが重なった。全身が一度、大きく痙攣した。

「お帰りになるとき、表へ出たらそこで待っていて。ご一緒したいわ」

「おい——本気かあ？」

思わず大声を出しかけ、口をつぐんだ。他の客に聞かれちゃまずい。これまでいちばん辛い経験だった。

それきりママは席をたって、別のボックスへ入った。

おれは最初のホステス相手に水割りを飲んだが、つづけて四杯空けても酔いは廻らなかった。

「お強いのね」

ホステスが呆きれた。

「何か召し上がらない？」

「要らん」

おれははっきりと断わり、

「変わったママだな。初対面の金貸しに五千億円の融資とはな」

「あの人なら言いかねないわ」

「そういうタイプか。そう言や、おまえ、他のホステスと違うな」

「そう？」

「顔も身体も不細工だし。もうおれとタメぐちを聞いてやがる。プロじゃねえ。バイトか」

「バレたか」

若いホステスはペロリと舌を出した。

「あたし、専門学校の生徒なのよ。あたしの他にも、もうひとりいるわ——あそこ」

堂々と指さす奥の席に、これも浮いてる娘がいた。

「何処がどうというわけじゃねえんだが、なんかおかしな店だなぁ。海の底をイメージしてあるせいか」

「へえ、海の底ねえ」

でかい声出して、周囲を見廻している。今まで気がつかなかったのか。こんなど素人を雇うとは、よっぽど急に開店したらしい。

「あのママ——結婚してるのか?」

「ええ。昨日、ご主人と廊下で話してるのを見たわ」

「どうして亭主だとわかる?」

「あなたって呼んでたわよ。抱き合ってもいたし、あの冷たいママがもううっとりと。こっちはぞっとしたけどさ」

「なんでだ?」

興味が頭をもたげた。

「ご主人の顔——人間じゃなかったよ」

「なにイ?」

「全体が濡れてて、そこに長髪がへばりついて気味の悪いことといったら。顔全体が左右に鰓張っててさ、眼の玉も左右についてるの。死んだ魚みたいにどんよりした眼。顔の表面は皮膚病みたいに色が違ってて、しかも、あちこちに黄色い毛が生えているのよ。しゃべってるの聞いたけど、まるで蛙の鳴き声。そこに時々この国の言葉が入ってくるって、限りなく怖いわよ」

「そらそうだ」

想像してみたが、脳裡に浮かぶのはスーツを着たガマガエルだった。こいつは、おれの方を向いて、ゲコと鳴きやがった。

そんな亭主を持って平気な女となると、

「ママって、新興宗教にでも入ってるのか?」

ホステスの眼球が素早く左右に動いた。声を抑えに抑えて、

「――当たり」

と言った。

やっぱりな。

「――ここの女の子、あたしと友だちを抜かすと、みぃんなそこのメンバーよ」

頭の中に赤だの黒だの青だのの糸が、何本もややこしく絡まるイメージが浮かんだ。それがよじり合い、絡まりあって、一本の太い糸にまとまっていく。

おれは水割をひと口飲《や》って、

「なんて教団だ？」

ホステスは首を傾げた。思い出そうとしているのだ。

「ク」

と出た。

「ク？」

「クル」

「クル？」

「クルクル」

「クルクル？」

「パー」

「ふざけるなよ」

「ごめん――間違えた。確かねえ――クルウルウーだったかな」

「クルウルウ？」

少し違うな。

「クトゥルー」

おれが驚いたのは、その声が隣りのボックスから急にしたからだ。声自体が不気味だったわけじゃねえ。

眼と眼の間が妙に離れた青白い肌のホステスが、仕切り越しにこちらを見つめていた。

「それだ！」

おれは手を叩いた。

「思い出した。助かったぜ。ありがとうよ、姐ちゃん」

「いいえ」

とホステスは答えたが、顔を戻しはしなかった。見つめている。

おれじゃない。隣りのホステスをだ。

ルージュをべったり塗った分厚い唇が、ぱくぱくと開いた。

おれの耳に残った言葉を、そのまま再現するとこうなる。

「ふんぐるい、むぐるうなふう、くとうるう。るるいえ、うがなぐる、ふたぐん」

そして、ホステスはいきなり、自分の客相手に戻った。

「嫌《や》な眼つきしてやがる――おい!?」

こっちのホステスは宙の一点に眼を据え、激しく震えていた。顔にははっきりと恐怖の相があった。

「どうしたんだ？」

「わかんない」

そう答えたと思う。思うというのは、歯ががちがち鳴るせいで、聞こえにくかったからだ。

「何がわからねえ？」

「あの人に睨まれたら……急に怖くなって……」

「だらしがねえな。少し眼が離れてるだけじゃねえか」

「……ママの彼と……同じよ」

「おお、そう言やそうだな。わかった。そのクルクルパーどもは、同じ面の信者ばかりを集めてるんだ」

冗談のつもりだったが、ホステスは笑わなかった。それどころか、

「ねえ、あたし帰るわ。お店もやめる」

「はあ？」

右手が掴まれた。

「お願い、家まで送って。泊ってってもいいわ」

「え？」

「お願い」

泣きそう——いや、死にそうな顔だった。おれが立ち上がったのは、それに心を乱されたからじゃない。顔から下が、中々のグラマーだったからだ。お泊りOK？

「いいとも——送ってやるよ」

「ありがとう。外で待ってて。すぐ用意してくるわ」

「おい、名前は？」

「あ。ごめん——瑠美よ」

「本名か？」

「——やだ、すぐにわかるじゃない」

やっと笑顔を見せて、ホステス——瑠美はドアの方へ向かった。ドレスの上からも形のわかるでかい尻が、ぷりぷり左右にゆれている。おれは舌舐めずりしたくなった。短期間だが、今夜という名の未来はバラ色だ。

おれは勘定を済ませて店を出た。

一歩出た途端、全身を雨が打った。なのに、急に体が軽くなった。

通りを渡ったビルの前に立っていると、十分ほどで小走りにやって来た。

街灯の光の下で。見ても血の気がない。

「よく脱け出せたな」

「急病だって言ったの」

そら文句は出ないわな。

「家って何処だい？」

「信濃町よ」

「近くていいな。もっと入れよ」

おれは傘の下で瑠美を抱き寄せた。抵抗もなく、熱い女体はおれの腕の中に入った。

肌は生白いがその下はあたたかい。

コインパーキングまで歩き、車を発進させると、瑠美は長い安堵のためいきを洩らした。

五章　水底《みなぞこ》の三つ巴

1

瑠美の住まいは、「慶応病院」に近い小さなマンションだった。それでも2DKあれば、女ひとりで住むには十分だ。

空気には香水の香りが漂っている。

ドアをロックし、六畳のキッチンに入った途端、瑠美は抱きついて来た。

おお、服の上からでも露骨にわかるボリュームたっぷりの乳が、おれの胸の下でつぶれている。


「まだ、おっかねえのか」

おれは部屋の内部を確かめながら訊いた。男が隠れていないかまだ気になるのと、財政状態の確認だ。今どきの娘が欲しがりそうな品はみんな揃ってる。お客にゃならねえ。

瑠美は積極的だった。自分から唇を押しつけ、舌も絡ませて来た。唇を離さず、おれの服を脱がせ、自分も裸になった。

うお、色は白だが、乳首がちょっと隠れるくらいのビキニ・ブラとTバックと来やがった。この娘が発展家とは思えないから、これが普通の下着なのだろう。近頃の女は大胆で敵わねえ。

整理整頓の標語でも貼ってありそうなベッドルームでおれさまを迎えたのは、ダブル・ベッドだった。男がいる様子はねえ。未来に賭けてみようの口だろう。

照明のスイッチを探ると、

「駄目よ、消さないで」

と瑠美は呻いた。

「まだ怖いの。暗いのは嫌。雨の音がするでしょう」

耳を澄ませた。しない。ベランダとの仕切りのガラス扉には、確かに大粒の雨がぶつかっては砕けているが、その音も通行人の悲鳴も車のエンジン音もおれの耳には届かない。

「雨が怖いのか？　おかしな趣味だな」

「どうしてだかわからない。でも、怖いの。抱いて」

またおれの唇を強引に吸って、瑠美は自分からベッドに倒れた。握って来た。これは驚かなかったが、その強さとスピードに仰天した。

「早く——来て」

と瑠美はすがるような眼でおれを見上げた。

「——でないと安心できない。ひとりきりは嫌よ」

「わかった。まかしとけ」

とっくにそそり立っている。

おれは瑠美の手をのけ、目的地の方へ後退し、そこで気が変わって、逆さまの形を取った。

「嫌」

「いいから。まず、ここから始めようぜ」

鼻面を押しつけた瑠美の恥部は十分に潤っていた。

丹念に奉仕をはじめるや、瑠美は獣みたいな声を上げて痙攣し、おれのものを咥えた。

これをやらせると、男の経験値が大体わかる。相手はチンピラばかりだな。

そのとき、瑠美は大きく痙攣して、口を離した。

「何しやがる、いいところで!!」

「誰か来た」

「え?」

「いま、ドアの外にいる。ノブを廻して――入って来る」

おれは耳を澄ませたが、蝶番の音など聞こえもしなかった。

「――キッチンを抜けて――リビングへ来たわ――いま、そのドアの所よ」

眼を凝してもドアしか見えなかった。ま、向うにいるらしいからな。

「――ノブを掴んだわ」

おれはノブに視線を浴びせた。廻るのか?

「嫌ああ」

瑠美が絶叫を放った。

「どうした?」

おれはふり向いた。

瑠美の両手がだらりとシーツの上に落ちていた。失神したらしい。面倒だが介抱しなくちゃなるまい。

失神するのはいいが、おれが愉しめねえのは困る。

だが、白い手は不意に浮き上がって、改めておれの腰を巻いた。

同時におれのものも、熱く濡れた通路の中に吸いこまれた。中にはよく動く幅の広い蛇がいて、おれのものに絡みついて来た。

「うおおおお」

声が出た。

「おまえ――こんなテクを……」

それが最後の声で、露骨で恥知らずで見事にポイントを突いてくる蛇のテクニックにおれは一気に昇りつめた。

「イイぞ、イク」

その刹那、蛇は引っこんで、

「あ」

「あなたもして」

瑠美の声がねっとりとささやいた。

「おお」

あんまり後半戦が凄かったので忘れてた。

おれは瑠美の両腿の間に顔を埋めた。もう熱い水溜りだ。どっぷりと鼻と唇を押しつけ、

「ほおれ」

「あーっ」

瑠美はおれの頭をはさんだ。それだけでは興奮が収まらないらしく、激しく左右にゆすって反応を示した。

「凄い――凄い――ああ、気が狂いそう」

おれは指も使った。一分としないうちに、瑠美は潮を吹いた。結構まともな娘かと思ったが、とんでもない好きものだ。嬉しくなっちまうぜ。おれはさらに舌のテクを細かく変えた。

そのとき、瑠美が呻いた。

「――中に……いる……中に……いる」

おれは少しあわてて周囲を見廻した。誰もいない。良すぎて妄想が噴き出したか。

「ほおら、開いて見てやるぜ、お姐ちゃん」

おれは指を左右に動いて、妖しく開いた肉襞の中に鼻と唇を――

ずぶりと沈んだ。

離れようとしたが、それは猛烈な力でおれをその内部《なか》へ吸いこんだ。

何が起きやがった!?

おれは夢中で眼を開いた。

青い水中だった。おびただしい影が下へと降りていく。

人間だ。男も女も老人も子供もいる。だが、あ

れはどうだ？　人間なのに背びれをつけた奴は？

いや、よく見ると、魚の尻尾みたいな腰から下を、くねくねと動かして下降していく女――あれは何なんだ？　もっといた。蛙みたいな両生類かと思ったら、手足に水掻きのついた人間だった。何百というそいつらが、青く深い海の底めざして、ぐんぐん進んでいく。

何をしに？

おれは眼を見張った。答えがわかったのだ。おれの感覚では遥か下の下なのに、それははっきりと見えた。

途轍もなく巨大で奇怪な建物の連なり。そのどれもが鋭角で構成されていながら刻々と形を変え、それらをつなぐ通路は確かにおれたちの知ってる石の階段なのに、昇っているうちに、昇り口より下に到着してしまうのだ。上は下、下は上。右は左で左は右だった。あらゆる方角が狂ってやがるのだ。

その周囲を影どもの他に、何やら乗りものらしい形が、これも何百何千となくうろつき廻っている。潜水艦か、とも思ったが、そのくねくねした形は絶対に機械や鉄を連想させず、そのくせ、おれたちには理解できないメカニズムだと、はっきりわかるのだった。

ヰ・ハ・ンスレイ

鼓膜がそう伝えた。

または、

イハ＝ンスレイ

どっちだ莫迦野郎。

あれは、「ディープ・ワンズ」の棲家なのよ。

ディープ・ワンズ？

「深き者ども」ともいうわ。

大いなる都〈ルルイエ〉に暮らす〈偉大なるクトゥルー〉にかしずく存在よ。彼らもまた、クトゥルーとともに、あなたたち人間の生まれる遥か以前にこの星に君臨していたの。

ああ、そうかい。クトゥルーてのがそいつらの親玉なんだな。そいつは何処にいる？　もっと下で乙姫さまと幸せに暮らしているのか？　鯛だの平目だのにストリップをさせてよ。

急に水の色が変わった。

いや、下の方から、何やら途放もないサイズの影が上昇して来るのだ。その色が海全体の色を変えてしまったのだ。

さっき見た「都」――イなんとかなど比べものにならぬ規模と時間と残酷さと神秘を内と外にまとい、積めこんだ代物。頭の中に浮かんだおれらしくない考えが、気にもならなかった。それは、それほどに凄まじい存在だったのだ。

〈ルルイエ〉よ
鼓膜がこう振動した。

おれの眼からしても、それはまぎれもない巨岩を連ねた建造物の集合体であった。だが、さっきのイなんとかも刻々と建物がその形を変えたが、このルルイエも同じく、瞬きひとつする間にすべての建造物の形が変わってしまう。凄いのはしかしここからで、〈ルルイエ〉の建造物は丸ごと消えてしまうのだ。すぐに別の建物が現れるが、それもまた消えてしまい、何処へ行ったかもわからない。何せ物が丸きり変わってしまうのだから、戻って来てもそれと気づくはずがない。

だが、おれはすぐにあるものに気づいた。そして、呆然となった。

「まさか。こいつら正気か!?」

こいつらとは、おれの眼の前をいま、〈ルルイエ〉めざして降下していく太い鎖の束――それを海上で管理している奴らのことだ。鎖の先には全て馬鹿でかい鉄の鉤《フック》がついている。

こんな途方もなく巨大な——何兆いや何京トンあるかも知れねえ古代都市を、鎖で吊り上げようなんて、素人のおれにも不可能だとわかる。

この鎖の大もとには、そんなまともな奴がひとりもいないのか？

眼ばかりか口まで開けてしまったおれの横を、別のものが降下して行った。

潜水艦だ。昔、雑誌で見たバチスカーフだの、トリエステ号だのにそっくりな深海探査船だ。それがまた、うおお、世界中から掻き集めたって、この千分の一にも足りないはずだというくらい——万単位で〈ルルイエ〉の下《もと》へと沈下していくのだ。

探査用のライトが、一隻につき三条四条の光のすじを放っているが、それも〈ルルイエ〉の闇に触れるや、一寸先も照らせず呑みこまれてしまう。おれには光のたてる絶望の悲鳴が聞こえたような気がした。

なんて虚しい努力を。

人知を越えた存在に対して、人間はこれほど無力なのか。

いや、阿呆だ。

〈ルルイエ〉の何処かから小さな点がひとつ浮き上がって来た。それは信じられない速度で、おれの前に浮上し、艶然と微笑んだ。「オーゼイユ」のママ——加菜江だった。

アップにした髪は、今や溺死者を海底へと導く縄のように全身にもつれ、何ひとつつけていない裸身の乳を腰を尻を、淫らな意志を持つ生物のように妖しく縛りつけた。

正体不明の深海魚らしいのが二匹、その乳首に吸いついた。おれみてえな野郎だ。

あなたもじきにここへ来るのよ、いいえ、この星の生きもの全てが水の中で、おれには地上より鮮明にママの声がこだました。

〈偉大なるクトゥルー〉に祈りを捧げるものだけが知る事実——あと数日で星辰が理想的な位置に達し、〈ルルイエ〉は浮上する。そして、何億年もの幽閉を余儀なくされていた偉大なる神が、地上へ顕現するのよ。ング——ンン——イア——イア——クトゥルー——ウンイメ——トウマ。

「いい加減にしやがれ、この気狂い女」

堪忍袋の緒どころか、袋そのものが爆発してしまい、おれは一喝してやった。

「おれのところへやって来たサルベージの二人組もこれに絡んでやがるな。こうなりゃてめえらの神さまなんぞ絶対にこの世に現わさせやしねえ。五千億の融資も無しだ。あんなもの浮上させるのは人類に対する冒涜だ。おれは加担なんかしねえぞ。クトゥルーなんざ一生海の底暮しだ！」

ママの形相がＣＧのモデファイリングみたいに変わった。

悪鬼そのものだ。

おれは夢中で離れようと、両腕に力をこめて身を引いた。

ぴしゃんと抜けた。

振り返った。

2

おれは瑠美のあそこに顔を突っこんでいたのだ。幻を見たのがそのせいかどうかしらねえが、とにかく無事脱出できた。

「待ってて頂戴と言ったのに」

瑠美の声に応じようとして、おれは凍りついた。

違う。瑠美じゃない。

ぬめらかな腹の上で、おれは上体を捻って女の顔を見た。

　張りも大きさも失い、しかし、ねっとりと盛り上がった乳房の向うから、白い顔が持ち上がった。

「おめえは……」

「そうよ、融資の話をしましょう。あの王冠で不満なら、これでいかが？」

　軟かく冷たいものが背後からおれの首と胴に巻きついた。女の手だ。あっさりと、おれはもとの向きに戻された。

　眼の前にママの顔があった。

　おい、さっきの女の顔はどうした？　この女、ヨガでもやってるのか？

「どんな形でもしてあげる。人間には想像もつかない快楽よ」

「阿呆――おめえに出来ても、おれに出来るもんか」

「大丈夫よ。出来るようにしてあげる」

　何か、とんでもない危険を察知したが、おれは動けなかった。ママの腕に抱かれ、かぐわしい息を嗅いでいるうちに、頭の芯がとろーんと痺れてしまったのだ。それどころか、型に嵌められた塑像みたいにあそこがビンビンに。

「ほおら」

　唇が重なった。ママの舌が侵入して来るのを、おれは拒めなかった。舌はおれの舌を嬲ってから、口腔を脱け出し、ずうっと下がって――

　しかし、いま股間にあるのに、なぜママの顔はおれの眼の前なんだ？　なんて長い舌だ。やや、あそこを苛めるのかと思ったら、尻の方へ来やがった。うえ、つついてやがる。こら、よさねえか。こっちの趣味はねえんだ。うわ。

「男性を変えるには、これがいちばんよ。覚えておきなさい。『しょごすの方式』というのよ」

ママの声はおれの脳裡で妖しく鳴り響いた。

なんのこった、しょごすって？　方式をこさえた科学者か何かか？

まともな思考はそこで中断した。

おれの尻をつついていたものが、一気に内部へ潜りこんで来たのだ。

なななんて――気持ちいい⁉

「男はここで変わるのよ。人間を造り出したときから、〈大いなる種属〉にはそれがわかっていた。あなたも早く――」

全身の血管を生あたたかいものが駆け巡った。わかるのだ。大動脈のような大物とは別に、微細な毛細血管に到るまで奇怪な物質が流れこみ、別の血管に浸入し、反転して、また駆け巡る。そして、おれは何か別のものに――

「そうよ、お休みなさい。眼が醒めたときは別の人間になっているわ。姿形も思考もそのまま――でも、別の人間にね。五千億の融資くらい簡単に受けられるわ」

そのとおりだ、とおれは思った。ママは正しい。そして、偉大なるクトゥルーも。

闇がおれを吸いこんだ。

いきなり戻った。ベッドの上だ。

電話が鳴っている。

何の考えもなく、反射的におれはそちらへ行こうと身体をずらした。

「駄目っ⁉」

金切り声に近いママの声が、豊かな太腿に化けておれの頭をはさんだ。プロレスか。電話に出て、どこが悪い。

呼吸が出来ず、おれは必死にもぎ放そうとしたが、女の腿はびくともしなかった。さすがだ。こうやって、グッチのバッグが欲しいのよ、か。

凄まじい圧搾感にまた気が遠くなる。

電話だ。

腿がゆるんだ。

おれは頭をふって脱出し、ベッドをとび下りた。

「行っちゃ駄目！」

ママが叫んだ。怯え切った声におれは何となく違和感を抱いた。あんな女でも電話は怖いんだ。おれたちの督促電話を前にした負債者みてえなものか。

「はい」

最初から間抜けな声が出た。

「無事か？」

渋い男の声である。

「はあ」

「よし。電話器を女に向けろ」

何で知ってるんだと思いながら、おれは逆らうこともせず、ベッドの方を向いた。

ぐえ、出た。

ベッドの上にいるのは、ママでも瑠美でもなかった。

青黒く光る鱗に全身を包まれた烏賊かタコだ。くねくねとうねる触手は、それなのに硬い鱗に隠れ、天井の照明に不気味な光沢を放っている。

それはダブル・ベッドの一面を占領しただけではなく、八本か十本かの触手をこぼし、それらがぬめぬめと蠢きながら、おれの方へ這い寄ってくるのだ。

潮の匂いが鼻いっぱいに広がり、おれは咳こんだ。

だが、おれを感心させたのは、触手でもそれが近寄ってくることでもなかった。触手のまとまり——胴体の上に乗った、それだけは鱗なしの女——ママの顔だった。

よく出来てやがる。

つくづく感心しながらも、おれは受話器を向けた。鱗のついた触手は、足下まで接近していたのだ。

あの男の声をおれは聞いた。

――アィアィ――フテルゴタ――ツァススース――ス――ヨアルガング――アイン――ズロ――

寝言としか思えねえ。だが、効果は抜群だった。

明らかに憎悪と恐怖の表情でこちらを睨みつけていたママの顔が、片方の感情だけでいっぱいに膨くれ上がるや、泥を詰めた風船みたいに爆発してしまったのだ。

壁にも床にも天井にも、どぶ泥のような飛沫がとび散り、凄まじい悪臭が鼻孔から脳まで直撃した。

「うえええええ」

必死に吐き気をこらえつつ、おれは首から上を失ったママから眼を離さなかった。

当然、触手の動きは止まるものと思った。とんでもねえ。ママから解放されたお祭りでもしているみたいに、鞭のように三重・四重に身をくねらせ、狂気のダンスを踊る。

照明が吹っとび、モニターもＤＶＤレコーダーも、洒落たラックも中身ごと弾けとんだ。

――どうやって逃げる？

と思った瞬間、部屋には静寂が戻った。

荒れ狂っていた触手は、夢から醒めた夢みたいに消えてしまったのだ。

惨たる室内を見廻しながら、おれは受話器を耳に当てたが、とうに切れていた。

瑠美はベッドに――あのママの飛沫もろとも横たわっている。近づいてチェックすると、失神してやがるが、生命に別状はなさそうだ。

これ幸いと、おれはドロンを決めこむとにした。後で何か言ってくるかも知れねえが、そのときはそのときだ。

翌日、おれはまた出社した。

ある期待があった。それは満たされた。「社長室」の磨りガラスに顎髯の人影が浮かんでいたのだ。

例によって、おれは磨りガラスのこちらから、

「実は昨日、あるホステスの家でおかしな目に遭ったんですが、もっとおかしな電話に救われました。声に聞き覚えがあります。社長じゃなかったですか？」

「知らんな」

素っ気ねえったらありゃしねえ。ま、わかってるけどよ。

「実は幾つか質問があります。答えて貰えますか？」

「言ってみろ」

「次の単語の意味を教えて下さい。

まず、

クトゥルー

ルルイエ

イハ＝ントレイ

ショゴス

どうでしょう？」

「見当もつかんな」

これでは手の打ちようがない。この狸、と、腹の中で罵ったとき、

「五千億円の用意が出来た。いつでもいいから社へ来るよう、向うに連絡しろ」

「本当ですか⁉」

驚くまいと思っていたが、やっぱり驚いた。一介の町金に五千億の現金《キャッシュ》がこんなにも簡単に用意できるなんて。

「直に手渡すんですか？」

「いや、向うの口座に振り込む。量が多すぎるん

でな」

「わかりました。銀行の奴も同席するんですね」

「いや、話はついてる。向うが契約書にサインしたら、電話一本で振り込める」

「振り込みすか!?」

金融屋は現金取り引きが原則だ。少くともうちはそうだった。考えてみりゃあ、五千億の札束を勘定してったら、十人がかりでも丸一日はかかる。しかし、それが、金融屋の醍醐味だ。債権者がしおらしい顔で札を数え、間違いなしとわかるや、深々と頭を下げて礼を言う。ああ、その瞬間、おれは金貸しだ、という爽快感が、身体を天空へと打ち上げ、大笑を放たせるのだ。はっはっはあ。ま、実際は、

「いや、何の」

くらいだが。とにかく、その瞬間、おれは世界の王なのだ。

磨りガラスの向うからおれを凝視する社長の影が、おれを現実に引き戻した。

「あーあ」

と天井へ眼をやってごまかし、

「しかし、すげえ取り引きになりますね」

「ああ。いいのか?」

「は?」

「この取り引き、成立させてもいいのか?」

なに言い出すんだ、この男は?

「いいって——それは社長が決めることですよ。おれじゃない」

「引き上げた方がいいものと悪いものがあるぞ」

やっと反発の機会が巡って来た。

「金貸しにいいも悪いもないですよ」

おれは語気を荒くした。

「貸して欲しい奴に貸す。貸したら取り立てる。おれたちのやることたそれだけです。相手が餓死寸

前の貧乏人だろうが、女の腹ん中の餓鬼堕ろすために銭がいる大企業の御曹司だろうが、逃亡資金が欲しい殺人狂だろうが、担保か保証人がきちっとしてりゃあ貸す。違いますか？」

「相手が神さまでもか？」

何となくゾッとしたが、おれは大声を張り上げた。

「神さまなんて最高の客じゃありませんか。あんな正直者はいねえ。絶対に取りっぱぐれなんかありません」

「じゃあ——悪魔は？」

「構やしませんとも。担保と保証人ですよ。こいつは神さま以上にどっちもしっかりしてると思いますね。あれだけ嫌われるんだ。ぜーってえひとかどの野郎に違いありませんや」

「よし、後は任せた。色摩がおまえと組みたがっているが、どうする？」

「冗談じゃねえ。あのチンピラ、ちょっと成績がいいからって、おれと組もうなんざ百年早えや。真っ平です」

「わかった。では、しっかりやれ」

「へい」

出ようとしたら、

「へいじゃない。はいだ」

「へい、いや、はい」

オフィスへ戻った。相棒志望者がいやがった。

「何だおまえ、また来たのか。まだ三が日だぞ。TV観ながら雑煮でも食ってろ」

「それどころじゃないですよ」

ハンサムは吸血鬼の犠牲者になったみたいに血の気を失くしていた。

「どうしたんだ？」

「インターネットで調べたら、世界中でルルイエ出現のため、魔術組織だの秘密結社だのが動き出してるらしいんです。資金集めのために銀行やコンビニ、ホームレスまで襲う奴が出て、世界中の警察はてんてこまいですって」

「そのくらいじゃねえと、世の中面白くねえや。ギリシャとイタリアの貧乏臭え話なんぞ沢山だ。国の事情が違うのに、統一通貨なんて無理なんだよ」

「全くです。でも、今度のルルイエ浮上はマジらしいですよ」

「ほお、マジねえ」

おれは鼻先で、マとジを踊らせながら、

「で、いつ海の底から出て来るんだ？」

「それが、星辰の動きがまだ正確に掴めないいんで、実は微妙なところなんだそうです」

「すると、出て来ねえかも知れんわけか？」

「いや、研究者の推測だとまず間違いありませんが、一日か二日ズレるかも知れないと」

「ふん、まあ海の底の隠居所が浮上しようとしまいとどっちでもいいさ。こっちはちゃんと担保を押さえてあるんだ」

「だといいですけど」

ホモだの、オカマだのは何万遍言われても平気だが、これは聞き捨てられねえ。

おれは色摩を睨みつけた。

3

「おい、どういうこった？」

「いえ、担保の話です。新宿と銀座の土地って、本当に大丈夫なんですか？」

「もちろん、国土地理院に確かめてあらあ」

「賃借権が打たれてませんでしたか？」

「おい、誰に向かって――」

「いえ、土地って、過去へ溯れば結局、誰のものでもないってことになるでしょう。最初に陸地が出来たとき、そこは誰のものでもなかったはずです」

おれは黙って色摩を見つめた。どうして、金融業界——それもおれのいる会社に、こんな不穏分子が存在しているのか。

その眼つきが気に入らなかったらしい。

色摩はひとつテーブルを叩き、口から泡をとばしてまくしたてはじめた。

「H・P・ラヴクラフトの『超時間の影』と『狂気山脈にて』を読んでごらんなさい。人類誕生以前に地球に飛来し、凄まじい戦いを繰り広げた異生物たちの歴史が載っています。彼らは当然、領土の確保とその拡張を求めて抗争に明け暮れたと思われます。彼らの場合、領土とは、異次元空間も指すのでしょうが、今は三次元の大地に限定しましょう。ラヴクラフトは描写していませんが、彼の小説の研究家の間では、登場する異世界生物の間に、我々の世界でいう『登記』がなされているという話が浮上しているのです」

おれは気の長い方じゃない。社内で仕事時間中にそれ以外の話をしてる奴を見ると、容赦なく怒鳴りつけて来た。

それが、今度という今度はついに吹き出してしまった。

「何がおかしいんですか?」

ムキになる色摩を片手で制し、おれは鳩尾《みぞおち》を押さえて続発する笑いの痙攣を押し殺しつづけた。

ようやくひと息ついてから、

「あのな、その異世界生物てのは、クトゥルーのことか?」

「いえ、クトゥルーもそのひとりです」

「ひとりって、おまえな。神さまはひと柱と数えるんだ。その神さまがな、超古代とはいえ、何だって地球に今更集合するんだ。ドリフターズじゃねえだろ」

「ドリフターズって神さまがいるんですか？」

うわ。こいつ知らねえんだ。神さまだ異次元だとやり出す金融屋が出てもおかしかねえか。

「そもそも神さまてな、本来は姿なんか見えねえもんだ。だから、依代《よりしろ》つって、神さまが取っ憑く岩だの女だのが必要になるのさ。おまえ、生物とか言ってたが、なんでそれが神さまになるんだ？

おっと、ここでおめえと神さまの概念について話し合うつもりはねえ。生物と言った以上、それはおれたちと同じ生き物だ。神さまなんかじゃねえ」

「生物たって色々ありますよ。相手はこの大宇宙の何処かから地球をめざして旅するだけの能力を持っている奴らです。いいですか、何千何万光年の旅ですよ。神と呼んでもいいと思いませんか。蟻から見れば、僕らは神に等しい存在かも知れません」

「おれたちはそうじゃねえって知ってるさ。その神さまたちも照れ臭がってるかも知れねえよ。もういい。で、この神さまたちが土地の『登記』をしてたら、どうだってんだ？」

「彼らこそ地球の地主だってことです」

「まあ、そうか」

「彼らの『登記』が永劫に及ぶものだとしたら、どうします？　後から出現し、えらそうにのさばり出した人類が、それを知らずに勝手に土地を切り売りし、所有権を主張しくさりゃ、頭へ来ませんか？」

「まあ、そうだな。しかし、おまえの話だと『ラリエー浮上協会』が担保にした土地は、奴らが甦らせようとしてるクトゥルーとかいう神さまの所有じゃないのかよ？　なら問題はねえだろ」

「僕が言ってるのはそこです」

おれは自然と耳を澄ませる形になった。金切り声になるかと思った色摩の声が、急に低くなったのだ。

「いいですか。これもラヴクラフト研究家たちの、近年の成果ですが、異生物――神々の土地の『登記』には、我々の世界同様、虚偽の記述や登記ミス、改竄《かいざん》等が恒常的に行われていたらしいのです」

どいつがそんなこと調べてやがるんだと思うが、おれは聞き入った。ここがポイントと勘が働いたのだ。

――それでどうした？

おれは眼で促した。

色摩はうなずいた。大見栄でも切りたいところだったかも知れねえ。

「その『ラリエー浮上協会』が所有してると思っている土地は、別の生物――神々の所有地だった可能性が高いのです」

おれは職業意識の塊りになった。

「何だあ？　新宿と銀座が、他の神さまの所有地だあ？　どこのどいつだ、そんなこと抜かしてやがるのは？　『ラリエー浮上協会』の奴らは、それを知ってて担保にしやがったのか？」

「わかりません。そこまでの悪意はないと思いますが、彼らの生涯を賭けた大事業のためです。正直やりかねません」

おれは色摩の胸ぐらを掴んで引き寄せた。いい返事が来なけりゃボコボコにしてやるつもりだった。

「その研究してる奴らてのは、正式な所有者を知ってるのか？」

「そこまでは」

「おい、すぐ連絡を取れ。新宿駅前と銀座四丁目の所有者が誰か確かめるんだ」

「わかりました」

色摩はパソコンにとびつき、おれはがっくりと椅子の背にもたれた。

ぬけぬけと登記書類を差し出した坂崎と、その横でVサインを出していた鈴木の爺いの顔が点滅した。

あいつら、ぶっ殺してやる！

いや、待てよ。早目にわかったんだ。融資を断わりゃ済む。いやいや、それじゃ気が済まねえ。知ってて騙すつもりだったかも知れねえんだ。何処へ行ったって二度と借金なんか出来ねえようにしてやる。

電話が鳴った。内線——社長室からだ。

「あ、社長、丁度いいところへ。実は例の五千億の件なんですが。は？」

おれは受話器を耳から離して、しげしげと見つめた。

「何ですって？」

凄味のある低い声が——しかし、はっきりと流れて来た。

「『ラリエー浮上協会』への融資は行え。社長命令だ」

「社長——実は」

「話はみな聞いた。融資は行うんだ」

「気は確かですか？　あの土地は——」

「おまえ、そんな話を信じるのか？」

嘲けるような口調が、おれを冷静にした。そうだ、おれは——

「信じてなんかいませんよ。けど、偽の担保を平気な面して持ってくるなんて。おれぁ許しません」

「その辺はおまえに任せる。ただし、融資と契約は騙されたふりをして粛々と行うんだ」

「騙されたって——おい、どうだ？」

コンピュータのスクリーンと睨めっこしていた色摩が、顔を上げて首を横にふった。

「それが——誰の所有かはいまだに謎ですが、偉大なるクトゥルーの所有地ではないことは、明らかだそうです」

「すると、あれか。本当に騙されてると知りながら、銭をくれてやらなきゃならねえのか。えーい、おれはご免だ。色摩、契約はおめえがしろ」

「ちょっと」

「いかん——おまえがやれ」

これはおれへの命令だった。

「社長——勘弁して下さい。おれがやったら、あいつらの首をへし折りかねないですよ」

「それでもやれ」

「社長——どうして？」

「面白いからだ」

「面白い!?　社長」

「とにかく任せたぞ」

「辞めさせてもらいます」

「そうはいかん。おまえの仕事はまだ二十件以上残ってる。それを放り出して行くつもりか？　穴山や由利に任せてしまっていいのか？」

おれはうう、と呻いちまった。どっちもうちの営業だが、実力はおれや色摩の百分の一もない。こいつらだけだったら、会社は創設二日間でつぶれてる。

「おまえの天職は金貸しだ。中途半端で会社を辞めるなんて、おまえのプライドが許すまい」

「くっくっくっ」

「何かおかしいのか？」

「苦悩の表現です」

「そんなことで癌になるよりは、好きな仕事をやれ。これは命令だ」

「——わかりました」

おれは渋々と、社長室の方へ牙を剥きながらうなずいた。

頭に来た上、腹の中は石狩鍋かすき焼きみたいに煮えくり返っていたから、帰宅することにした。

帰り仕度をして外へ出ると、色摩が追いかけて来て、一緒に連れてって下さい、と申し込んで来た。

「阿呆、飲みに行くんじゃねえ。家へ帰るんだ」

「わかってます。連れてって下さい」

「なんでだよ？」

「あなたが遭遇した異変を、みいんな聞きたいんです。あ、近くにコンビニありますか？」

「ああ。土産でも買うつもりか？」

「いえ、テレコのバッテリーが心配なので、リチウム電池が欲しいんです」

意欲満々の見本だ。こいつは生まれたときから今まで、順々に熱血赤ちゃん、情熱少年、激情兄《あん》ちゃんと呼ばれて来たに違いない。

「悪いが、おめえと話す事はねえ。糞社長のおかげで癌になりかかってるんでな」

「スキルス性の胃癌ですかね？」

「嬉しそうだな、おい」

「いえ、身近かにそういう悲劇的な人がいると、楽しいじゃないですか」

これ以上こいつと話してると殺しかねない。

「じゃ、な」

おれはさっさと駐車場へ行って、パジェロをスタートさせた。一刻も早く、その忌々しい時間から逃げ出すつもりだった。社長も色摩も、ラリエー浮上協会の秘密会員に違いねえ。

六章　神には神を

1

「おや？」

マンションのドアの前にぼんやりと立つ人影を見て、おれは首を傾げた。

優子じゃねえか。おかしな奴らにさらわれたと聞いたが、逃げて来たのか、それとも解放されたのか。

何にしてもめでたい。

声をかけながら近づいていくと、向うもおれに気づいてふり向いた。

それでも眼つきは虚ろだ。クスリでも盛られたのか。

「おい。わかるか？」

声をかけると、ようやく顔の表情が動いた。

「あ、——さん」

とおれの名を呼んで、覚束ない足取りで近づいて来た。

おれはその肩に手を置いて止め、

「何処にいたか知らねえが、無事で良かった。ま、上がれや」

部屋に入ってソファにかけても、優子はぼんやりと宙を見つめていた。こりゃ絶対にクスリだ。後で知り合いの病院へ連れてくとして、その前に訊かなきゃならないことがあった。

たっぷりとブランデーを垂らした紅茶を出すと、優子は匂いを嗅いでから、ようやく口にした。さましさまし半分ほど胃に入れた頃には、頬に赤味がさしてきた。

傷つけられた風もない。おれは告白への期待を持った。

「具合はどうだ？　医者へ行くか？」

頭が横にふられた。ふり具合はまともだった。

「大丈夫よ。心配いらない」

「よし。話はできるな？」

「ええ」

うなずく横顔には、やはり生気が乏しい。どんな目に遭わされたのか。

「さらわれたのか？」

「ええ」

「何処の連中だ？　やくざか何かか？」

「いえ」

「亭主の関係か？」

「そう、よ」

やっぱりな。

「あれか、何とか教団？」

「そ」

「おれもせっかく追いつめたおまえの亭主をおかしな具合に取り逃がしちまった。あいつら何者だ？」

「クトゥルー」

「何？」

「ルルイエの館にて」

おれは、言葉を弾き出しはじめた優子の虚ろな表情を呆然と見つめた。

「――死せるクトゥルーは夢見ながら待ちいた

り」

「おい」

語気を荒らげた。優子はまた振り返った。

いきなり、抱きついて来た。

「おい、しっかりしろ」

「怖いの、とっても。あいつら、あたしを――何かとんでもないものを見せられたの」

「とんでもないもの?」

おれは胸にすがる優子の顔が、狂気に近い恐ろしさに歪んでいると気づいていた。拉致されたところで、この女は何かを見せられた。そいつが原因に違いない。

いきなり、優子はおれをソファに押し倒した。タイミングも良かったが、この女の何処にと思われる凄まじい力だった。

唇が重なった。

ぬるり、と舌が入って来る。

次の瞬間、おれは悲鳴を上げて、優子を撥ねとばしていた。

「どうしたの?」

不気味な眼つきが、おれを見上げた。

「おまえのキス――ママと同じだ」

「何よそれ?」

はじめて唇にうす笑いを浮かべ、優子はにじり寄って来た。

違う、と脳の何処かが叫んだ。

優子はウールのベストを脱ぎ、ブラウスも脱いだ。ノーブラの乳房がどたりとこぼれた。

「おい――泡食うなよ」

おかしな気分だった。

優子は光る眼でおれを見据え、今度はスカートを下ろした。パンティなど名前だけの小さなナイロンの切れ端に、おれの眼は吸いついた。

何かしらねっとりとした脂肪《あぶら》みたいなものが、

いつの間にかおれの体内をとろとろと流れ、おれは優子に対する疑惑も忘れ果てた。

「あなたも脱いで」

と優子は甘く淫らな声で言った。

「そうしたら、教えてあげる。あたしを拉致した奴らの正体も。あたしが見せられたものも」

優子の手が上衣を剥いだ。

次はワイシャツだ。

ボタンに指をかけ、二つ目を外したとき――

チャイムが鳴った。

悲鳴に近い叫びを上げて、優子は跳びのいた。

何が何やらさっぱりわからず、ぼんやりと見つめるおれへ、

「ごめんなさい。トイレ」

声だけ置いて身を翻した。

異様な色香のせいでまだ夢うつつの頭を、なんとか正常に戻したのは二度目のチャイムだった。

おれはインターホンのところに行き、

「何の用だ？」

喧嘩腰に訊いた。

「あ、色摩です」

脳天気な若い声が、とうとう正常に戻しやがった。

「てめえ――どうしてここがわかったんだ？」

「会社から後つけたんです、後を。気がつきませんでしたか？　案外と呑気ですね。体調はいかがですか？」

「余計なお世話だ。とっとと帰りやがれ、刑事《でか》みてえな真似するな！」

「探偵と言ってくれませんか。これでもリュー・アーチャーのファンでして」

おれは叫び出したいのをこらえて、優しく言ってやった。

「いま取り込み中だ。さっさと家へ帰って、彼女

とファックでもしてろ」

「いいな。その言い方。セックスよりはやっぱりファックですよね」

「またな」

インターホンに背を向けた途端、ドアが打撃音をたてはじめた。野郎——先輩を何だと思ってやがる。

これはもう身体に教えるしかねえ。メリケンでもと考えたが、そこまでやることあるめえと思い直して、おれは拳を固く握りしめてドアの所まで行った。

一気に引き開け、

「いいか、世の中てのはな——」

ここまで言ったとき、色摩はもうキッチンに上がりこんでいた。靴は脱いでやがる。早え。

台詞だけ聞くとパッパラパーだが、イケメンの表情は暗くこわばっていた。

勝手にダイニング・テーブルの前に腰を下ろし、小脇に抱えていたビニール袋から数冊の文庫本をテーブルに並べた。日本の他に洋書のペーパーバックもある。

「ラヴクラフトの著作です。これで、あなたの質問に答えて行けると思います」

「おれは質問なんかねえ。そもそもクトゥルーだの何だの、少しも興味がねえんだ。おめえがひとりでおれを巻き込もうとしてるだけだ」

「これは——マジに——人類の問題なんです。もしも、五千億の融資を受けたクトゥルーがこの世へ顕現したら、世界は本当におしまいだ。融資も支払いもありません。さあ、そのサルベージへの融資をオーケイしてから起こったことをみいんな話して下さい。テレコも用意しました」

「そんなこと聞いてどうしようってんだ？」

「インターネットを使って、世界中の反クトゥルー集団に配信します。復活を阻止する役に立つかも知れません」

「おめえも反クトゥルーのひとりか？」

「とんでもない。そんな危ない集団真っ平ですよ。ただの一配信者の立場を貫きます」

おれはこいつの追い立てを、もう諦めていた。

「好きにしろ。もう仕様がねえ。一応最初から話してやるが、終わったらとっとと出てけ。いいな？」

「わかりました。お願いします」

色摩はにこやかにテレコのスイッチを入れた。


忘年会での黒川一志の一件からはじまり、「オーゼイユ」のママ爆発まで一気にしゃべり終えても、優子は戻って来なかった。

ひょっとしてトイレの中でまた薬が効き出したのかも知れねえ。


話し終わって、様子をと立ち上がりかける眼の前を、

「トイレ借ります」

色摩が横切った。

「おい」

ドアが閉じた。空いてたのか？

すぐに出て来た。水洗の音がお伴だ。

「先客がいなかったか？」

「いえ」

嘘はついてねえようだ。訳がわからん。

おれの困惑など色摩にはどうでもいいことだった。

向かい合って坐わると、じっとおれを見つめ、

「お茶いただいていいですか？」

と訊いた。

「あ――？」

「出来ればビールなどあれば」

「冷蔵庫にある。勝手に飲《や》れ」

「ありがとうございます」

さっさと立ち上がり、

「お、バラエティに富んでますねえ。アサヒのスーパー・ドライ、サッポロの黒ラベル、キリンの一番搾り——どれがいいですか?」

「おれは飲《や》らん。おまえの好きなのにしろ」

「はーい」

戻って来た色摩がテーブルに置いた瓶を見て、おれはまた頭がおかしくなりかかった。

「何だ、そりゃ? ナポレオンじゃねえか」

「あ。隣りのキャビネットにあったんで。まずいですか?」

「いや。好きなだけ飲《い》きな」

「そう来なくちゃ」

野郎、ブランデーグラスに、どぼどぼと開けて、

「いっただきまーす」

勝手に乾杯して、ぐいと飲《や》りやがった。

「おめえ、強えのか?」

「いえ、全然」

おれは溜息つきたくなったのを、何とかこらえた。

「まあいい。さっさと訊いて帰れ」

「そうだ!」

たるんでた顔が、きりりと引き締まって、

「僕が不思議なのは、まず、あなたがどうして平静を保っていられるのかということです。眼の前で説明のつかない怪現象が頻発しているんですよ。もっと大騒ぎしませんか」

「怪現象?」

「たとえば、胸に灯明台が突き刺さっているのに、少しも気がつかなかった」

「ああ。痛くなかったんでな」

「それがおかしいでしょう。痛いのが普通でっ

せ」

「おまえ関西人か？」

「いいえ。どうしておかしいと思わなかったんです？」

「あれはタッチャブルの３Ｄだ」

「――」

「知らねえのか、おまえ？　いま３Ｄ映画が世界を制覇してるだろ？　ハリウッドは次の素材として、触れることができる立体映画を開発してるんだ」

「それをどうして、あなたに使ってるんです？」

「おお、それも知らねえのか」

おれは勝ったと思った。

「ハリウッドじゃな、キャンペーンのやり方も、超一流の宣伝会社に依頼してる。するととんでもないやり方が上がってくるんだな。ギャングに扮した俳優が、いきなりスーパーへとびこんでレジの金をかっぱらい、震え上がってる主人に、死にたくなかったらこれを連呼しろと、映画のタイトルや公開日を言わせたり、バーやクラブで、一流企業のトップを新人女優に誘惑させ、ベッドイン寸前したかったらこう言えと、同じくタイトルをしゃべらせるとかな。おれの場合は、一般人からアトランダムに選ばれただけのこったろう」

「無理矢理納得してませんか？」

「どうしてだ？　でなきゃあり得ねえ話だろ？　ひょっとしたら、おれがキャンペーン相手だと決まってて、金子にも意を通じてたのかも知れん。はははあん、きっとそうだ。やっとすっきりしたぜ。後で電話してやろう」

「あなたがわからない」

色摩は頭を抱えた。わからねえのはてめえの方だと思ったが、余計な言い争いになりそうなので口をつぐんでいた。

「で、次は？」

「はい。戸口を出たら消え去っていた田丸。それもおかしいでしょう。何処へ行ったと思います？」

「多分、あの近くに落し穴でも掘ってあったか、秘密の隠しドアでもあったんだろ。ま、一応確かめた。見つからなかったけどな。だが、正解は屋根の上にロープを持った奴が隠れてて、外へ出た途端引っ張り上げたんだ。屋根の上見たら、ロープがぶら下がってたからな」

「屋根瓦を取り替えてたって言いましたよね。それじゃないいんですか？」

「うるせえ。これで筋が通るんだ。他に何かあるか？」

色摩は食ってかかりそうな表情を作った。しかし、すぐにご破算にして、

「じゃあ、東京へ帰ってから行った『オーゼイユ』のホステスの部屋で、ぺちゃんとつぶれたママの正体は？」

「あれはお前、メカニカル・エフェクトと特殊メイクの組み合わせに決まってるじゃねえか」

「はあ？」

「だからよ、ママのボディそっくりのメカニカル——機械が動いたりしゃべったりする人形をこしらえてよ、頭だけつぶれてべちゃとなるように仕掛けといたんだよ。『インディ・ジョーンズ／失われた聖櫃《アーク》』って映画のラスト知らねえか？」

「観ました。覚えてますよ」

「聖櫃から現われた奴等のパワーで、ナチの連中の顔がみるみる溶けて骨になって溶けちまう。あれと同じだよ。あれは蝋で人の骨格を形取ったモールドのように、何層にもメイクを施し、血に見える薬を入れ、バーナーを浴びせて溶かしたんだ。ママも同じだ」

「そんな——手間と費用が幾らかかると思ってる

んです。第一、そんなもの作ってあなたを驚かせてどうしようっていうんですか?」

「莫迦か、おまえ? 脅して融資をさせる——その他に、あんなことする必要があるか?」

「どんな目的でも、そんなことするのはおかしいですよ」

「いいや、ママは最後まで融資しろと言ってた。少しもおかしかねえな。銭のためならどんな事でもするのが人間だ。おめえ、よくそんな人間理解で金融屋やってられるし、やって来れたな」

「わかりました。ごめんなさい。じゃあ、じゃあですね、あなたがホステスのあそこに顔を突っこんだら見えたという光景は? 夢だなんて言わないで下さいよ」

「夢だろ」

いきなり、ドーンっと来た。色摩の野郎、テーブルをぶっ叩きやがったのだ。

2

「何を怒ってるんだ?」

おれは訳がわからなかった。

「理路整然と話されると腹が立つのか、てめぇは? 論理が理解できないのかね。ワトソン君、はっはっはあ」

そっくり返ってから戻ったおれの眼の前に、数枚の写真が叩きつけられた。

「何だ、これ?」

と訊いても、色摩は眼と歯を剥いておれを睨みつけるばかりだ。黙って見ろと言うことだろう。

「ん?」

一枚目に眼を通して、おれはこう呻いた。二枚目を見た。

「これは――」

そこに写った光景は、おれの記憶の中に確かにあった。

一葉取り上げて、おれはしみじみと眺めた。光もささぬ深くて黒い水底に、蜿々と果てしなく広がる石の城壁や柱や建物の連なり。それらは何億年をけみしても、世界の存在とは無関係に君臨するのだった。

「〈ルルイエ〉です」

と色摩の声が遠く聞こえた。

「よく出来たセットだな。それとも――マット・ペインティングか？」

「正直に言いますとミニチュアです」

ほおれ見ろ。野郎、やっと手持ちのカードを出しやがった。

「海中一万メートル超に眠る〈ルルイエ〉を見た地上の人間はこの世にひとりしかおりません。これは三百万年前に、〈深き者ども〉によって製作された〈ルルイエ〉の立体像です。細かい部分まで、実物を忠実に再現していると言われています」

「何処にあるんだ、こんなもの？」

おれは次々に眼を通しながら訊いた。

「アメリカのマサチューセッツにある〈クトゥルー教団〉の本部の隠秘室です。そこではアメリカとなる大地が形成されたときから、海へとつづく穴があり、人とも魚ともつかぬ生きものたちが出入りをしていました。今でも、教団の中で、特殊な秘儀への参入を認められたものだけが、その穴を通って海底の〈ルルイエ〉を見に行くことが許されるのだそうです」

「見に行く？　観光だけか？」

「〈ルルイエ〉に触れることができるのは、〈偉大なるクトゥルー〉のみです」

おれはこいつ教団員じゃないかと疑いはじめて

いた。

「この〈ルルイエ〉像は、上級教団員といえど秘儀への参入が認可された者以外には、見ることができません」

「よく写真に撮れたな、おい？」

「撮影したのは、ドイツのジャーナリストです。彼はこれを友人に郵送した後、行方不明になりました」

「ほお。しかし、郵送って古いな」

「インターネットで送ったりしたら、世界中のパソコンが火を吹きかねません。秘密を守るためにです」

「よせやい」

おれはそっぽを向いて笑った。

「クトゥルー教団てのは、そんなに凄い組織なのか？」

「現在のインターネット状況を考えてみて下さい。世界は電波でつながれています。だったら、そのつながりを一遍に使えば、世界は眼も耳も口も失う羽目に陥ります。恐らく、アメリカもドイツもイギリスもロシアも、日本だってその気になればやられてしまうでしょう。今日も、鉄壁のガードを誇る軍事コンピュータの内部に、民間人の作った寄生虫《バグ》が侵入してプログラムの書き換えに励んでいると思います。クトゥルーの力を片々でも伝えられている連中なら、それを黒魔術でやってのけますよ」

色摩の誇大妄想話を、おれはロクすっぽ聞いちゃいなかったが、ひとつだけ気になる点があった。

「そのドイツ人ジャーナリストが、写真を送った相手っておめえか？」

「いえ。その人物から廻してもらいました」

「ひょっとして、おめえ、かなり人づき合いが得意だな？」

「いえ」

「まあいい。確かにこの写真は、おれが夢で見た姿にそっくりだ。だからどうした？」

「まだ事の重大性に気がつきませんか？　ただのミニチュアじゃないんです。その写真、同じミニチュアなのに、撮ってる光景はみんな違うんですよ」

「はあ？」

阿呆が、と思いながら、おれは一枚ずつ眼を凝らした。

「なるほどな」

とつぶやいたのは、五枚の写真に三度目に眼を通したときだった。

同じミニチュアだと思っていたのが、奇妙な彫刻を施した列柱、途方もなく巨大な城壁、人間の頭の中にあるどんな形ともかけ離れた天井、一段の高さが十階建てのマンションくらいもある石段の全部が、写真ごとに別の、ありえない形に姿を変えているのだった。

そうだ。おれが瑠美――ママの子宮の奥で見た悪夢の建造物のように。

「なるほどな」

とおれは感心した。

「よくこんな細かいミニチュア、幾つもこしらえたもんだ」

ひょっとしたらと思っていたことが、現実になった。

色摩が髪の毛を掻き毟って、わあああと絶叫を放ったのだ。

おれは素早くナポレオンとグラスを掻き集めてテーブルから離れた。案の定、色摩はテーブルをぶっ叩き、のけぞり、またぶっ叩いて苦悩を表現した。

おれはその間にナポレオンをキャビネットに戻し、グラスを流しに置いて、「しんせい」に火を点けた。一服目で、色摩は大人しくなった。

「やっぱりそうか。まさかと思っていたけれど、本当だったんですね」

おれはもう一服吸って、

「――何がだ?」

と訊いた。

こいつと交わす会話の中で、何よりも重要で緊張を伴う瞬間が来たとわかっていた。

「さっき、ナポレオンを見つけたとき、隣りの棚に並んでいる本のタイトルを読んだんです。イア、イア、クトゥルー、フタプン」

「……」

「あなた――特撮マニアだったんですね」

天と地が逆転するかと思われた。それに耐えるべく沈黙の時をおれは迎えた。

「棚の本は、みなスペシャル・エフェクトに関するものでした。レイ・ハリーハウゼン著『塵よ舞え、我れ、汝らには命を与えん』、ディック・スミス著『特殊メイクの奇蹟』、ロブ・ポッティン著『メカニカル・エフェクト』、ジョン・ダイクストラ著『世界をこの手に――スペシャル・エフェクトの手』――未訳本ばかりですが、あの汚れ方は――みんな読みこなしたのですか?」

「まあ、一応」

「ああ、なんてことだ。ここにも特撮バカがいた」

「おい、何だその言い草は? 聞き捨てならねえぞ」

「申し訳ありませんが、今回ばかりは聞き捨てて下さい。ああ、神さま、〈ルルイエ〉を眼のあたりにしたいまや唯ひとりの人類が、現実と空想の区別もつかない特撮マニアだったたなんて」

今や色摩は両手を胸前で組み合わせ、何もない空中に、ぶつぶつと愚痴を言いはじめた。

「彼は現実の奇蹟を人間程度の頭と手で造り上げたチャチな特撮と見なしてしまいます。〈ルルイエ〉はミニチュア、〈深き者ども〉の死体は特殊メイク、〈クトゥルー空間〉に吸いこまれた者は、屋根に引っ張り上げられた――なんという、なんという阿呆だ。低能だ、愚者愚者だ」

「この野郎」

おれはテーブルを廻って色摩の胸ぐらを掴んだ。

「グシャグシャとは何だ、グシャグシャとは？てめえだけが世の中の秘密を知ってるんだと澄ましてやがると只じゃおかねえぞ」

「あなたは世界がどうなろうと何も感じないのですか？〈クトゥルー〉の顕現は一瞬のうちに人間の経済活動など原子に分解してしまうのですよ」

「そんなものケンゲンなんかしねえから大丈夫だ。一生かけて安心しな。それにだな。おまえの言いてえのは、『ラリエー浮上協会』に融資をするなってことだろう。ならおれじゃなく社長に頼め。おれはうちクラスの会社に五千億なんて無茶だと思ってる。それでも社長はやろうってんだ。おれに何が出来る？」

「出来ます。貸さないと言えばいいんです」

「おめえよ」

おれはキレかかった。ここまでイカれた野郎の眼を醒ますには、言葉じゃ無理だ。鉄拳制裁しかねえ。

おれは思いきり拳をふりかぶり、色摩の顎へかまし――かけたところで、誰かが右手を押さえた。

「およしなさい」

優子だった。

3

「おめ——何処にいたんだ?」

「その辺よ。話は聞いたわ、暴力はよしなさい」

「いいんです。止めないで下さい」

と色摩が優子を見つめて言った。

「彼は自分のしていることが、いかに愚かかかわかっていないのです。責めてはいけません」

「こいつう。てめえキリスト教徒か?」

「とんでもない。先祖代々真言宗ですよ」

おれは訳がわからなくなった。

「落ち着いて」

優子はおれの肩に手を乗せた。色摩の方を見て、

「この人に、あなたの言うことを信じろと言っても無理よ。頭の構造がそんな風には出来てないの」

「わかっています」

「ねえ、その『ラリエー浮上協会』が、お金を受け取りに来るのはいつ?」

「これから電話して決めるんだ。断っとくが、おまえらには絶対に教えねえぞ。社長とおれだけの秘密だ」

「それはいいけど、厄介なことに巻き込まれるかもよ」

「何だそれは?」

「反〈クトゥルー〉一派の動きですよ。政治レベルの騒ぎにはしたくないから、軍隊は表立った動きは見せませんが、世界中の特殊部隊、秘密部隊が闇の世界で工作を開始しているはずです。『ラリエー浮上協会』にも彼らの目が光っていると思います」

「そうね」

優子はうなずいた。糞、二対一か。

「一八四六年のある晩、〈深き者ども〉が、マサ

チューセッツの寂れた港町インスマウスを襲ったことがあります。町でいちばん裕富なマーシュという家が、南洋で彼らと交渉し、〈深き者ども〉の力でマーシュ家を繁栄させる代わりに、血の交わりを結ぶことにしたのです。しかし、やはり人間と海の生きものとの混血は奇怪な人間たちを生み、インスマウスには海の者の面相を備えた、いわゆるインスマウス面《つら》の連中ばかりがうろつくようになってしまいました。ある日、そこを訪れた一人の男がこの事実に気づいて政府に連絡し、インスマウスの古い家々はことごとく焼き払われ、多数の住人が刑務所へ送られました。彼らが釈放されたという記録は一切ありません。このときは潜水艦が出動し、インスマウスの沖にある〝悪魔の岩礁〟に魚雷を射ちこんでます。そこは〈深き者ども〉の巣でした。この事件以来、アメリカ政府は急に〝きれい好き〟になり、アメリカ中の貧民街で古い家々が焼き払われたり壊わされたりしました。大概は疫病が発生した、或いは発生の怖れがある、はたまたは新らしい都市開発のため、との理由からでした。ここだけの話、ニューオーリンズを襲い、黒人たちの住む地域に壊滅的打撃を与えたハリケーン『カテリーナ』も、政府が発生させた天候兵器だといわれています」

おれは頭を抱えたくなった。この野郎やっぱり金融に向いてねえ。

しかし、色摩はつづけた。

「最も過激な幾つかの宗教団体も当局の手入れを受けましたが、こちらはしぶとく生き延び、全く別の土地で教義を広めています。面白いのは、古代宗教が強く残っているハイチや中国をはじめとするアジアの各地ではあまり活動しない点ですね。〝神秘なレン高原〟とか、ラヴクラフトの作品には〝アジアの汚れ地〟もよくでてくるんですけど、現実には少ないみたいです。

土着の神々はやはりそれなりの力を持っていますから、〈偉大なるクトゥルー〉といえど、表立って侵蝕は難かしいんでしょう。ですが、国家的規模ではっきり〈クトゥルー〉を危険とみなしていたのはアメリカだけで、他所の国は正直、半信半疑というところでしょうか。僕は次の〈クトゥルー〉復活が世界の意識を変えると思ってます」

「〈ルルイエ〉が浮き上がって来たら、か。半信半疑で阻止できるレベルの話なのかよ」

「いえ。正直、怖いです。日本政府もアメリカから尻を叩かれて何らかの手を打ってるかも知れませんが、この海の国では、むしろインスマウスの二の舞いを歓迎する風潮さえ見られます。〈クトゥルー〉復活の阻止はアメリカに任せる他はないでしょう。逆にいえば、アメリカ政府の諜報担当員はかなりの権限を持って〈クトゥルー〉復活阻止に力をふるうはずです。僕はあなたが彼らに敵視されないかと怖れているんです」

「何でだよ?」

「五千億円貸すんでしょうが」

「おれじゃねえ、社長だ」

「直接の融資担当はあなたです。アメリカはきっと何らかのコンタクトを取って来ます。いえ、それで済めば恩の字です。いきなりドカンと来られた日には」

「いきなりドカン?」

「契約当日、家から出た途端ダンプが突っこんできたり、その前日に放火されたりです」

「おめえな、おれにそんなことするより、『ラリエー浮上協会』の連中を片づけるのが筋だろう」

「彼らは〈偉大なるクトゥルー〉に守られています」

「ああ、そうかい。これ以上話しても無駄だ。お互い、自分流にやるしかねえな。おい、色摩、おめえ会社の仕事を邪魔するつもりはねえだろうな？」

「とんでもない。僕は説得しに来ただけです。あなたがやるというのなら、仕方ありません。でも、忠告だけはさせていただきました」

「ああ、そのとおりだ。ありがとうよ。とっとと帰りやがれ」

色摩はひとつ溜息をついて立ち上がった。

「では失礼します。ひとつだけ言わせて下さい。これは特撮ではありません」

「うるせえ、とっとと——」

おれは椅子をふり上げた。色摩は人間とは思えないスピードでドアの外へ消えた。

何だか清々としたところへ、

「五千億円——貸すの？」

と優子が訊いた。まるで幽霊だ。

「おめえも邪魔するつもりか？」

「いえ。何もしないわよ、あたしは」

「あたしは？　おめえ以外にいるのか？　そうか、亭主だな？」

優子は吹き出した。

「何がおかしい？」

「あなたは幸せ者よ。無知だけど、無知は幸せの別名」

「てめえも舐める気か、とっとと——」

「忙しくなるのはこれからよ。腰据えてやっつけなさい」

玄関へ行くかと思ったら、優子は別の方角へ歩き出した。

「何処行くんだ？」

「トイレ借りるわ」

「またかよ」

確かにそっちの方へ向かう優子の尻が消えるの

をおれは見送った。

それきり優子は出て来なかった。

確かめにいったトイレには誰もおらず、三和土《たたき》におれ以外の靴は見当らなかった。

どうしておれの周りにいるのは、おかしな奴ばかりなんだろう。

その晩、ニュースを見た。

世界中で、おかしな現象が発生していた。アメリカではマセチューセッツ沖に巨大な岩礁が盛り上がり、史上はじめて、全米が一斉に大雨に見舞われた。時速百キロの風がそれに手を貸し、百万余人が死亡、二千三百万人が行方不明になった。

イタリアではベスビオ火山が噴火、逃げる暇もない民間人五千余と二十キロ沖を航海中の豪華客船が火山弾の直撃を食らって沈没。五万余人が死亡。

ギリシア全土を大地震が見舞い、パルテノン神殿は倒壊、大統領は拳銃自殺を遂げた。死者は七万人を越し、これは虚偽の財政申告の祟りだといわれる。

ハイチでは、過激派教団同士の殺し合いが勃発、互いに一般人には耳慣れぬ神の名を連呼しつつ銃撃戦を展開、市民と警官も含めて三千人以上が死亡。

ロシアでは芸術アカデミー会長でノーベル賞受賞作家シュバーキンが、モスクワの王立劇場でプロ級といわれるヴィオラを演奏中、突如曲を変更。観客全員が錯乱状態に陥り、五百余名がショックの余り死亡。残り全員が重度の精神錯乱に陥った。彼らを収容した精神病院の医師によると、ひとりとして完治の見込みはないという。シュバーキン氏は、この曲を演奏させたものが近々人類の前に姿を現わす、と口走っている。

ロンドン発オセロ行きのボーイング７４７が、

南緯四七度九分、西経一二六度四三分の大西洋上に墜落、乗客乗員五二九名全員が死亡したと思われる。現場の海域には、数隻の貨物船が航行中であり、即刻救助に向かったが、奇妙なことに破片ひとつ発見できず、まるで海の魔物に呑みこまれたようだと、迷信深い船乗りたちの間で話題になっている。

——

えれえこった。こら色摩のごたくが実現するかも知れんぞ、とナポレオンとビールのちゃんぽんで、何とかファイルのファンファーレが高鳴る頭で考え、おれは眠ってしまった。

黒いだけの理想的な眠りだった。

三が日最終日の仕事は、「ラリエー浮上協会」との五千億円受け渡し日決定だった。

まずうちの社長に訊くと、いつでもいいと言う。

早速坂崎支社長の名刺にあった会社の番号へかけた。留守電が五日までは休業だと告げた。呑気な会社だ。

坂崎の携帯へかけると、やっと出た。こちらもいつでもいいと言う。

明日の正午と決まった。

振り込みにするかと訊いてみた。いちばんの問題だ。

札の計算器を積んだバンでいくから大丈夫だと返って来た。

危《やば》いことに外は雨だった。なんとなく気分が塞ぐ。天敵は色摩の野郎かと思っていたが、こっちらしい。

駐車場まで歩いた。

おかしな連中はいない。

リモート・キイでパジェロのロックを解除し、ドアノブに手をかけた。

突然、周囲の光景が変わった。

おれはベッドにいた。どう見ても病院の個室だ。何がどうなってるのか考えても、まとまる前に、煙みたいに消えてしまう。幸い手足は動く。手もとにナース・コールのボタンが置いてあった。

駆けつけた看護師の話だと、おれは昨日の午後、マンションの駐車場で倒れているのを別の使用者に発見され、近くの私立病院へ収容されたのだという。

気持ち良く眠りこけている上、手を尽しても覚醒しないため、血液検査をすると、かなり強力な麻酔薬の成分が発見された。状況からして自分で服用したとは思えず調べた結果、ぼんのくぼに小さな傷が発見されたが、針を射ちこんだ痕もなく、どうやら霧状で吹きかけ、浸透圧を利用して体内に吸収される麻酔薬だろうとのことだった。

「警察へ連絡したのか?」

看護師は多分と答えたが、担当の医師が昨日おれを診察してから姿を見せないため、どうなったかわからないと答えた。

この辺になると、おれの意識もまともになり、まず、

「何時だい?」

と訊いた。正午が契約時だ。

幸い、九時を少し廻ったところだった。悠々間に合う。何処かへ連絡したかと訊くと、名刺を見て会社へかけたと答えた。昨日の正午過ぎに同僚だというハンサムが、午後の六時くらいにアメリカ人と思しい白人の男がやって来たという。

「アメリカ人?」

「いえ、国籍はわかりません。ナース・センターの前を通ったのを見ただけですから」

と看護師は自信なさげに応じた。

その顔にあからさまな恐怖の色が広がった。お

れは隠さず話してくれと頼んだ。

「いえ、実はこの病室でもその人を見たんです が、その、そこの壁に背中を押しつけて、前方を睨みつけてるんです。まるでお化けでも見たみたいに。あんな怖い顔生まれてはじめてだわ。私には何も見えませんでした。そして、彼の方をふり返ると、もう何処にもいないんです」

「いない?」

「はい。消えちゃっ——たんですね。私、確かに見ましたから」

「白人に知り合いはねえ。部屋を間違えたのかな」

「それにしたって、消えた理由がわからないわ」

看護師の顔には、汗の粒が貼りついていた。

「これ——、あなたを見つけて連絡をくれた人の話なんだけど、見つけたとき、倒れたあなたの周りには三、四人の外国人がいたというんです」

少し間を置いてから、

「そいつらも——消えた?」

「ええ。駆け寄ろうとしたら足が滑って、体勢を立て直してから見ると、もうひとりもいなかったらしいです」

考えがまとまった。

ドアが開いて色摩がとびこんで来たのは、このときだ。

七章　浮上とその後

1

やはり、昨日駆けつけたのは色摩だった。

病室の近所をうろついている外人に気がつかなかったかと訊くと、いえ全然と返って来た。挙句の果てに、借金取りですか？　と来やがったので、歯を剥くと黙った。

汗まみれの看護師が出てった後で、おれが駐車場で発見されたときからこれまでの状況を聞かせてみた。

「うーん、何が起こってるんだ？」

「多分、その外人てのは、お前の言ってた〈クトゥルー〉の復活を妨げようと血道を上げる諜報員か何かだろう。麻酔銃で薬を射ち込み、へたばったところをさらおうとした。ところが、そこで何かが起きた」

「消えてしまった。一瞬のうちに」

色摩は薄気味悪そうに言った。

「さっきの看護師さんが病室で見たという、怯え顔の外人ってのもそいつらの仲間ですよ。あなたがここへ収容されたのを知って、確認のため、新らしく拉致するつもりで来たんです。ところが、同じ目に遭ってしまった」

「〈クトゥルー〉のせいでか？」

「勿論です。他の誰にそんな真似ができますか？　質量を備えた生き物を消してしまうんですよ」

「どうやってだ？」

「——異次元空間を発生させて、吸いこんだんでしょう。或いは瞬間移動《テレポート》させたのかも知れない」

本気《マジ》で怯えてやがる。ここは潰しとかなきゃ、な。

「おめえの好きなシチュエーションになって来たな。おれの考えは違うぞ。外人どもの正体はおめえの推測どおりだろう。〈クトゥルー〉側の連中が、おれを眠らせなきゃならねえ理由などねえからな。だが、人間が眼の前で消えるなんてこた絶対にあり得ねえ。駐車場の連中は、おれを眠らせたところで、それ以降の作戦を中止すると連絡が来たんだ。そこで大急ぎ逃げ出したのさ。発見者は八十過ぎの爺さんだそうだ。足を滑らせてから体勢を立て直すまで、自分じゃ一瞬と言ってるが、実は十秒も二十秒もかかってたのさ。耄碌《もうろく》だ。耄碌。外人はその間に引き上げただけだ」

「部屋の——看護師さんが見たって外人も、ですか？　看護師さんは三十過ぎで、頭も眼も確かです」

「そいつはあの小母さんに見つかった瞬間、足でも滑らせて倒れたんだ。それから、四つん這いになって逃げた。小母さんあんまりびっくりしたんで、ナース・ステーションへ報告するのも忘れた。後でそれが恥かしくなって、消えたと自分で思いこんだ。あの女にとっちゃ、今はそれが本当のことになってるんだよ」

「よくもこんな屁理屈を」

色摩は感動に近い眼でおれを見つめた。

「凄い」

「うるせえ。人間が眼の前で消えるのと、おれの考えとどっちを信じるか、誰にでも訊いてみろ。百人が百人、おれに手を上げるぞ」

「時代が違います。僕は半々だと思うなあ」

「嫌がらせに来たのか、てめえは。とっとと出てけ！　おれもすぐ会社へ行く」

「いや、あと一日休ませろと、社長から言われて来ました。ゆっくり休養を取って下さい」

「莫迦野郎――今日は契約日だぞ」

いきなり、色摩の表情が激変した。こいつが、こんな――人生は終わったとでもいう絶望の表情を浮かべるとは。

ピン、と来た。

「おい、まさか――契約破棄か!?」

「なら――いいんですが」

「じゃ？」

「ここへ来る前に、契約は成立し、敵は五千億円持って帰りました。担当者は僕です――うわっ!?」

叩きつけられた枕を下ろした色摩の胸ぐらを掴んで、おれは思いきりゆすぶった。

「契約時間はまだ未到来だぞ。なんでてめえごときが」

「昨夜、契約を早めてくれと向うから電話があったらしいんです。社長が受けて、今朝の六時ジャストに社で契約しました。僕は社長から代わりにやれと電話が来て、はい」

「はい、じゃねえ。てめえ、おれの仕事を横取りしやがったな」

「ぐええ」

色摩はチアノーゼ症状を呈していた。殺すと危《やば》い。おれは手をゆるめた。死ぬ思いだった。

相手は坂崎支社長と「ラリエー浮上協会」の社員らしい黒人が十人来て、金を運んで行ったといった。

「五千億といや、うちのオフィスくらいあるぞ。十人がかりで運び出したのはいいが、うちはどうやって運びこんだんだ?」

「知りません。朝着いたら、もう用意してありましたよ。オフィスのど真ん中に、どーんと」

五千億といや、一万円札で五十万枚になる。数えるだけでも大変だろうに、向うは計算機を人数分だけ持ち込み、あっという間に片づけちまったという。

しかし、今どきこんな札束を用意するのも、数えるのも、時代遅れとしか言えねえ。金はポケットマネーとしても、社長はどうやってオフィスへ運んだんだ?

「奴ら、契約を早める訳を話したか?」

色摩はおれを見つめた。絶望を上塗りした顔だった。

「社長から聞きました。ラリエーを浮上させる日が早まったんだそうです」

理由はない。ないが、おれは何となくぞっとした。

「一週間後」

「えらい早えな」

「星辰《せいしん》が狂ったそうです」

「ほお」

「アメリカはもう動いてますよ。多分、レーザー砲搭載の攻撃衛星と、核爆弾を積んだステルス機がグアムに待機中だと思います」

「なら、いいじゃねえか。いくら〈クトゥルー〉だって核にゃ敵わねえだろう。マンハッタン計画以来、はじめて核が世界の役に立つわけだな」

「あんなもの」

色摩は吐き捨てた。

「なんだ、そりゃ?」

「核ミサイルごときで〈神さま〉を何とか出来る

と思いますか？　相手は人間が生まれる遥か以前、地球が丸ごと炎《も》えたぎっている頃から生きつづけてる存在なんですよ。それこそ核ミサイルなんか頭からかじってしまいますとも」

「じゃあ、何にも出来ねえってわけか？」

「ええ」

色摩は頭を抱えた。苦悩するイケメンを、おれははじめて見た。ま、絶望の理由はトンチキだが。

「多分、一週間後、ボナペ島近くで核爆発が起こり、アメリカは輸送中の核が飛行機ごと事故ったと発表するでしょう。周囲への影響は、後日、医療チームを派遣して帳尻を合わせると思います」

「……」

「でも、結局世界はおしまいですから、そんなことをやる理由があるかどうか。仏は何もしませんが、神は祟ります。取るに足らないちょっかいでも、〈偉大なるクトゥルー〉は許さないでしょう」

「打つ手はねえのか？　その核爆弾を、今朝、うちの会社の上に落とした方が良かったんじゃねえのかよ？」

「僕もそう思いました」

急に声をひそめ、色摩はおれの方へ身を乗り出した。

「実は、ここへ来る前に友人とメールしたんですが、グアムから厚木基地へ、ステルスが一機飛んだって情報があるんです」

「ほお」

おれは興味津々って顔をしてやった。色摩のたわごとを信じたわけじゃない。あんまり真剣なので面白くなったのだ。

「コースもわかってます。東京上空を通るはずでした」

「けど、おめえは無事だったぜ」

「ステルスが消えてしまったんです」

そう来ると思った。

「そりゃ大変だなあ」

「今頃、米軍は大騒ぎでしょう。核弾頭付きの超高速機が行方不明なんです。残骸だけでも収容しないと何が起きるかわかりません」

「もっともだ」

「ですが、それは永久に見つからないでしょう。かくて〈偉大なるクトゥルー〉復活のための準備は整いました。一週間後、人類は滅亡します」

「成程ねえ」

「信じてないんでしょう！」

色摩は、きっとおれを睨みつけた。

「いや、そんなこたねーよ」

我ながら一発でバレる言い方だった。

「しかし、それなら、世界中で大騒ぎが起こるな。やけっぱちになると、人間なにやらかすかわからねえぞ」

「いいえ、真相を知っている連中は、世界的規模で見るとごくわずかです。それにみんな理知的ですから、騒ぎなどまず起こりません」

「ほお、リチテキねえ」

リチテキな奴が核爆弾なんか作るものか。

「何か？」

「いいや。ま、とにかく一週間待つんだな、その間に、反〈クトゥルー〉派の連中が手を打ってくれるかも知れん」

「そうです！」

色摩は拳を手の平に打ちつけた。ぱちん。力強いこった。

「人間はまだまだくたばりませんよ。必ず生存のための手を打つはずです」

手を揉みながら言うなよ。

「おまえな、〈偉大なるクトゥルー〉が現われたら一発でこの世は終わりだってヘタレたり、人間は負けんぞと拳ふり上げたり――どっちに付きたいんだ？　立場は明らかにしろよ」

「勿論、人類です」

「おれの眼を真っすぐ見て言ったって、何にもならねえ。人間に付くならこんなとこにいねえで、インターネットのお友達と世界を救う手を考えたらどうだ？」

「そんなの無駄ですよ」

あんまりあっさり言われたもので、おれは同意するのも忘れて色摩の顔を見つめた。

「僕と友人が何したって牛車に挑む蟷螂《とうろう》の斧です。無駄ムダむだ。ま、一週間後を待つしかありません」

これを虚無的というのだろうか、妙に淡々と口にしてから、色摩は眼を細めておれの背後を見つめた。窓がある。

「雲行きが怪しくなって来ましたね。大雨だ」

次の瞬間、若いハンサムの顔は不気味にかがやいた。

「稲妻が走りました。雨と海――〈クトゥルー〉復活の前兆ですかね」

うるせえ、と言いたかったが、声にならなかった。やはりくたびれているらしい。

色摩と対面してるのも鬱陶しいので、おれも窓の方を見た。

ビルの谷間も空も同じ灰色に溶けていた。その真ん中を切り裂いて、白い稲妻が走った。

ふと、終わりになるのも面白えかな、と湧《わ》いた。


おれはその日のうちに退院し、それから一週間を、新規開拓と追い込みで費した。

最終日はソープに叩きこんだ他人の女房と飲みに行き、しこたま酔っ払って寝てしまった。眼が醒めても世界は相変わらずで、しかも、取り立ての日でもあった。

2

千代田区丸の内——言うまでもない。日本を代表する商業圏だ。何とか商社だの、何とか証券だの、何とか電機だのの本社が林立し、道を行くリーマンやＯＬどもまで、ふん、あたしは別よ、みてぇな面してやがる。「ラリエー浮上協会」は、その中でも特に大きな年代もののビルの一階にあった。

ほお、大理石に金文字で大層な看板がついてやがる。なに、創業一九〇〇年？　明治時代じゃねえか!?　そんな由緒正しい引き上げ屋が、丸の内の中心で営業をつづけてるのを、おれは知らなかったっていうのか？　おいＴＶ局、どこにでもありそうな隠れた名所だの、どう見たって美味くも何ともねえ誰も知らない名物なんてのを取り上げる代わりに、こういう会社を紹介しろよ。

だが、おれはサルベージを賞揚するつもりはなかった。

ドアを開けると、左方の衝立てが社内の一望を訪問者の眼から隠していた。出入口用のスペースを取った右端の横に小さな机があって、かなりの美人がすわっていた。

「坂崎支社長はいるかい？」

「どちら様でしょう？」

名乗ると、お約束は？　と訊いて来た。

「無えな」

「では、お会い出来ません」

「あんた美人だが、秘書には向いてねえ。パートだろ。まず、ご用件は、と訊くもんだぜ」

女はむっとした表情を隠さず、ご用件は？　と来た。

「支社長に伝えろ。銭返せ、とな」

契約書では、第一回の精算日は今日の正午だ。うちですることになってる。もう一時間も前に。

美人は無表情にインターフォンのスイッチを入れて、おれと会社の名を告げた。

「お通ししろ」

と返って来た。坂崎の声だった。金策に駆けずり廻っているのかと思ったら、のんびりしてやがる。それともインターネットで金集めか。

美人が立ち上がり、スペースを示して、真っすぐお進み下さい、と言った。

社内へ入ると、ぞくりとした。妙に冷え冷えとしてやがる。

見たところ、五十平方米《へいべい》ほどのスペースに、ざっと五十人ばかりがパソコンやら書類やらに向かっている。立てかけられたファイル、ディスク・ホルダー、山積みの書類、傷だらけのパソコン——どこにでもある会社の光景だ。それに向かってる社員たちも、男どもは色こそ違うが堅襟のワイシャツにネクタイ、女どもは極端じゃないが、それなりに派手なブラウスにスカート——どこまでも平凡だ。「日本の会社」というタイトルで、経済誌のカラー・グラビアを飾っても、少しもおかしくない。

それなのに、おれはたちまち違和感に包まれた。違う。おれの知ってる平凡な会社と、どこか違う。

すぐにわかった。通路を進む間、聞こえるのはパソコンのキイを叩く音ばかりなのだ。話し声ひとつ、言葉の断片さえも耳に届かない。そんなもの存在しないのだ。おれは社員どもの横顔を眺めた。おかしなところはねえ。普通の人間だ。だがな、五十人集まったら、誰かがおしゃべりしていたり、早弁したり、会社のパソコンで彼女か彼氏とメールを交換したり、小遣い稼ぎのアルバイトに精を出してるもんだ。顔つきだって、彼女にデートを申しこんで断わられがっくりとか、内緒でやってる株が値上がりして万歳とか、百人百様のはずだ。五十人揃って、じっとコンピュータのスクリーンを見つめているばかり——これが人間の会社か。

坂崎支社長は、でかいデスクの向うでおれに一礼した。

「ご足労をおかけして申し訳ありません」

「全くだ。ところでおたくの一枚目の手形、不渡りになっちまったんだがね」

「ご安心下さい。たったいま、金策がなりまして、この場でお支払いいたします」

「おお、そうかい。なら文句なんかねえんだ」

おれはにんまりした。

支社長はインターフォンのスイッチを入れて、

「お持ちしろ」

と言った。すぐに男どもが、でかいジュラルミン・ケースを運びこみ、支社長室の半分を埋めちまった。

「おい」

「はい」

「これ、持って帰れってのか、え？」

「いけませんか？　私は昔気質《かたぎ》の人間で、現金取り引きを基本にしております。五千億円もそういたしましたが」

「あれはおたくの希望でそうなったんだろうが、おれんとこへは振り込みの約束だったぜ」

「存じております。しかし、ご心配をおかけした分現金をお見せして、少しでも信頼を取り戻していただければ、と」

「あんた正気か？」

「勿論です」

「とにかく振り込みにしてくれ。今日中にだ」

「承知いたしました」

「ところでな、坂崎さん」

おれは両手を膝の上で組み、身を乗り出した。本番だ。

「あんたも知ってのとおり、指定期日までに手形を落とせなかった場合、債務者は全額を弁済しなくちゃならない。今すぐ五千億円、耳を揃えて返してもらおうか」

「何ですか、それは?」

坂崎は眉を八の字にして額を突き出した。野郎、舐めやがって。おれは保証契約書を取り出し、「期限の利益の喪失」の条項を指で叩いた。

「よく見ろ、ここだ。手形、小切手の事故を一度でも発生させた場合、ただちに債務を弁済いたします、とある。つまり、うちは今すぐ銭返せと言える。あんたは即座に払わにゃならんわけだ」

「失礼ですが、言いがかりではありませんかな?」

「何イ?」

「私はそんな条文があるなどと存じませんでした」

「存じま――、見ろここは明治時代から続いてる由緒ある会社で、あんたはそこの支社長じゃねえのか? それが契約書の条文があることも知らねえだと? 自分が町金へ借金しに来たと、わかってるんだろうな?」

「それはわかっていますが、支社長というのはそんなものにいちいち眼を通してはおりません。秘書にまかせてあります。第一、不慮の事故で目的は果たせませんでしたが、それがなければきちんと返済する予定でおりました」

「ははあん、やっぱ、引き上げは失敗したか。残念だったな、おい。だがな、こっちは次は頑張って下さい、さようならとはいかねえんだ」

「わかりました。では、約束通り、新宿と銀座の土地をお譲りいたします」

「その土地だがな、おたくの会社の所有地に間違いねえんだろうな」

「登記書類をご覧になったと思いますが」

「ああ、確かにおたくのもンだった。おれが言ってるのはだな、遙か太古の大昔、地球の海は煮えたぎり、陸地など跡形もない時代に、所有権は別のものに移っていたんじゃねえかってことさ」

おれは信じてもいない事実を口にした。

驚いた。坂崎は心臓のあたりを押さえて、空中を睨むや、そのまま崩れ落ちた。

あわてて外へ声をかけると、秘書らしい女がとびこんで来た。

床の坂崎を見て、中山くん、田坂くんと呼んだ。

屈強そうな若いのが二人現われ、坂崎をソファへ寝かせた。

秘書は般若の形相で、何をしたのかとおれに食ってかかった。

何もしてねえよと答えるしかない。

そこへ、坂崎の様子を見ていた二人が、呼吸が浅く短い、ひどい汗だ。医者を呼ばなけりゃ、と言い出した。

「申し訳ありませんが、お引き取り願えませんか」

怒りを噛み殺している秘書へ、おれは平然と、

「悪いな、姐ちゃん、まだ話はついてねえんだ。支社長がまともになるまで待たせて貰うぜ」

女はそれでも牙を剥くのを抑えた。

「わかりました。ですが、あなたを見たら支社長にまた何が起きるかわかりません。応接室でお待ち下さい」

「ああ、いいとも。けどな、逃げたりしたってど

うにもならねえぜ」

「こちらへ」

秘書はおれに背を向けて、戸口の方へ歩き出した。少くとも支社長に忠実なのだけは確かのようだ。

かなり広い応接室へ通された。

テーブルと椅子三脚の組み合わせが五セット並んでいる。

秘書がコーヒーを運んで来た。

内心、おれは危《やば》いことになったと腰が引けていた。坂崎が死んじまったら、間違いなく警察沙汰だ。

「悪の巣窟、町金の全貌を暴く」等の文句が週刊誌の誌面に踊るのは眼に見えている。そうなったら、社長も庇っちゃくれまい。即刻首を切り、あいつはいつもやり過ぎてとか、マスコミに追従するのは眼に見えている。しかし、まさか軽い嫌がらせのつもりで口にしたひとことで、脳卒中か何か起こすなんて、おかしな野郎だ。待てよ、ひょっとして——図星だったのか？　おれは本当に坂崎の痛いところを突いちまったのか？

とすると——

日本一高価な土地の所有者は、一体誰なんだ？

ふと、気がついた。

静かだ。

もともと静かな会社だったが、今はパソコンのキイを叩く音も、足音もしない。人の気配さえもだ。

応接室を出た。

「うわ」

と声が出た。

五十人の社員は何処へ消えてしまったのか。静まり返った社内に人の姿はなかった。

支社長室をのぞいたが、同じだった。あのジュラルミン・ケースもない。ひとつも、ない。

支社長室を出て、

「おっ!?」

今度は喜びの声だ。

通路にひとり女が立って、不気味そうに周囲を見廻している。受付の美女だ。

「おい」

声をかけると、ぎゃっとしてふり向いた。

「みんな何処行った?」

多分、答えはわかりませんだろうと思いながら訊いてみた。

「わかりません。妙に静かになったので、見に来たら――」

「誰もいなかった、か?」

「ええ。みんな一体何処へ?」

恐怖に白茶けた顔は、嘘をついていないとおれに告げていた。

「あんたの前を通らないで、出て行く方法はあるのか?」

「いいえ。窓しかありません」

おれは窓をチェックしてみた。

みなストッパーが利いている。

静まり返った室内に、何か不気味なものが隠れているような気がして、おれは眼を走らせた。

みな、数分前までここで仕事をしていたのだ。

灰皿で煙のすじを上げている煙草や、湯気をたてているコーヒーや、映りっぱなしのパソコンがその証拠だ。それが忽然と空中に消えた。

まさか。

「あんただけ無事だ。理由がわかるか?」

とうとうおれは訊いた。

「いいえ」

「ひょっとして、正社員か?」

「はい」

「ふむ、いつ入った？」

女は眼を伏せた。

「――四日前に。インターネットで募集広告を見て」

「他の連中は生え抜きかい？」

「はい、みな勤続五年以上だと聞いてます」

「ふむ。すると、みな仲間か？　どんな集団だ？　同族会社――まさか、な」

「かも知れないわ」

美女はおれの声を小耳にはさんだらしい。

「かも知れない？」

「ここの社員たちの一体感って、普通じゃなかったもの。私、幾つかの会社を廻って来たけれど、ここまで社員同士が仲のいいっていうか、気心が知れてるっていうか――そんな会社ははじめてです。まるで、大家族で会社やってるみたいな感じだったわ」

「そこへ、見ず知らずのあんたが雇われた――正社員として、な。何のためにだ？」

女は肩をすくめた。おれもそうしたかった。

「まあいい。多分、社内の何処かに五十人しか知らない秘密の非常口でもあるんだろう。しかし、あの大金まで取って逃げるたあ、よっぽど訓練されてたと見える」

「大金？」

「そうだ。ジュラルミンのケースに入ってた」

「そんなもの見たことないわ」

「さっきまで支社長室にあった」

「じゃあ、あたしがいない昼休みか、会社が終わってから運び込んだのね」

「そうだろ。おい、支社長の現住所と実家の住所、わからねえか？」

女は首を横にふった。

「社員でもいい」

「四日前に入社した新米に、誰がそこまで教えてくれると思う?」

それでも、お互い被害者という意識は持っているようだ。

「そうだ。誰かが故郷は千葉の僻地だと言ってたわ」

「千葉の何処だ?」

「ええっとね」

女はこめかみを叩いて、眉をひそめていたが、急に笑顔になった。

「千葉の『王港《おおみなと》』だって」

3

おれは秘書と一緒に「ラリエー浮上協会」を出た。別れ際に女は神戸《かんべ》春菜と名乗り、おれの名刺が欲しいと言った。理由を訊くと、これから警察へ行くという。よせ、とは言えなかった。少くとも五十人の社員が丸ごと消えちまったのだ。いずれ警察の耳にも入る。そのとき疑われるよりは今すぐ、というわけだ。口止めは無駄だし、おれ自身、警察に坂崎たちの居所を探し出して欲しいという考えが頭の隅にあった。金融屋とはいえ、警察に伝手《つて》のないこともない。

春菜と別れて、おれは会社へ戻った。ミスは届けなくてはならない。

「どう責任を取るつもりだ?」

と社長は磨りガラスの向うで訊いた。怒った風はない。だからこの親父は気味が悪いのだが。

「勿論、追いかけます」

「千葉の王港だったな。気をつけていけよ」

「わかってます。おかしな技使いやがって。しかし、いきなり社員が全部消えちまって、取り引き先とか騒がないんですかね？」

「騒がない取り引き先ばかりなんだろう」

「はあ。ですが、奴らは世界中の金融機関から融資を受けてると聞きました。ひょっとしたら、リーマン・ショックどころの話じゃなくなりますぜ」

「その辺は政府が何とかする。おまえはうちの損の修復を考えろ」

「へい」

「はい。だ」

「はい」

「ひとり付けるか？」

「冗談じゃねえ。これはおれの仕事ですよ。ミスの取り返しもひとりでフォローします」

「浮輪を持っていけ」

「どういう冗談です？」

「冗談じゃない、命令だ」

「お断りします。それじゃ」


おれはオフィスへ戻った。

どっかの国が経済破綻でもしてねえかと思ったが、ＴＶは何も言わなかった。

王港には首都高から湾岸線に入り、富里で一般道へ下りる。そこから一時間半だ。

パジェロをとばしながら、おれは何だか間尺に合わないものを感じていた。

何かが違っている。大地震で崩れなかった家があるとしよう。その普請が崩壊寸前なのに誰ひとり気がつかないが、何となく落ち着かない。そんな感じだった。

坂崎姓は王港に四軒、場所は航空写真で押さえてある。

万年大渋滞の首都高を抜けるのに時間を食って、王港の入口まで来たのは午後三時を過ぎていた。

急に腹が減っているのに気がついて、おれは近くの「デニーズ」へ入った。

アメリカン・ステーキと大盛りライスを頼み、ついでにナポリタンも注文すると、ウエイトレスは露骨にこの大食いという眼つきをした。

ここは王港と隣りの佐田奈との境界に当たる。ステーキを頬張り、ライスを平らげ、パスタをすすりこんでコーヒーが来るまで、客は三組が帰り、二組がやって来た。

新らしい二組はどちらも四人組で、この土地の連中らしい。釣り人の服装をしている。

ひと組は遠くの席、もうひと組がひとつおいて左の席についた。

揃ってハンバーグ・ステーキ定食を注文し、すぐにしゃべくり始めた。

王港の奴らはよお、と聞こえたとき、おれはにんまりした。

「いつ行っても気味が悪いよなあ。ああいう家が集まってると、ほんと、五十年も前の港町だぜ」

五十年配の派手なポロシャツにライフ・ベスト姿の親父は、いかにも汚らわしいという口調だった。

「仕様がねえよ。住んでる連中が良いっつうだからよ。それに土建屋だって、あんな家壊すのは嫌がっぺえ」

訛り丸出しなのは、いちばん小柄で痩せた男だった。

三人目――プロレスラーみたいに太った大男がうなずいた。

「あんだけの魚が獲れるのに、いつまでたっても辛気臭え土地だよな。役場の広報に人がいりゃあ、百人も収容できる釣り場を十もこしらえて、釣船も毎日五十艘も仕立てて町起こししてるぜ。関東一の魚釣り場だってな」

「そんなことしてみろや」

小柄な男が上眼遣いにレスラーを見た。

「じきに誰かがおかしいって言い出す。隣りの町じゃこんなに釣れないのに、どうしてここばかりってな。おれはそうした方が、この近所のためになるって思うけど、王港の連中にゃ余計なお世話なんだろう。あそこはいつか、誰も他所者がいない、あの町生まれだけの町になるぞ」

「おっかねえ」

「全くだ」

と最初の男が両手を揉み合わせ、

「いつも思うんだがよ、なんであそこに市立病院や市の衛生課の手が入らねえんだ。薄気味悪いったらありゃしねえ。絶対、あそこの連中は病気持ちだぜ」

小柄な男が指で輪を作り、ぎょろ眼にして見せた。

「眼はこんなで、しかも左右に離れてる。鼻はえらく出っ張ってよ。まともな人間の顔かよ。まるで魚だぜ」

「それなんだがよ」

とレスラーが声をひそめて、

「表に出てる連中は、あれでまだマシな方なんだとよ。もっとひどい状態の連中がいっぺえいて、みんな家の室や地下に閉じ込められてるそうだぜ」

「おめえ、それ誰から訊いた?」

「去年まであったコンビニの店員からよ。あそこは王港の者をひとりも雇わなかったからな。おかげで、とうとう客も付かず、一年で閉めちまった」

「けどよ、町の連中は結構外へ出てるって話だぜ」

「ああ。あそこの汚れた血を世界中に広めるつもりなんだろ」

と最初の男が憎々しげに口走った。

おれはコーヒーを換えたところだった。男たちに近づき、小柄な男とレスラーの肩を抱くようにして、

「実は、私これから王港へ行くんですが、あそこのことご存知なら少し教えて下さいよ」

と、指の間にはさんでおいた一万円札を三枚、テーブルに乗せた。

それからひとりずつ、その前へ一枚ずつ押しやる。

「あんた——これは?」

「お礼です」

「けど——おれたちは、あそこの住人じゃねえし」

「いいんですよ。お話を伺ってたら、あの町の連中は自分らのことをしゃべるはずがないとわかりました。いえね、私、金融屋で、あの町へは借金の取り立てにいくんですわ。向うも警戒してるに違いない。大捕物になりそうな気がするんですよ。それで前もって町のことを知っておきたいと思いましてねえ。ホテルとか旅館はあるんですか?」

「ああ、あるよ。『魚人亭』って旅館が一軒だけな。今でも営業してるはずだ」

「警察はいねえんですよね?」

「あ、いや。一応派出所があって、警官がひとり常勤してるよ。ただ——あんまり当てにならねえな。あれも、あいつらの仲間だろ?」

レスラーが仲間を見廻したが、二人は眼を伏せた。

「学校なんかあるんですか?」

「ああ、小学校がひとつな。生徒は少ねえって話だ」

「黒幕みたいな家というか、人はいるんですか?」

「そらあ代々町長の修馬《しゅうま》家だな。あの町がああなったのは、五百年ほど前に、修馬の初代がやっ

て来てからだ。そいつらは王港に金をばら撒いて港を整備し、でかい船を造らせて外海へ乗り出し、魚以外のおかしなものをごっそり運びこんで来たそうだ。いや、そっちはこっそりかな」

レスラーの地獄のような冗談に、おれは上手いと手を叩いた。いつか罰が当たるかもな。

「その——おかしなものって何です？」

「おお、金融屋さんは興味持つだろうな。黄金の冠だの、首飾りだの腕輪だののだそうだ。修馬の家じゃそれ用の炉をこさえて溶かし、海の向うの国へ渡って鉄砲や火薬を仕入れ、あちこちの大名や貴族に売って大儲けしてたらしいぞ」

冠？

「修馬家てのは、噂によると今の東インドや西インド諸島の島で、そこに住んでるおかしな住民から海ん中に棲んでる化物を呼び出す方法を学んだんだってよ。んでもってその化物どもと契約を結び、生贄と引き換えに魚や黄金を手に入れた——」

「面白いことになってきましたね」

阿呆臭えと思いながらも、五千億円を取り戻すためには、この修馬って家がポイントだなとおれは判断した。坂崎もひょっとしたらこの一派か。いや、本名は修馬ってことも十分にあり得る。

「ところで、あんた——融資って、誰に貸したんだね？　やっぱり修馬か？」

「いや、ちょっと——違うんですが」

「なんかあの家、このところ金策に走り廻ってたというからな。それかい？」

三人組は田舎者特有の疑り深い眼つきに変わっていた。

「いや、本当に違うんです。実はいま仰っしゃった噂をうちでも聞きこみましてね。ならお役に立ちたいと営業に参上したんです」

「そんならいい時に来た。急いで行って稼いで来なよ」

最初の男がけしかけた。

「そうだ、何でも修馬が祀ってる神さまの信者になると、不死身になれるらしいぜ」

とレスラーが言った。

「え？」

「心臓を撃たれても、首を斬り落とされても、生き返れるんだってよ。今金貸してやりゃ、そのおこぼれくれえにはありつけるかもしんねえよ」

「——まさか、怖がらせないで下さいよ」

「はっはっは。あんた怖え怖えと言ってるが、まるで暴力団かやくざみてえな顔してっぺよ。大丈夫、あんたならどんな化物も尻尾巻いて逃げるって」

一斉に笑いやがった。

ぶち殺してやりてえが、ここが我慢のしどころだ。

ウエイトレスが料理を運んで来た。

「悪いが飯食うから」

「そんなこと言わないで、も少しお願いしますよ。おい、姐ちゃん、ビール頼むよ、ビール」

ウエイトレスは眉をひそめた。

「駄目ですよ。その人たち車なんですから」

「固えこと言うなよ、な？」

どうせ田舎だ。人のひとりやふたり轢き殺したって、警察も顔見知りだ。五、六年で出て来るさ。

「そう固えこと言うなよ、な、頼むよ」

「ダーメ」

「このロンパリ女《あま》」

おれはついに切れた。

「人になりそこねた蛙みてえな面しやがって。てめえみてえな半化けが、人の前に顔出す商売してんじゃねえ。とっとと失せやがれ」

ウエイトレスは呆然とおれを見つめていたが、

みるみる激怒の表情に変わった。
そのとき、長身の男がひとり、自動ドアを抜けて入って来た。
途端に、親父どもの雰囲気が変わった。

八章　王港の怪って何だ？

1

金融屋ってのは、ある意味刑事や探偵に似ている。

稼業の中心に鎮座してる〝神さま〟は――銭だ。だから、一件たりとも上っ面で商売はしてられねえ。

みんな本気で狙ってくるからだ。

この〝神さま〟はみんなに愛されている。手に入れるために、人間《ひと》はどんな嘘でもつくし、ぺてんも打つ。行き過ぎると殺しもやっちまう。

だから、金を貸す相手によくよく用心しなくちゃならねえ。

ならねえが、これが上手くいかねえんだな。人間、自分の本心くらい幾らでもごまかしが効くのだ。だから俳優って職業が成り立つ。見破るのは至難の技だ。

そいつの眼つき、話し方、癖、飯の食い方、挨拶の仕方、他人と肩が触れたときの反応、へべれけになったときの行動――どれもこれも金融屋が欠かしちゃならねえ観察ポイントだ。

そいつを見たときのおれの反応は――得体が知れねえ。しかし、金は持っている。

——だった。

後半だけ見れば、あまり縁がないことになる。

だが、前半は——

高価そうな和服を、おれさえ惚れ惚れとするほど鮮やかに着こなし、しかも、どえらいハンサムと来てる。口もとのそこはかとない笑みは、自分でも十分にそれを意識している証拠だ。

そいつは、店内の男女を陶然とさせながら、もう泣きたくなるくらい優雅な歩き方で、奥のオフィスへ向かいノックした後すぐ、その中へ吸いこまれた。

何者だ、あれは！

突っ立ってるおれの背後で、立ち上がる気配がし、止める間もなく、

「じゃな、お兄さん」

「気いつけて行きな」

「達者でな」

最後はレスラーが、おれの肩をパンと叩いて行っちまった。勿論一万円札は消えていた。

「ちょっと」

おれはドアのところまで追っかけ、最後尾のレスラーに、

「いまのハンサム——誰だい？」

と訊いた。

返事は低く、何かを怖れているかのように、

「修馬家の当主だ。修馬薪野《まきの》。絶対に近づくなよ」

三人組はドアの向うに消えた。

レスラーの最後の言葉が胸の中でいつまでも揺れている。

絶対に近づくなよ。

何様だ？

席へ戻って改めて驚いた。三人組はろくに料理に手もつけずに立ち去ったのだった。

たったひとりの兄《にい》ちゃんが来たために。そして、

絶対に近づくなよ。

おれは「デニーズ」を出てパジェロを走らせた。ナビをグーグル・マップにつないで、『魚人亭』を捜すと、すぐに現われた。民宿に毛の生えたような宿だが、ここへ行くしかねえ。

標識に、

「王港。左折五キロ」

とあった。

左右にちらほらゆれていた家の灯がどんどん少くなっていく。

最後のひとつが消えてしばらくは松林がつづいた。開けておいた窓から海潮音が流れこんで来る。

左手にバス停が見えて来た。

人がいる。

女だ。赤ん坊を抱いている。

あることを思いつき、おれは女のそばで車を止めた。

女は一歩下がって訝しげな眼つきでおれを見た。眼と眼の間がひどく離れている。

「王港まで行くんだけど、乗ってきませんか？　バスがすぐ来るならいいけど」

おれは笑顔を赤ん坊に向けた。

女の表情が穏やかなものに化けた。

「怪しい者じゃないですよ。魚人亭までで良けりゃ」

耳慣れた名前が安心感を与えたらしい。女は寄って来て、

「じゃあ、乗せてもらえっかね」

と白い歯を見せた。赤ん坊はじっとこっちを見つめている。可愛気のねえ餓鬼だ。

「いいとも」

おれは助手席に二人を乗せてスタートさせた。

ミルクの匂いが鼻をつく。

「助かったわあ」

女は笑顔でおれを見た。およそ好みじゃねえが、乗せた理由は別にある。

「あんた、王港へ何しに行くのかね?」

おお来た来た。

「仕事で銚子まで来たんだけど、大学の友だちが王港にいるのを思い出してね。坂崎っていうんだけど、もう十五年も会ってねえんだ。引っ越してねえといいけど」。

「電話してねえのか?」

「三十年ぶりだぜ。忘れちまったよ」

女はうーんと考えこんだ。世話好きに違いない。

坂崎ねえ、とつぶやき、不意に、うん、とうなづいた。

「わかった。『シー・フード』だ」

「何だい、それ?」

「レストランだよ。昔はただの呑み屋だったんだけど、一年半くれえ前から、ハイカラになってよお」

「ハイカラ?」

ここはまだ昭和かよ。

「あそこが確か坂崎っつったよ。倅は東京の大学を出て、古くからある会社に勤めてるって聞いたけど」

「義友《よしとも》だろ。そいつだよ」

適当な名前をでっち上げたが、田舎のおばさんに効き目があったようだ。

「そうかい、八時までやってるから、後で行ってみたらいいよ。場所はね——」

嬉しそうに教えてくれた。

パジェロは家の間の道に入っていた。

何処にでもある、石垣や石塀で囲まれた瓦屋根の大層なお屋敷が並んでいる。人の姿はない。

女と赤ん坊は、町に入ってすぐ下りた。

「ありがと」

と頭を提げてから、いきなり顔を寄せて来た。

「親切にしてもらったお礼に言うけど、早く出ていきな。長居するとこじゃねえよ」

すうっと戻って、赤ん坊ともども背を向けて歩き出した。一度も声を出さない餓鬼だった。

坂崎の居所を掴めりゃ、泊る必要もない。おれは教えられた「シー・フード」へパジェロを向けた。

通りに人の姿はないが、店の窓からは明りと人影が見えた。営業中で客もいる。

ガラス扉には
「海の幸ランチ 一五〇〇円 AM11時〜PM1時」

と貼り紙してあった。

扉の前でおれは耳を澄ませた。歌声が聞こえてくる。

音痴の男が二人で「抱きしめたい」を歌っている。

けっ、ビートルズか。田舎者《もん》か。しかも、凄え英語《えーご》だ。

おれは軽蔑を腹の奥へ押しこんで店内へ入った。

「いらっしゃい」

カウンターの端で、狂人のミサみたいなビートルズを聞いていたおばんが笑顔を見せた。この女も眼が離れてやがる。

ボックス席に座ってた若い女が、じろりとこちらを見た。おばん――ママと同じ眼をしてやがる。乗せて来た女もそうだった。

いや、あの赤ん坊も。

ある考えが閃いた。

「おひとり?」

とママが訊いた。普通の声だ。

「ああ」

「じゃ、お好きな席に」

「ああ」

席についてから、おれは二人の女を睨みつけた。まだ見てやがるのだ。二人はあわてて顔をそむけた。

顔髯の見事なマスターが、カウンターの中から、

「お客さん——外から？」

と訊いてきた。

「ああ」

新らしい視線が突き刺さった。

アイ・ウォナ・ホールド・ユア・ハンドが、揃っておれを見つめたのだ。

何見てやがんだ、この野郎。

おれも睨み返した。

こいつらは女じゃなかった。顔を見合わせマイクを置くと、おれの方へやって来やがったのだ。

「あ、あ。やめましょうね」

ママが素早く割って入った。

まだトラブるのは早え。おれもそっぽを向いた。二人は舌打ちして席へ戻った。

他所者を嫌うのは小さな田舎町の特徴だが、これくらい露骨なのも珍らしい。

「気分が悪い。店変えようや」

男のひとりが聞こえよがしに言い、女たちも立ち上がった。ママもマスターも何も言わずに勘定を払って出て行く四人を見送った。

「——何にします？」

ママの声にはやや険があった。これからというときに四人も帰しちまったのだ。頭にも来るだろう。

「迷惑かけちまったな、お詫びの印に、ボトル入れるわ。シーバスあるかい？」

「あら」

一発でお多福さんみたいな顔に変わった。世の

中、銭だ。

「いいんですか、すみません」

いそいそとカウンターへ向かい、マスターも棚からボトル下ろしながら、

「何か申し訳ないですね、お客さん」

と苦笑して見せた。

「いや、気にしないでくれよ。あいつら眼つきが悪いんで、こっちもつい睨み返しちまった。やっぱ他所者は嫌われるんだな」

「そうですねえ、ま、漁師は気が荒くて」

ママがボトルとグラス、氷の入ったアイスペットを運んで来た。

ダブルで一杯空けると、

「お客さん強いわねえ。一曲いかがです?」

マイクをテーブルに置いた。

よしゃいいのに、おれも阿呆なお客を装うためだと言い聞かせ、

「ママ、デュエットしようや、『銀座の恋の物語』だ」

歌い出すとすぐ、ママが呆れたようにおれを見つめた。マスターもきょとんとこちらを眺めている。

「上手ねえ、ひょっとして、もと歌手《プロ》?」

「とんでもない。ま、小中高と体育と音楽だけはマル優だったけどな」

「凄い」

「——てのは冗談だよ。これくらい誰だって歌う。あんたらの子供だってそうだろ?」

倅とは言わなかった。

「——とんでもねえ、うちのは」

ママが両手を膝に当てて軽く叩いた。

何気ない風にカウンターを見ると、マスターはのんびり聞き流してる。連絡はあったな。後はどこにいるかだ。この町か? 別の土地か?

2

「この辺にいい不動産はないかね？」

おれは話題を変えた。

「できれば、二百坪以上――マンションが建てられるくらいのがいいなあ」

「お客さん、建築関係？」

マスターが声をかけて来た。

「いや、不動産」

「なら他探した方がいいよ。この辺はみんな大地主が持ってる。絶対に売らないね」

「何て大地主？」

「修馬さんて、昔からこの辺りの土地を独占してるんだ。マンションだの、ヨットハーバーだのいう話は前にもあったけど、みんなすぐ諦めたよ」

「おれは結構、執念深いんでね。その家、当たってみようかな」

「無理だと思うがね。眼のつけ所はいいんだけどな。ここは、眺めはいいし、魚も美味い。リゾート・マンションなんかにはもってこいだ」

「そこ行ってみようかな。どこだか教えてくれよ」

「うちの前の道を左へ、どこまでも真っすぐ行きな。信号があるからそこを左へ。いま、メモ書いて上げるよ」

かなり遠そうだ。どうせ行きゃしねえからいいけどよ。

一応メモを貰って閉店まで粘った。他の客は来なかった。

「お客さん、そろそろ」

ママが切り出したとき、おれは寝息をたてていた。

「ちょっと――困ります」

何度かゆすられてから、おれはうっすらと眼を開け、

「『魚人亭』へ……連れてってくれ。金は――ここだ」

財布を出したが、ママは困りますと言った。

おれは少し待って、覚束ない手つきで万札を何枚か取り出し支払いを済ませた。それから、また眠り出した。

「仕様がない。連れてこう。向うで酔いを覚ませばいいだろう」

「もう、迷惑なお客ねえ」

ママが吐き捨てた。

おれは二人に担がれ、店を出、隣りの駐車場でバンに乗せられた。

バンは十分ほど走って止まった。

また担がれて下りた。グーグルで見たとおりの旅館だった。

出て来た番頭だかにおれを預け、マスター夫婦は帰った。話しぶりから知り合いだとわかった。

「お客さん――大丈夫ですか？」

またも眼の離れた番頭は、妙に崩れたイントネーションで話しかけて来た。

「ああ。一泊頼む。広い部屋をな」

おれはしどろもどろに答え、何とか宿帳にサインもした。自腹を切っても狭い部屋なんぞご免だ。

「へいへい」

番頭はもうひとり若いのを呼び出し、二人でおれを運んだ。

六畳ふた間の和室は明るいが、窓から波の音が高く入りこんで来た。

そのせいか、何となく湿っぽい。布団はもう敷いてあった。

おれは二人に千円ずつ渡し、「シー・フード」のママとマスターの住所を教えてくれと頼んだ。

「いや、世話になったんで、明日御礼にいこうと思ってね」

千円が効いたらしく、ひとりが部屋を出て、じき一枚のメモを手に戻って来た。

確かに記してある。

二人が立ち去ると、おれはすぐ立ち上がった。酔いどれはここへ連れて来させるための演技だ。知りたいことはわかった。ボトル一本ぐらいでKOされてちゃ、金融屋はつとまらない。早速部屋を調べた。

昔、逆恨みした債権者に寝込みを襲われたことがある。あのとき生命の危険を感じた記憶が、知らぬ部屋へ案内されたらまず避難ルートを確保しろと命じるのだ。

窓から庭へ出るには、逃げ出し防止用の竹矢来を倒さなきゃならないが、それは何とかなる。廊下の非常口も開くのを確かめ、ようやくひと息ついた。

布団にひっくり返ったが、今度は妙に眼が冴えて眠れない。

頭の中で波の音が鳴りまくりだ。

こういうときは、状況に従う他はない。

おれは起き上がって急須に思いきり茶っ葉を入れ、ポットの湯を注いだ。

どえらく苦い茶をひと口飲《や》ると、目はますます冴えた。

そのとき、奇妙な感覚がおれを捉えた。

廊下を誰かがやって来る。

足音もしない、壁の向こうの気配など感じられるはずもない。ところが、わかるのだ。

スリッパをはいた足が、ぴたぴた、ぴたぴたと冷たいコンクリに粘つきながらやってくる。

おれはドアを見つめた。

いま――前で止まった。

それから――

ノックの音がした。

おれは動かなかった。多分番頭だろうが、違ったら事《こと》だ。丸の内で消えた五十人が身を隠しているかも知れねえ土地――ここは敵地なのだ。

おれは上衣から抜いておいたナックルを右手に嵌め、ドアに近づいた。

ノックはつづいている。

右手を引いて、出会い頭に一発かます体勢を取ると、おれはドアノブに手をかけた。

向うから激しく廻された。相当切れてやがる。おっ、次は押したり引いたりか。安物のドアが悲鳴を上げた。

おれはノブを掴んで思いきり引いた。

きゃ？　という声と一緒に、女がひとりつんのめるように倒れこんで来た。

浴衣姿だ。

倒れた床の上から、怒りと怨みとがぎっしりと詰まった視線がおれを貫いた。

「あれ？」

おれはさすがに眼を丸くした。

女は「ラリエー浮上協会」の受付嬢――神戸春菜だった。

「おまえ――何やってんだ、こんなところで？」

「さっき、エントランスの方がうるさいので出てみたら、あなたが。そっちこそ何してるんです？」

「決まってる。おめえんとこの踏み倒し支社長をとっ捕まえに来たのさ。おい、おまえ、本当にあいつらとグルなんじゃねえのか？」

「違うわよ」

春菜は弱々しく首をふった。

「――何となく来ちゃったの。あれからマンションにいても何か落ち着かなくて。ＴＶ点けてもニュースは流れないし」

「だからって、よ」

おれは抗議の声を上げた。春菜はうなずいた。

「疑うのも無理ないわ。ないけど、本当に社員たちがどこへ行ったかは知らないの。ここへ来たのは、ただ何となく」

春菜の声は低く、眼は虚ろだった。怪談番組の不気味なナレーションのようだ。

「――いえ、正直に言うと、何かに引かれるみたいに」

「そうかい、そうかい。で本当《ほんと》に正直なところは？」

春菜は凄まじい眼でおれを睨んだ。とびかかって来るかと思ったが、いきなり泣き出した。ついでにおれの胸を両手で叩きはじめた。

「嘘なんかついてない。本当よ、本当に、何かに引かれるみたいに、ここへ来ちゃったのよ」

おれを叩くたびに、両眼から涙がとんで春菜とおれの胸を濡らした。

ええい、面倒臭え。上げ足取ってたらいつまでもビイビイ泣かれるばかりだ。

おれは春菜の背を撫で撫で、

「わかったわかった。何となく、な。明日、夜が明けたら帰りな」

「――どうして？」

「何で来たのかわかりもしれねえのに、こんな町にいるもんじゃねえ。実はあんたに関して、おれもあんときから気になってることがあるんだ」

春菜は引きつりみたいなしゃくり上げをやめて、顔を上げた。おお、付け睫毛もマスカラもとろけて、凄まじい顔になってる。夜中にそんなリアルな、思いつめた顔するなよ。

「――何よ、それ？」

おれは咄嗟に思いつきをまとめ、辻褄が合うよう気をつけながら、

「あの会社の連中は、同じ故郷の者らしいと言っ

てたよな。それは本当らしい。なら、赤の他人の君が雇われるのはどうしてか？　受付くらいなら、社員ども交替で担当したっていいはずだろ。それが駄目なら、郷里からもうひとり呼べばいい。この不景気だ。幾らでも上京したい若い女《こ》はいるさ」

「……」

「それをしなかったのは、赤の他人でなきゃならねえ特別の理由があるからだと思う。同じ血を分けた社員は使えねえ受付——いや受付はその場凌ぎだったがな。あんた、どうやってあそこへ入ったんだ？」

「新聞の募集広告を見たのよ」

正社員若干名、十八〜三十五歳まで、学歴不問、という今どき結構な内容だったらしい。

「押しかけただろ？」

「ええ。列つくってたもの。二千人以上来たって社長が言ってたわ」

「選び放題ってわけか。堅えところはいいよな。こちとらいくら募集かけてもロクなのが来やしねえ。貸金業なら、おいこら言えりゃあいいと思ってるクズばかりだ。とにかく、あんたは二千人から選ばれた。大した金の玉子だな」

「あたしも不思議だったわ。大学の成績も平凡、特技も無し、趣味は料理——どこにでもいるレベルだと思ってたから」

「思い当たる節はねえのか？」

春菜はハンカチを眼に当て当て考えていたが、自信なさそうに、

「——面接のとき、社長が『いい生年月日だね』と言ったけど、それくらいかな」

「何年の何月何日だ？」

さして興味もなかったが、一応訊いてみた。

「八八年の十月一日。何か関係があるの？」

「わからん。オカルト関係は縁がねえんだ。ひとり強いのがいるから、そいつに後で訊いてみよう」

「お願い」

春菜の顔にはようやく人並みの表情が戻って来た。味方がひとりいるだけで人間《ひと》は幾らでも変わる。

「とりあえず、景気づけに一杯飲るか。ここの冷蔵庫、ビールもウィスキーも入ってたな」

「じゃ、あたし、部屋に鍵かけて来るわ」

「大丈夫さ。他に客なんかいやしねえよ」

「でも、気になるから」

春菜が出て行くとすぐ、おれは宿の電話で色摩を呼び出した。携帯を使うと会社への電話代の請求が面倒になる。

「いま、どちらです？」

食ってかかるような訊き方にむかついたが、ここは色摩くん頼りだ。

「あのな、おめえの好きなオカルト種《ねた》だ。この生年月日が、オカルト的に何か意味があるかどうか調べてくれ」

春菜から聞いた日付を伝え、

「目下、千葉の王港って港町にいる」

「——何ですって？」

おれがぎょっとしたほど、色摩は不気味な声で訊き返してきた。

3

「そんなところで、何してるんですか？」

「仕事だ」

「すぐ帰ってらっしゃい。ひょっとしたら、明日までもちませんよ。ああ、よりにもよってこんな時に」

「何だ、こんな時ってのは？」

「ルルイエ浮上に失敗した後すぐってことです。世界中のクトゥルー信者と〈深きものども〉が怒り狂い、邪魔した者たちに報復し、またはその準備を整え、さらには新たな生贄を捜し廻ってるところなんですよ」

「それと王港とどういう関係があるんだ？」

「アメリカ東部のニューイングランド――マサチューセッツ州に、インスマウスって港町があるのご存知ですか？」

「そんなの知ってるのは、おめえだけだ」

「とにかく、そこは住人のほとんどが海棲む物と血の交わりを交わして出来た異婚の子供たちの巣なんです。その中心人物はマーシュって一族なんですが、そのマーシュ一族と契った海棲人の一派が、マーシュより遥か昔に、彼らが巣食っている西インド諸島のある島で、日本の漂流民と会い、彼らとの間に出来た子供たちを房総半島のある村へ送り届けたという話があるんです。時代でいうと戦国時代でしょうか、研究者の間じゃそこが王港ってことになってるんですよ」

よく飽きねえもんだ。

「そこの人たち、眼と眼の間が妙に離れてませんか？」

「ああ」

少しな。

「しゃべるとき、呂律《ろれつ》がおかしくないですか？」

「うーむ」

少し、な。

「肌がカサカサの割に、ぬめっとうす光りしてませんか？」

「いや」

「髪の毛がうすくありませんか？」

「気がつかなかったな。みんなそれなりにあったぜ」

「じゃ、みんなまだ若いんだ。それとも、インスマウス化が遅れてるか」

「何だ、それ？」

「インスマウスの住人には、いま言ったみたいな肉体的特徴があるんです。若いうちは人間と変わりませんが、歳を取るにつれて〈深きものども〉のＤＮＡが活性化し、人間と両生類とを合わせたような顔になってしまう――それをインスマウス面というんです」

「へえ」

「奴らは今、ありとあらゆる場所で、クトゥルーの怒りを鎮め、復活を策するための生贄を集めています。ああ、やっぱりだ。この生年月日の主は、お知り合いですか？」

「てゆーか、同じ宿にいるんだ」

「――何ですって？」

色摩の声は悲鳴に近くなった。

「一刻も早くそこから――」

逃げなさい、と言うつもりだったのだろう。残念ながら、おれの意識は別の方に聞き耳を立てた。

何処かにある二四歳、十月一日生まれの女の部屋で、悲鳴が上がったのだ。

「後でな」

携帯を使わなかったのを少し悔みながら、おれは部屋をとび出した。

幸い、もう一遍のきゃあが出所を教えてくれた。

廊下をはさんで二つ奥の部屋だ。

柱に描かれた室名は「海の底」だった。

間取りは同じ。春菜は室の間の布団の上で窓の方を指さしながらへたりこんでいた。

「どうした？」

面倒臭え女だ、と毒つきながら訊いた。

「出ようとしたら、窓の外に影が――」

上も下も右も左も指し廻す指の先に、しかし、影などなかった。

おれは窓のところへ行って、窓ガラスを開けた。凄まじい叫びが脳天から爪先まで貫いた。

おれはふり向いて、

「静かにしろ」

と言った。

「ごめん、なさい」

春菜は口に指を押しこんで脅えを調教した。

こちら側の窓は町の方を向いている。窓と竹矢来の間には影も形もなかった。

「気のせいだよ」

「嘘よ、確かにいたわ。人間だと思うけど、手に——水掻きがついてたのよ。それが何人も何人も、こっちを覗いてたの」

「顔を見たか?」

「真っ黒だった。影になってたのよ。声は聞こえた」

「どんな声だ?」

「なんかこう、蛙の鳴き声みたいな」

「怪奇ゲロゲロ人間か。『大アマゾンの半魚人』だな。まだラバー・スーツと合成音を使ってやがるのか」

「大アマゾンの半魚人」というのは、一九五四年に怪物映画の老舗ユニバーサルが製作したモンスター映画だ。太古からアマゾン流域に生き残っていた両生類の進化系が、その調査にやって来た人間たちと一戦交えるのだが、このときのモンスター・スーツが鱗と鰓と水掻き付きの豪華版で、当時の金で一万ドル(約三百六十万円)以上かかったという。スーツ・アクターには海兵隊出身で三分以上の潜水が可能なリコウ・ブラウニングが抜擢され、上半身をくねらせ進む独特の泳ぎ方で人気を博したが、小柄な体格のせいで、陸上での撮影はドン・メゴワンという俳優が担当した。

大分前の話になるが、アメリカで出版《で》たムービー・モンスターの大事典とやらが日本で翻訳された。されたはいいが、幾ら調べても「大アマゾンの半魚人」が出て来ない。出版社へ乗りこんでいく決意を固めたとき、ようやく見つけた。なんと「大アマゾンの半魚人」――おれは〝大《だい》〟アマゾンで引いているのだが、この事典では〝大《おお》〟アマゾンに読み方分類されていたのだった。どんな翻訳者だ？　どんな編集者だ？　どんな校正者だ？

ま、もっと前にケーブルTVでホラー映画のCM見ていたら、イントネーションも滑舌も声質も申し分のないアナウンサーが、東映の「秘録怪猫伝」を、「ひろくかいねこでん」、「怪談累ヶ淵」を「かいだんるいがふち」と読んで、天を仰がせてくれたがよ。しみじみ、日本の怪談映画は忘られたジャンルと納得させられたぜ。

しかし、「大《おお》アマゾン」は許さんぞ。

過ぎ去りし日の怒りを思い出し、憎悪に打ち震えるおれの肩を、春菜の手が掴んだ。

「あれはラバー・スーツなんかじゃないわ」

「あれ。あんたもそっち方面の人か？」

「仮面ライダー、観てます」

「それでもラバー・スーツじゃないと？」

「違うわ。あれは本物よ」

「とにかく、おれの部屋へ行こう。しかし、番頭も誰も来ねえな。あんたの声、かなりでかかったが。荷物も用意しな」

春菜は少しためらった。男の部屋でひと晩過ごす意味を考えたのだった。普通の女だ。

「ひょっとしたら夜逃げって羽目なる。また荷物を取りにここへ戻りたいのか？」

今度は一も二もなく春菜は荷作りをはじめ、十分後にはおれの部屋に移っていた。

このあいだ中、携帯が鳴りつづいていた。春菜を奥の間に入れ、おれは居間で受けた。

「どうしたんだろ?」

色摩の問いに、おれは春菜の妄想事件の一部始終を話した。

「それは妄想じゃありません。すぐに出て下さい。第一、なぜラバー・スーツなんか着て、その女の人を脅かさなくちゃならないんですか?」

「近所の漁師の冗談だ。都会の女にちょっかい出してるのさ。結構グラマーで色っぽいからな」

「違います。大体、なんで漁師が半魚人のラバー・スーツなんか持ってるんですか?」

「漁師が半魚人の着ぐるみ持ってて何がおかしいんだよ?」

「おかしいでしょうが」

わからねえ。

この件に関しておれを説得するのは諦めたらしく、色摩はこうつづけた。

「それより、その春菜さんの生年月日ですが、クトゥルー復活の星辰と〝曖昧な一致〟をみることが明らかになりました」

「何だ、それ?」

「要するに今回のクトゥルー復活が失敗に終わったのは、星辰のずれによるものだったのです。生贄を必要とする信者たちも、この星辰に合わせて生け贄の首を刎ねたり、火焙りにしたりしなくてはなりません。ところがこの星辰の状態は極めて気まぐれで。中々タイミングが合わない。ま、地球がクトゥルーの支配下に置かれるのを免れているのも、このいい加減さのおかげなのですが、いい加減だからと言って生贄を捧げないわけにはいきません。これをクトゥルー関係者の間で『曖昧な一致』と言うのです。多分に希望的観測に基づく名称ですが、しかし、その女性が狙われているのは間違いありません。一刻も早くその町から連れ出して下さい」

「よし、わかった。ありがとよ、またな」

色摩はぎゃあぎゃあ喚いていたが、おれは構わず携帯を切り、ついでに電源もオフにして奥の間へ戻った。

春菜はなお震えていた。金魚みたいに口をぱくぱくさせて、何事かつぶやいている。耳を傾けた。

「行かなくちゃ。ここにいてはいけない、ここにいてはいけない」

「しっかりしろ」

肩を掴んでゆすった。春菜はおれを見たが、ひどく虚ろだった。

「怖い」

しがみついて来た。おれも抱きしめてやった。後は寝るだけだ。棚ボタの可能性もある。

「あたしはここにいちゃいけない気がする。いるのは間違いないの。いるべき場所は他にあるの」

「ここだよ、ここ」

おれは適当に言って、春菜を布団の上に押し倒した。

「ここで抱き合ってりゃ、あったかくて、すぐに怖いものもおかしな考えも忘れちまう、な？」

「行かなくちゃ」

春菜は起き上がろうとしたが、おれは押さえつけて動かさず、ブラウスのボタンを外しはじめた。

外から見てもわかるが、春菜の胸は実に堂々たるものだ。たっぷり脂肪が乗っているせいで光って見える。

乳首を吸うと、春菜は虚ろな声で喘いだ。

「そうよ、もっと強く吸って。いいえ、噛んで。あたしが生きてるって証明して」

なに人生ドラマしてやがる。

おれは構わず豊かな乳を口いっぱいに頬張っ

て、舌を這わせた。肉のカーブが堪らなかった。

「安心しな。おれがそばにいる限り、誰も近づけやしねえ。しかし、それでも奴らは襲いかかってくるだろう。撃退するには武器がいる。いいものをやるよ」

「本当に？」

「ああ。だけどその前に」

おれは恐怖に震える春菜の口にかぶりついた。舌は向うから入れて来た。

ぢゅるぢゅる吸いながら、おれはおかしな感覚を味わっていた。

波の音がやけに近い。

それどころか、手と足がびっしょりと濡れてやがるじゃねえか。左右に眼を走らせ、おれはぎゃっと叫んで跳び上がった。

部屋の畳はいつの間にか黒い水に覆われていたのだ。

「ど、何処から？」

それもすぐわかった。

誰が開けたのか、窓はすべて開いていた。水は外から押し寄せて、みるみる奥の間を浸し、おれたちを呑みこもうとしているのだった。

九章　ハリウッドへ行こう！

1

「嫌あ」

春菜は絶叫を放っておれにしがみついたが、黒い水を眺めながら、おれはつくづく感心した。

――ここまでやるか。

窓の外を見たが、闇のせいでお目当ての品は見つからなかった。

「ねえな」

眼を細めてつぶやいた。

「――何がよ!?」

半狂乱状態の春菜が面白い。

「水のタンクだ」

「タンク？」

「当り前だ。こんなところまで潮が満ちてくるわけねえだろ。海水の入ったでかいタンクをトラックで運んで、通りから一気に放水したのさ。ミニチュア特撮で大津波か何かのシーンで使う方法だ」

「なんでそんなことをするのよ!?」

「おれたちをビビらすために決まってるだろうがよ。これぞクトゥルーの妖術じゃ。借金の取り立てなど、汚らわしい俗事は忘れてさっさと退散せよ〜〜」

春菜は呆然とおれを見つめた。この莫迦——という眼つきが気に入らねえ。

その眼つきが、身体ごと急に沈んだ。

きゃっ!! という悲鳴も黒い水に落ちた。手をのばしたが、春菜はぐんぐん窓の方へと引きずられ、あっという間に外へ流されてしまった。水は引きはじめていたのだ。

なぜおれは無事なんだ、と頭を横切った瞬間、答えがわかった。

残った水の中から、人影が三つばかり跳ね上がったのだ。

蛍光灯はまだ点けているから、緑青の鱗に包まれた身体とわずかに髪の毛が残った頭部——何よりも水掻きのついた手が、はっきりと見えた。

手指の先の鉤爪も。

「凝りすぎだぜ」

おれはまた押し寄せて来た水を蹴散らしながら、床の間へと達した。

そいつらも追って来たが、爪をふり上げたときにもう、おれは準備を整えていた。

水の上に浮いていた電気スタンドをひっ掴むや、胴体からコードを引っこ抜いたのである。

後はいちばん近くの奴にそれを押しつければ良かった。

家庭用の電気というと、みな大したパワーはないと思いがちだが、試しに頭から水をかぶって、何処でもいいから押しつけてみるがいい、即死とはいかないが、失神は間違いない。

だが、押しつける寸前、閃いた。こいつらゴムのスーツだったんだ。

絶望がおれを襲い——希望に変わった。

鱗野郎が吹っとびやがったのだ。

畳に残った水を撥ねとばしながら、派手にのたうち廻る。演技かなと疑ったほどの狂乱ぶりだった。

「さあ、来やがれ。同じ目に遭わせてやるぜ」

おれは残り二匹の前にコードを突き出し、ふり廻して見せた。

「あの女は水ん中で足に縄でも巻いたんだろうが、おれにもそうしときゃ良かったな。ま、もう手遅れだがよ。ほれ、ほうれ」

コードを突き出すと、二匹はとび下がった。あわてた仕草が面白え。どこか人間離れしてやがる。入ってるのは大部屋俳優クラスか、どっかの劇団の練習生だろうが、大した名演技だ。ハリウッドの特撮映画によくあるが、それなりに金をかけ、モンスター・スーツ——つまり人間が中に入る着ぐるみが良く出来ていても、監督にやる気がなくてスーツ怪物《モンスター》の動きは人間そのもの——これでがっくり来たことが山程ある。おれはそのたびに配給会社の日本支社に電話をかけて罵りまくったものだ。

その点、この三人は立派なものだった。

「ほれほれほーれ」

前へ出て挑発するや、横殴りに水掻きの爪がとんで来た。間一髪身を屈めて、そいつの腹へボディブローを叩き込む。拳の代わりに電気コードが直撃した。

そいつは二メートルも吹っとび、窓の下端に足を引っかけ仰向けに庭へ落ちた。

あとひとりだ。

おれはもう勝ち誇っていた。

「さあ、仲間を連れて逃げろ。感電死寸前までやるのは、ギャラに合わねえだろうが？」

ところが、そいつは両手を広げて襲いかかって来た。生命知らずなのか仕事に誠実なのかギャラが余程いいのかはわからねえ。

ぷんと潮の混った悪臭が鼻を衝いた。おれは後ろ向きになってモンスター・スーツの両脚の間に倒れざま、その股間にコードを押しつけた。

おお、ちゃんとついてやがった。

こりゃ堪らねえな。のたうつそいつから離れて、おれは居間の方へ移った。

コードが抵抗し、すぐについてきた。危い。外れた。

だが、敵も諦めたようだ。残り二人は、ぶっ倒れたまま黒い水に乗って、すうっと窓から外へと流れ出てしまったのだ。

春菜と同じくロープで引いたにしても動きがスムーズすぎる。水の下にマットレスでも敷いてあったのか。

おれは帳場へ駆けつけ、番頭を呼んだ。

眼をこすりこすり出て来た男に事情を話すと、そんな莫迦なと言いながら部屋へ来た。

びしょ濡れの寝室と悪臭満々の部屋を見ても、番頭は、

「おかしいですねえ」

と首を傾げるばかりだった。

おれは春菜のことを言った。番頭は妙な眼つきになって、

「その方なら、あなたが来られる前に出て行きましたよ」

「嘘つけ、この野郎」

おれは春菜の部屋へとんで行ったが、鍵がかかっていた。番頭に開けさせる前に、やられたとわかった。

春菜は荷物ごとおれの部屋へ移ったのだ。そして、荷物も丸ごと流れ出してしまった。

おれのもだ。

「海の水が流れこんで来たのは変ですが、警察を呼んでも仕様がありませんよ」

ねちねちと言う番頭をふり返り、おれはその胸もとを締め上げた。

「てめえも仲間か——おい、頭《あたま》は誰だ？　何処にいる？　それと——なに企んでやがる」

番頭め、表情ひとつ変えずに、

「お客さん——やめて下さい。それこそ警察を呼びますよ。お部屋は替えて差し上げます」

この状況で警察《サツ》はまずい。

「冗談じゃねえ。こんな宿にいれるか。今出てってやる」

「承知しました。では、ご精算いたします」

「あ」

と出た。

おれの荷物は——ない。

おれはすぐ同僚に来てもらうと告げた。番頭は怒りも莫迦にした風もなく、

「では、別のお部屋をご用意いたします」

と言った。

新らしい部屋へ移ってすぐ、おれは宿の電話で会社へかけたが、案の定誰も出ない。となると、お手上げだ。

朝まで待つしかねえ。しかし、この宿にいる気なんざ毛頭なかった。

温《あ》ったけえシャワーを浴び、生臭い下着と服を我慢して身につけ、おれはすぐ脱出しようと窓を開けた。

これは中庭に面した窓だ。その先には住宅地が広がっている。

おかしい。

庭の明りが見えない。

来たときは常夜灯がかがやいていた。

すぐにわかった。

消えたんじゃない。おれと光の間を何かが塞いでいるのだ。

眼ばたきした。

何かでかい、ドームみたいなものが中庭の半分を占拠している。

いや、ドームはねちょねちょ動いたり、収縮したりはしねえな。

「何だこりゃ?」

思わず口を衝いた。

返事は——妙にかん高い奇妙な音だった。何の脈絡もなく、おれは純白の氷原を想起した。果てしなくつづく氷の平原を、白いブリザードが煙を巻き上げるように吹き抜いていく。場所まではっきりとわかった。

南極だ。

すると、眼の前の黒いでぶは、南極から来たのか?

まさか。さっきのモンスター・スーツの鱗人間同様、逃げ廻る「ラリエー浮上協会」の坂崎とその一派が用意したこけ脅しに違いない。おれを足止めするつもりなのだ。

材料はやはりゴムか、そんな金がねえなら布袋かと眼を凝らしても、どうもすっきりしねえ。

他にやることもねえし、おれは床の間に飾ってあった花瓶を取り上げ、思いきりぶっつけてみた。ぶつかったときの音や反応で素材を確かめようって寸法だ。

音はしなかった。反応もなかった。

花瓶はそいつに吸いこまれてしまったのだ——まさか。多分、ゴムやラテックスとは一味も二味も違う、軟らかくて分厚い新素材を使っているために、音もなくめりこんでしまったのだ。

いきなり、そいつは動いた。

ずるりと前へ出たのだ。

木の折れる音がした。こらかなり重い生地だぞ。

また妙な音がした。こいつの鳴き声かと思ったが、まさか、な。

とにかく、こんな奴が庭に出張《でば》っていては、ここからの脱出なんざ無理だ。

おれは窓を閉め、畳の上に大の字になった。

顔の上に、ひょい、と別の顔が現われた。

こう喚くのに少しかかった。

「優子!?」

レザーのブルゾンにサブリナ・パンツの女は無表情を向けて、

「すぐにここを出なさい。生命に関わるわ」

と言った。

「おめえ、神出鬼没が趣味か。どこから入って来た?」

「玄関からよ。もうあなたの宿泊費は精算したわ。一緒に来て」

「おお、そうか」

おれは身を翻した優子を追って部屋を出た。気分が軽い。得したせいだ。

ドアを閉めた途端、窓ガラスの砕ける音がドアを叩いた。

庭の奴が入って来たのか?

優子がふり返りもせず、

「そうよ」

と言った。

「へえ」

と感心してから、えっ!? と眼を剥いた。

「——何だ、あれは?」

「すぐわかるわ」

帳場の前を通った。番頭はいなかった。

また別の音が追って来た。ドアが倒れたらしい。

「見ないで!」

優子がふり返るおれを止めた。しかし、おめえ聞こえんのか? 蛇が床を這うみたいな音が。わからねえのか? それが物凄い速さでおれたちに追いすがってくることが。

優子が肩から体当りをかますや、玄関のドアはあっさり開いた。

まず優子が、それからおれがとび出した。

何かが胴に巻きついた。

こりゃ、腕だな。番頭か⁉　野郎、と歯を剥いて指をかけた。腕じゃなかった。先が妙に硬い。眼をやって驚いた。

なんと、女の生足じゃねえか⁉　ご丁寧に赤いハイヒールを履いてやがる。

おれはふり向いた。

見た。

女の足のつけ根に、全裸の女なんかいなかった。足だけが長々と、三和土《たたき》を横切り、帳場の前から廊下の奥までアナコンダのようにのびていやがるのだ。こりゃ凄え。どう見ても本物の足にしか見えねえ。しかし、やり過ぎだろ。

何で出来てるのか触れてやれ、と思った途端、そいつは消えてしまった。

恐らく眼にも止まらぬ速度で引き戻されたんだろうが、その前に、優子がおれの手を取って外へと引っぱり出したんだ。

「間に合ったわ」

俯いた位置からおれを見上げる眼つきは、おれの救援を喜ぶより、美味い獲物を間一髪で取り戻した獣のようだった。

2

「あなたを玄関から一歩外へ出せたから、こちらの打つ手が効いたわ。でなきゃ、今頃、持って行かれてたわね」

「持ってかれた？　何にだ？」

優子は妙な単語を口にした。

「あの生足がそんな名前だとはな。ま、小道具だしな」

優子は変な眼でおれを見つめ、

「早く車に乗って。真っすぐこの町を出るのよ」

と言った。

「おれはいかねえ」

「えっ？」

「おれの用はまだ済んでねえ。おめえが何しに来たのか知らねえが、あんなこけ脅しに尻尾巻いてたら、金貸しは務まらねえんだ。助けてくれた礼は後でする。これ以上、おれに関わるな。おまえの方こそ出てけ」

「わからない人ね。いまあなたが遭遇してるのは、ハリウッドのSFX映画じゃないのよ。すべて本物の魔物なの。人間がどうこうできる相手じゃないわ。ここまで生きてこれたのは、私にも信じられない僥倖《ぎょうこう》よ。何かがあなたを守っているのね」

「ああ、そうかい。ありがてえこった。とにかくおれは残る。おまえはどうする？　近くの駅まで送ってやろうか？」

「結構よ、気をつけてね」

おれたちはパジェロの止まっている駐車場へ来ていた。やけに早えなと思ったが、文句をつける筋じゃねえ。

ドアの外で、優子は片手を上げた。

「そうだ。おめえの亭主もひょっとしたらここか？　何なら一緒にとっ捕まえてやるぜ」

「気をつけて」

こう言って優子は片手をふった。

通りに出てから、おれは警察へ行くことにした。訴えにじゃねえ。夜明けまで駐車場で厄介になるつもりだった。いくらトチ狂った狂信者どもだって、警察までは押しかけて来られやしめえ。

「あ」

急ブレーキをかけたショックも気にならなかった。肝心なことを。宿代を払ってもらっただけで安心してしまい、この後にかかる費用を借りるのを忘れてた。

「魚人亭」へ戻るか？　冗談じゃねえ。明日会社へかけて届けてもらうしかねえな、おれは腹を据えてパジェロを再スタートさせた。

警察はナビでわかった。駐車場へ入れると、すぐ眠っちまった。夢は見なかったようだ。

翌朝、自然に眼が醒めた。駐車場の入口で、長い棒を持った制服がこっちを眺めている。

おれは思い切り頬をつねって眠気をとばし、昨夜、酔っ払って財布も携帯も放り出しちまったと制服に訴えて、警察の電話で会社へ連絡を取った。三が日も過ぎた。社会も会社も眠りから醒めている。金を扱う金融会社は絶対に留守にはしねえ。

経理の西さおりが出た。トラブって金もカードも失くしたと言うと、いまみな出払ってる。誰か戻ったら電話させると言って切りやがった。仕様がねえ。おれは急いで警察を出た。もちろん、文無しですと言って、住所を書いた上で、一万円ばかり借り出したのは言うまでもねえ。

昨夜のメモが目的地へ導いてくれた。

住宅地にあるかなり大きな二階建ての屋敷だった。土地は二百坪を越しそうだ。家はかなり古い。瓦も欠けているし、窓枠などどれもずれっ放しで、ペンキもあっちこっち剥落している。人間老いりゃあ身の廻りの森羅万象に無頓着になるらしい。

おれの眼は母家から十メートルくらい離れた一軒家に吸いついた。これも古いプレハブだが、窓にはカーテンが下りている。大人ひとりが身を隠しながら暮らすには十分だ。

パジェロを道路脇に止め、おれはしばらく人の出入りを観察することにした。一時間ほど待ったが出る者も入る者もいない。離れも静かなものだ。

おれは諦めてパジェロを下り、家の門前でインターフォンを押した。

インターフォンが、はい、と女の声を出した。ママに間違いない。

「昨夜の酔っ払いです。お礼に参上しました」

驚く気配があった。

単に予期せぬ訪問だったのか、おれが生きているのにびっくりだったのかはわからねえ。

「いえ、そんな――わざわざ、ありがとうございます」

早く切りたいのが見え見えだ。打つ手はもう考えてあった。おれに会いたがる商売相手はいない。

「実は、酔っ払ったせいで、おたくの店に財布を落として来ちまったらしいんですよ。いや、文無しで困りました。店開けて捜させて貰えませんかねえ」

「あの、昨日、あなたを送り届けてから店を掃除しましたけど、何も見当りませんでした」

「そんな筈はねえなあ」

おれは地声を出した。また沈黙があった。こういうタイプに慣れてねえな、ママ。いいお客ばっかりなのかよ。

「あの店に入る前は確かにあったんだ。捜してもなかったなんざおかしいじゃねえか」

「〈魚人亭〉で失くされたんじゃないんですか？」

「あそこに着いてすぐ失くなったのに気がついたんだ。あんたんとこしかねえだろうが。それとも、あれか、魔でも差したのかい？」

「失礼なこと言わないで下さい！　あなた何ですか？　あたしたち親切にしてあげたつもりだけ

ど」

「だからって人の財布を抜くってのはねえ。

——何見てんだよ！」

といもしない通行人を怒鳴りつけたのが効いたらしい、少しあわて気味に、

「お待ち下さい」

スイッチを切って玄関からママが現われるまで、三、四分かかった。亭主に事情を説明したのだろう。警察は——多分大丈夫だ。まだ朝早いせいか、ほつれ髪を上げながら、しかし服装はきちんとしている。睨みつけるスッピンの顔も、見ようによっちゃ店よりも色っぽい。世の中熟女ブームだというから、案外、近くの高校生なんかにファンがいてもおかしかない。

「失礼な人ねえ」

憎々しげな顔であった。汚ならしいものでも見るような眼つきをしてやがる。ま、確かに、な。


「これ以上、おかしな言いがかりをつけると警察を呼びますよ。うちの人も怒ってます」

「なら、ここで話させてもらっていいんだな？」

ママはそっぽを向いて、扉の鍵を外した。さぞや腹の中は煮えくり返っているだろう。

この家とあの店の改修資金を借りに来ねえかと思いながら、おれは家に入った。

居間にマスターが待っていた。南向きの窓は大きく取られて、十分な光が差し込んでいる。なのに妙に湿っぽいのは、うすいレースのカーテンが下りているからだけじゃなさそうだ。

マスターの顔も、前夜とは別人のように歪んでいる。

「あんた、どういうつもりでこんなとこまで来たんだね？」

おれがソファに腰を下ろすと同時に、棘のある言葉が飛んで来た。

「いえ、さっき奥さんに申し上げたとおり、財布を返して欲しいんですよ」

「だから、それは無かったよ。掃除は二人でする。私も確かめた」

「でも、お宅しかないんですよ」

おれはねちねち引きのばしながら、居間の様子を観察した。この二人にもあの店にも用はねえ。倅――坂崎支社長の所在を知るのが目的だ。

「失礼だが、私らが着服したとでも言いたいのかね？」

「そんなこと言ってやしません。お店を調べ――捜させてもらえないかと」

「それで気が済むのかね？」

「いや、ちょっと」

「――何だって？」

マスターの口調が恫喝に近くなった。温厚そうに見えるから、この変貌は効くだろう。けど、相手が悪い。おれはこの千倍も凄いのを二十年以上相手にして来たのだ。

「店に無えからって、ここにも無えってことにはならねえでしょう」

上眼遣いであった。マスターの形相は鬼――ではなく、何やら別のものに変わった。

「おまえ――警察を呼びなさい。こいつはやくざだ」

「はい」

「ちょっと、ちょっと」

おれは不貞腐れを装った。

「警察《サツ》を呼ぶこたあねえだろう。おれはただ、財布を捜させてくれと言いに来ただけじゃねえか」

「それが言いがかりだ。待っていろ、いま警察が来る。おまえのような奴は、少し痛い目を見た方がいいんだ」

「わかったよ」

おれは、けっと放って立ち上がった。

「道理のわからねえ夫婦だな。それでよく水商売がやってけるもんだ。さっさと廃業しちまった方がいいぜ。わかったかい⁉」

最後に絶叫してみせた。おれの声は犬が吠えるよりでかい。夫婦は凍りついた。

「これで失礼するぜ」

と喚いて、袖口の匂いを嗅ぎ、

「悪いが、袖と顔洗わせてもらうぜ。台所はこっちかい」

居間を出て、見当をつけた方向へと勝手に足を運んだ。

キッチンがあった。中へ入って見廻す。

ガス・レンジの上に、膳が乗っていた。皿の上にナプキンがかけてある。

勝手口を出れば離れまで十メートルだ。

「よし」

おれはうなずいて、水道の蛇口をひねり、ナプキンかけにかかっていた一枚をひたして、袖口と顔を拭いた。嘘はつき通さねえとな。

もう用はねえ。

床を踏み鳴らして居間の前まで戻った。携帯を耳に当てていたママが、素早く引っこむのが見えた。

居間へと踏み込んだ。マスターは前と同じところにすわっていた。おれは右手を突き出し、

「おい、悪いけどな、銭切らしちまったんだ。十万ばかり貸して貰いてえ。借用書は書くぜ」

「ふざけたことを言うな」

マスターは両眼を吊り上げて喚いた。これで、おれが金目当てのたかりだと念は押せたわけだ。長居は無用だ。おれは手を引っこめ、思いきり大きな声で、

「邪魔したなあ」

気合のごとく叫んだのを置き土産に外へ出た。

パジェロのドアを開けたところでふり向くと、玄関の前に夫婦が立ってこちらを見つめていた。

——嫌に眼が離れてやがる。

はじめてそう考えた。いつの間にか肺が腐って、そこから洩れる息も腐ったような思いだった。

ママが何かつぶやいた。

「ゲロ」

と言った。ママではない。おれの出した声だった。

パジェロのバックミラーから見えなくなるまで、夫婦はそこに立ち尽していた。

3

坂崎が匿まわれているとわかった以上、次の行動に移らなくちゃならない。

たかりに見せるのはいい手だったと思うが、向うが信じたかどうかは不明だ。却って用心させちまったかも知れん。

だとしたら、少しでも早いうちに手を打つ必要があった。

まず、会社へ電話をかけた。公衆電話を見つけるのに、どえらい手間がかかった。世間が豊かになると、みんなのためのものが、どんどん消えていく。おかしな話だ。

「まだ、みなさん来てません。ひょっとしたら、今日直帰《ちょっき》かも知れません」

直帰とは直接帰宅する——社へ戻らないという意味だ。本来、おれたちの仕事は新規開拓が生命だ。

金融——つまり金貸しほど客との縁が薄いものはない。

どんなに長いつき合いでも、二、三年のうちに必ず相手が消えてゆく。倒産だ。おれたちから金を借りて立ち直ったとか、栄華を極めたとかいう話はひとつもない。

そして、笑顔で別れる場合も——ひとつもない。

だから、回収——取り立て以外のときは、部下も上司も揃って電話の前で、新規開拓のキイをプッシュする。

「手形の割引きいかがですか?」

「短期貸し付けの御用はありませんか?」

新らしい客、新らしい客、新らしい客——それが金融業の生命なのだ。

それをしていねえ?

そんな莫迦な話があるか、と経理の西さおりを罵りながら、ふと思い当たった。

「社長はいるか?」

「いえ、わたし以外は誰もおりません」

「えーい、またな!」

携帯を切った瞬間、おれは空腹を感じた。昨夜から——いや、昼から何も胃に入れてねえ。昼飯を食っただけで、「シー・フード」じゃおつまみだけ、〈魚人亭〉でも夕食は摂らなかったのだ。

幸い、警察から借りた一万円がある。何処《どっか》、定食屋でもと思ったが、それらしいのは何軒かあったものの、みな長いこと店仕舞いしている風だった。

ま、食わなくても一日か二日は保つ。おれはパジェロをやって来た方角へと向けた。

止めたのは、目的の家から道一本離れた住宅と住宅との間だった。

ここから坂崎家の玄関が見える。

マスターとママが店へ出ていくまで待って、坂崎を捕えるのだ。駄目そうな場合は、倒れる寸前押し入って、とにかく坂崎を拉致してパジェロへぶちこむ。唯一の問題は、マスターとママに指一本触れちゃならんことだ。金融はあくまでも民事であり、刑事事件にしちゃならんのは鉄の掟と言ってもいい。ただでさえ、胡散臭い眼で見られている金融会社の評判が一気に地に堕ちるからだ。堕ちても構やしねえが、一応勤め人だ。会社の方針には従わなくっちゃな。

チャンスは意外と早くやって来た。

午後一時を廻った頃、マスターとママが現われたのである。——車に乗れ

おれは念を送った。

——石も砕けろ。車に乗れ

二人が駐車場へ行き、バンに乗りこんだ刹那、おれはジャンプして万歳を三唱したくなった。

とっとと出てけ。できれば交通事故にでも遭ってくれ。

バンは走り去った。

おれは待たなかった。すぐ、パジェロを坂崎家の石塀の真後ろに止め、パジェロの天井《ルーフ》に上がって、難なく塀の内側に侵入した。これも不法侵入であり、捕まれば刑事事件だが、借金踏み倒した奴を追いかけてやり過ぎたと言やあ、絶対執行猶予がつく。うちの連中は全員これの経験者だ。おれは離れに向かった。

サイズは2LDKくらいか。それでも杉厚板をふんだんに使って、当時はまばゆく見えるほどの佇まいだったろう。母屋同様ここにも時間の容赦ない手が若さをもぎ取っていた。

あまりうろついていて、近くの家から不法侵入者だと通報されても困る。

離れの中から物音ひとつしないのを確かめ、おれは玄関のドアを開けた。

鍵はかかっていなかった。やっと運が向いて来たか。博打に手を出すなら今だ。

はた目を気にする風も見せず、おれは堂々と主人気分で離れに入った。

八角形の御影石を嵌めた三和土《たたき》と桐の靴箱がひっそりと迎えた。高価そうな花瓶からでっかい菊が首を出している。毎日入れ替えてやがるな。

「坂崎さん、いるかい」

おれは一応呼んでみた。これで不法侵入にゃならねえ。

返事はない。

静まり返っている。

いるのに息をひそめている、というんじゃない。全く人の気配がしないのだ。じゃあ、母屋のキッチンで見た朝食の膳は何なんだ?

「心配なんで上がらせてもらいますよ」

善意のひと声をかけ、おれは靴を脱いで奥へと進んだ。

細い廊下をはさんで左側がダイニング。キッチン、右方が二間ぶち抜きのリビング兼書斎だ。三十畳はある畳の上に、大小三つの机が乗っかり、どの上も本や雑誌の山だ。壁に作りつけのばかでかい本棚の中身は勿論、畳のあちこちも本が居すわって動かない。紐でくくった雑誌の山も多かった。

表紙や背表紙、黄ばんだページを見ているうちに、おれは書斎ではなく古書店にいるような気分に陥り、つい足を踏み入れてしまった。

ひと渡り見廻した。おれにわかる言語の本は一冊もなかった。どれも海の向こうの本だ。

どう見てもバラバラなのを、無理矢理補修したようなポンコツも目立ったし、黄ばんで虫食いだらけの頁がホチキスで止めてあるだけなのもあった。

よくわからねえが、ここにある百分の一でもインターネット・オークションにかければ、大層な稼ぎになるような気がした。

4

ここの住人は本の虫に違いねえ。三台の机にはLEDのスタンドがつき、天眼鏡やTVの通販チャンネルで見た電子ビューアが並んでいた。パソコンと電子辞書も完備し、立ったまま、或いはうろつきながらでも読める用意にか、天井のレールから移動式のアーム付きライトが顔のあたりまでのびているのにも感心しちまった。

試しにいちばんでかい机に乗っている本の表紙を片っ端から見ると、ようやく知ってる単語が眼に入った。

VAMPIRE

吸血鬼だ。

ページをめくった。文章は見当もつかねえが、イラストの付いてる奴があって、どれもオカルト新聞の広告で見かけた安っぽい図形の中で、太陽が片手を上げていたり、星が笛を吹いていたりのふざけた絵が載っていた。

こんな本ばかりよく集めたもんだ。朝から晩まで読んでりゃ、海の底のラリルレロを浮かび上がらせようなんて、トンチキな企画も考えつくだろう。

古本特有の臭いが堪らなくなって、おれは廊下へ逃げ出し、キッチンへ入った。

テーブルの上に、あの膳が乗っている。

皿の上に残っているのは、鯵の骨と味噌汁の余りだった。長ネギと豆腐か。タクワンも一切れ残ってる。意外と粗食だな、支社長さん。

どれも冷めているが、茶碗の飯は固くなっていない。

おれが出てからすぐ届け、すぐ平らげたのだ。

不安が兆した。坂崎も何処かへ行っちまったんじゃなかろうか。

玄関のドアが開く音がしたのはそのときだ。

戻って来やがったか⁉

血が凍った。ひとりじゃない。

素早く、おれは食器棚の横にとびこんだ。

また、血が凍った。靴を脱ぎっ放しにして来ちまった。

廊下を二人の男がやって来た。ふたりともスーツだが、ノーネクタイだ。片方に見覚えがあった。丸の内の「ラリエー浮上協会」で、パソコンを叩いてた社員だ。多分、もうひとりも同僚に違いねえ。丸ごといなくなったと思ったら、丸ごとこの町に居候してやがるのか。

「遅れてしまった。危ないな」

「大丈夫さ。おれたちの他にも泡食ってるのがいたよ。靴あったろ」

「ああ。けど、こっから入っちゃまずいんじゃないのか？」

「仕様がねえだろうが」

「飲み過ぎはいかんな」

二人はキッチンを覗こうともせず廊下の奥へ消えた。かなりあわてている。

この家で何をやろうってんだ。しかも、あいつとおれの他には誰もいねえ家で？

廊下の奥で、蝶番の音がした。

それがもう一度鳴って、後は静かになった。

おれは食器棚の蔭から出て、戸口から廊下を覗いた。誰もいない。おれは玄関へ戻って靴をはき、廊下を行き止まりまで進んだ。あの二人は離れとは別の場所へ行っちまったのだ。

納戸らしい小さなドアが行く手をふさいだ。

念のため左側のドアを開いてみたらバスとトイ

レだった。右は書斎兼古本屋だ。

　ここしかない。

　人の気配があるのを確かめてから、ドアを開けた。

　納戸だ。

　古い家具やダンボール、衣裳箱などがナフタリンの臭いともども押しこんである。

　もうひとつのドアは見当たらなかった。だが、二人が消えた以上、上か下か横に出入口はあるはずだ。

　いちばん手前はプラスチックの衣裳ケースが三個積んである。

　一番上のを移そうとしたが動かねえ。1分間ほど試してみたが、ビクともしねえ。他にスィッチでもあるかと、寄りかかった途端、ずいーっと滑りやがった。まともに動かそうとしたら絶対に動かない方角だ。おかしな工夫しやがって。

　現れたのは廊下と同じ床だった。ただ一メートル四方の四角い切れ込みが食いこんでいる。その真ん中にステンレス製の輪がついていた。

　とうとう地下かよ。この下に、「ラリエー浮上協会」の社員がみんないたりしてな。

　あ。

　もうひとり、いた。

　春菜。

　今まで思い出しもしなかったが、あいつも同じ会社の正社員だったのだ。波にさらわれてどうした？　ひょっとしたら、下で元同僚たちと、ラリエー浮上失敗の反省会でも開いているかも知れねえ。

　輪を掴んで引き上げた。

　鉄の梯子が二十度ほどの傾斜角を保ちつつ、下へと下りている。

これはかなり古い。錆だらけだ。離れより古いかも知れない。つまり、この穴もだ。

突然、恐怖が襲った。こんな穴の底で何をしてるにしても、まともな会議のわけがない。

色摩の声が甦った。

クトゥルー協会
生贄。

おれの本業とは縁もゆかりもない代物だ。おかしな関わりを持つよりは、坂崎が出て来るのを上で待つ方が身のためだ。

輪から手を離して立ち上がったら、玄関のドアがまた開いた。遠い声か、

「少し遅れたな」

「急ぎましょ」

マスターとママだ。

おれの行くところはひとつしかなくなった。

十章　地底のＡＨＯ集団

1

緊張した。

　大急ぎで近くの窪みに身を隠す。

　程なく上の蓋が開いて、マスターとママの順に下りて来た。

　すぐに、下りて来たときの身体の向きと同じ方角へ歩き出したのを見て、おれに気がついていないとわかった。ひと安心だ。

　二人の姿が見えなくなってから、おれは梯子を上がって脱出しようと試た。

　ところが、びくともしねえ。開かないようにしやがったのだ。恐らく、地の底で行われてるか、これから行われようとしていることを外へ洩らさ

　もうためらいもせず、おれは輪を掴んで床板を持ち上げ、梯子を下りた。多分、衣装ケースは自動的に元に戻ったのだろう。

　十メートルくらいで地下道だった。幅もそれくらいある。自然の産物ではない証拠に、木や鉄の支持架やワイヤの強化柵があちこちに張り巡らせてある。こりゃ只の通路じゃねえ。天井の鉄架からぶらぶら下がった無数のＬＥＤ電灯の下で、おれは

ないために。

　こうなったら別の出口を捜す他はない。二人とは反対の方角へ行こうかと思ったが、こんな状況だと、おかしな奴らでも人間のいる方がほっとする。

　おれは二人の後を追って歩き出した。

　行けば行く程、その地下通路はとんでもない労力と時間と金をかけた代物だというのがはっきりしてきた。

　十分ほど真っすぐ歩くと地上への梯子があり、喜び勇んで昇ってみると、やはり上の——こちらは丸い鉄鎖だったが——蓋はびくともしなかった。

　天井のライトはほぼ二メートル置きだ。これだけでも大変な費用だ——電気代も含めて。

　十分、二十分——あの夫婦どこまで行ったんだ？　と首を傾げたくなった頃、眼に映る光景が突然変わった。

　三方とも土だったのが、石になったのだ。

　それも自然石じゃねえ。長方形の石を規則的に積み重ねた人工の石壁と天井と廊下が、冷え冷えとつづいている。

　こらもういかん。おれの出る幕じゃねえ。早いとこ出口を捜す——それ以外にやることはねえ。

　だが——それには、進む他はなかった。

　とんでもなく古いものだと思うのは、崩れかけた石や、床の凹凸からすぐにわかった。それをコンクリで補修した痕も見つけた。「ラリエー浮上協会」の社員の仕事だろうか。

　急に広い空間が眼の前に広がった。

「え？」

　スケールの違いにとまどい、おれは次の一歩を踏み出すことが出来なかった。

　左右に五十メートルもある平べったい展望台を前にしたといえばいいだろうか。床は十メートルほど前で途切れ、でかい奈落が口を開けたその前方には、あちこちが剥離したこれも巨大な石の壁が黒々とそびえていた。壁のほころびが見えるのは眼の届かない奈落の下から、光が照らしているのだった。

下から来たのは光だけじゃなかった。男と女の声が混り合った合唱も一緒だった。

「ふんぐるい　むぐるうなふ　くとぅるう　るるいえ　うがなぐる　ふたぐん」

おれは床の端まで身を屈めて近づいた。

その下は幅広い石段が地の底へつづいているように見えた。少くとも底までは垂直距離で三十メートルはありそうだ。そんなところへ階段で昇り降りしようなんて考えるのは、絶対に人間じゃねえか、狂った人間だ。

下の連中は多分、役者だった。

そいつらが手にした燭台や、蝋燭や松明の明りのおかげで、ざっと百人ばかりの職業が大雑把に見当がついた。

ビジネス・スーツの十人余りのリーマンは「ラリエー浮上協会」の連中その他に違いねえ。カーディガンにシャツとズボンの禿頭は近所の隠居か商店街の主人、似たような衣裳の女どもは、そいつらの女房か他所の主婦だろう。

想像など不要な連中もいた。白衣の医師、看護師、警官、消防団員、宅配人、どっかの制服ＯＬ。これがみんなクトゥルー神とやらの信者かと、おれは疑った。多分、大半は雇われエキストラに違いねえ。

しかし、金を貰っている以上、邪魔者を排除くらいはするはずだ。

早いとこ坂崎を捜さなきゃ。

おれはさらに頭をのぞかせ、集団の中から坂崎を選び出そうとしたが、角度のせいでうまくいかなかった。

後廻しにするか。

合唱と光と地の底に集まった田舎町の住人たち。どう考えてもまともじゃねえ。

五千億の取り立ても大事だが、生命あってのモノダネだ。

もう一度、身を乗り出して地底のお祭りを眺め、おれは向きを変えた。

足音を殺して二歩進み、何故か止まっちまった。眼の隅に、小さな台の残像がへばりついていた。

台の上に女がいた。

春菜だった。

あのイカレ女、こんなところに登場しやがって。

単語がひとつ閃いた。

生贄。

おれはその場に両手をついちまった。手の平から石の冷たさが一気に駆け上がって来た。


なんで、おめえだけがおれと向かい会ったんだ？

なんで、あんな顔しやがる？

そして、なぜ台のそばにマスターとママが立っている？　ママの右手に包丁を握りしめて。

おれは舌打ちして通路を歩き出した。

二十メートルばかり行くと、右側の壁に崩落ではない空間が見えた。

来る途中で、出口ではないかと思った場所だ。

当たりだった。

鉄の梯子が下へとかかっている。下を見た。誰もいない。しかし、三十メートルだ。おれは呼吸を整え、非常口——多分——から梯子を下りはじめた。

よくもそんな長え梯子をこしらえたもんだと呆れながら下りた。びくともしねえ。あと数段というところで足が空を切った。横棒がなかったのだ。

うわ、としがみついた手も何故か滑ってしまい、おれは尻から一メートルほど下の床に落っこちた。

　ズボンの尻ポケットでガラスの砕ける音がした。

「お？」

　痛みをこらえて上から撫でた途端、記憶が甦った。社長から貰った塩の瓶を、おれはここへ入れっ放しだったのだ。

「こんなときに――ええい！」

　低く喚いて、掻き出そうと手を突っこんだとき、水音が聞こえた。

　急に生じた音だ。とび込んだか、出て来たか。どぼん、じゃなかった。後の方だろ。

　おれはそっち――後ろを見た。

　上から見ると、石の地面の向うに広がる黒い闇としか判断できなかった。

　いまははっきり、水だとわかる。それも広い。寒けがするほど広大で深い。何故かわかるのだ。

　眼を細くしたが、水以外何も見えなかった。

　出て来たものは、また音もなく消えてしまったようだ。

　右手からどよめきが押し寄せて来た。

　ふんぐるい　むぐるうなふ　くとぅるう　るるいえ　うがなぐる　ふたぐん
　さっきより遙かに力と希望に溢れた大合唱だった。

　おれは尻を揉みながら、武器になりそうなものを捜した。崩れた壁の破片以外何もない。

　拳大よりひと廻り小さいのを選んで上衣のポケットに二つ入れ、合唱の方へと身を低くして走った。

足裏で変な音がした。まさか――いや、水だ。ここまでが水辺――なんじゃねえ。流れこんで来たんだ。

また大勢の声がまとめて噴き上がった。歓んでやがる。こいつら溺死希望者か。

石壁の切れるところで立ち止まり、おれは顔を半分出して奴らの様子を捜した。

さっきは、やはり視界が十分じゃなかった。

春菜の乗った台の隣りにも前にも、同じ台が九つばかり並び、合わせて十台。全裸の男女も十人いる。それぞれに二人ずつ男女が付き、ランプや松明で照らし出しているから、顔は良く見られた。

心臓が、どんと鳴った。

「田丸――」

田丸優子の亭主――金造は猿ぐつわをかまされ、ロープでがんじがらめにされた身体を台上に横たえていた。

その左隣りの台にも、おれの知人がひとりいた。

「――蘭子」

金造の姉は、生唾を呑みたくなるほど見事なボディに黒縄を食いこませ、それでも激しく身悶えしていた。猿ぐつわを取れば、生命乞いではなく恫喝と悪罵が吹きこぼれるだろう。

くびれのついた乳房や尻や、蠢く太腿に眼を奪われて、おれは他の生贄を忘れていた。

いきなり、

「助けて！」

女の金切り声が闇を渡った。猿ぐつわが外れたのだ。

「助けて、こんな暗いところで、化物に食われるなんて嫌」

そばに立っていた商店主みたいなセーター姿の親父が、右手をふった。鞭だ。娘の乳房が震え、悲鳴が尾を引いた。商店主は叫んだ。

「この愚か者があ。尊い犠牲の意味がわからねえっぺか？　偉大《いでえ》なるクトゥルー復活のために捧げられる栄光《ええこお》の贄だでよ。代われるものなら、おれが代わりてえくれえだ！」

おお、訛よ訛よ訛さまだ。

「だったら——代わってよ！」

女が叫んだ。

「そうはいかねえべよ。生贄《えげにえ》にはまず星辰の正しさが要求されっぺ。おめえたちは今回適中した幸運の主なんだ。おお妬ましい。羨ましい」

「この気××い！」

「うるさい！」

また鞭が唸り、身悶えする女の口に、警官と医者が猿ぐつわをかませた。

女が正しい、とおれも思う。化物などこの世にいるはずがないが、それを信じる狂信者はいてもおかしくない。そんな奴らに捕まったのが災難だ。

それでも無言の抗議はつづけられた。ふさがれた口から洩れる呻きの合唱は、十メートル以上離れたおれの鼓膜もゆさぶった。

「えーい、黙れ」

医者が、警官が、商店主が、「シー・フード」のマスターとママが鞭をふるった。こいつらは地上へ出れば、平凡な職業人として平穏な日常生活を送り、やがて年老いて死んでいく。他の連中とおんなじに。隣り近所の住人は、地底の殺人者の顔など想像もしないだろう。

台上の生贄たちが身悶えした。

「よせ」

光の届かぬ闇の奥から、これはいかにもの原色の頭巾《フード》付き長衣をまとった男が現われ、打擲《ちょうちゃく》を中止させた。

狂信者どもが、おお、おおと感動の声らしいのを上げてひれ伏した。

頭巾は勿体ぶって両手を上げ、一同を黙らせてから、

「今回、我らの崇高なる目的は、またも無為なる終焉を迎えた。我らの心から自らの未熟と信仰の欠如を悔い、鞭打たねばならん。そして、今日よりまた、新たな栄光の日々に向けて一歩を踏み出さねばならぬのだ」

耐えかねたようなすすり泣きが莫迦信者どもの間から洩れていた。それが突如、歓喜の叫びに変わった。

おお、おお、いあ、うずぐ　ふぉんと　ふたぐん
「我ら、新たなるクトゥルーの復活に向けて、ここに十人の贄を捧ぐ。いまこそ生と死を明らかにせよ」

うおおおお、としか表現しようのない叫びが地下世界を圧した。


おれは呆っ気に取られ、あんぐりと口を開いているばかりだった。

何て莫迦な。こいつら、アジってる奴の正体を知ってるのか？

頭巾がふたたび両手を上げて沈黙を生み、そのまま手を頭巾にかけて後ろにずらした。おれには声でわかっていた。

坂崎支社長さまの顔だった。

それは、だしぬけにおれの方を向いた。

ぐいと指さして叫んだ。

「そこにひとり、異端の狂信者が隠れておる。ひっ捕えろ！」

2

どっちが狂信者だと言ってやりたかったが、そ

の前に押し寄せて来た野郎どもにおれは呆っ気なく捕まり、坂崎の前に引き据えられてしまった。

「おやおや、誰かと思えば『CDW金融』の担当さんではありませんかな。その節はお世話になりました」

言葉遣いは恭しいが、鼻の先で笑ってやがる。おれは奴を見上げて、

「へえ、そうかい。おい、おめえの担保にした土地は、本当の所有者が出て来ちまったよ。ずうっと古い。正当な持ち主がよ。てめえ、人をたばかりやがって。さっさと銭返しやがれ」

「それは困りましたなあ。私どもには予測できなかったことで。ま、諦めて下さい」

「冗談じゃねえ。五千億だぞ五千億――死んだって踏み倒されて堪るかい。耳揃えて返せ。でなきゃ、地の果てまでも追っかけるぜ。てめえの女房も餓鬼もおれの仲間に一生追われるんだ」

「女房も子供もおりません。それに、あなたはもう地の果て――ではありませんが、地の底へ来てしまいました。この状況で借金の催促をしても返ってくるものかどうか」

「やかましい。てめえ、五千億も何に使いやがったんだ?」

「わが社の名称をお忘れではないでしょうな。ラリエーを浮上させるために使わせていただきました」

「で、どうしたんだ、そのルルイエは?」

坂崎の表情が変わった。気のせいだろうが、おれに向けたのは尊敬の眼差しであった。

「よく驚かせてくれる方ですな。まさか、金貸し――失礼、金融業者の方から、その名を聞くとは思いませんでした。一体全体どうなさったのです?」

「やかましい。てめえ、しくじったろ?」

効いた。

坂崎は顔を押さえ、たじたじと後ろへ下がった。押えた指の間から、便秘に苦しんでるみたいな声が、

「そうだ。しくじった。我らの宿願はまたも天に受け入れられなかったのだ」

「当り前《めえ》だ、阿呆。何処の世の中に化物を復活させるのに力を貸す天があるか。神さまはな、化物の復活も借金の踏み倒しも、絶対《ぜーってえ》許さねえんだ」

「神？　いま神と言ったか？」

復活したのは坂崎であった。すでに眼はすわり、異様なかがやきを放っていた。阿呆どもがどよめいた。

「神とは何か？　それは人間を導くものだ。大いなるZENへ向かってな」

「ZENって何だ？　どう書く？」

「善人の善、善意の善に決まっている」

おれは色摩がここにいたら、どんな顔をするかと思った。

「するとあれか、おまえらの神さまは、イエス・キリストやお釈迦さまと同《おんな》じか？」

また訊いた。坂崎は鬼の形相に変わったのだ。どこか喜劇的でもあった。

「貴様――いまの言葉を取り消せ！」

「ごめんだね。何でえ、えらそうに。海の底に何億年だ？　そこから自力で脱出もできねえ、人間に借金させてその金でノコノコ自由になろうなんて神さまがあるかよお。おかげで、てめえは借金を重ねておれたちに一生追われなきゃならねえ。踏み倒しの罪人をこさえるのは、どんな善だってんだ？」

「神の行為は、我々人間になど本来理解できぬのだ。おまえは、低俗な凡児《ぼんじ》の眼でしか物事を判断できん。神の意図はそのような次元を越えて、大宇宙の神秘のレベルで実行に移される。それがお

まえたち凡俗の眼には理解し難い行為や、森羅万象となって映るのだ」

「理解し難い行為？　踏み倒しのことか？　ならおれにゃよく理解できるがね」

「黙れ。五千億ごとき、すぐにでも返してやる。ラリエーの地下に眠る宝物蔵の、塵のひとかけらでも、この星ひとつを買い取れるだけの値打ちはあるのだ」

「会社《うち》の机の上に、そのかけらを乗せてみな。そしたら認めてやるぜ、おめえの神さまをよ」

「それは――次回に見送られた」

坂崎は苦々しい顔で言った。ざまあ見やがれ。

「浮上しない限り我々はラリエーに指一本触れられない。しかし、我々は一瞬も休まん。次の復活にむけて行動を開始する。君は至誠の意味を知っているか？　我々は神の導く場所へ到達するために、いかなる犠牲も忌わん。君から借りた金は、復活の折りに必ず倍にして返そう」

「おお、そうかい。だがな、契約はそうなってねえんだよ。一回でも不渡りを出したら、その場で全額弁済しなきゃならねえ――あんただって年季の入った会社の支社長だ。そんなことぐらいわきまえてるんだろ？」

「それは、まあ」

「なら返《けえ》せ。てめえたちが、地下でハリウッド・ホラーの真似ごとをしでかそうが、ラバースーツの半魚人におれを襲わせようが、おれにゃあ関係ねえ。オカルトごっこしたけりゃやれ、だが、金はきっちり五千億、この場で弁済しろ」

我ながら無茶言ったもんだと思ったが、ここはガンガン先手を打たなきゃ、イカレポンチの狂信者どもの狂乱に呑み込まれちまう。

「金は――ない」

坂崎は口をへの字に曲げた。

「我が協会は、いま世界中で、おまえのごとき守銭奴どもに追いまくられている」

「それで、いよいよ追い詰められたら、生贄の壇に乗せようってのか？　てめえらの神さまはそれも黙って見ておいでかよ？」

「神は我らの幼稚なモラルとは無縁だ。人間の生き死になど、大いなる御心の前には些細な事々《ことごと》に過ぎぬ」

言い返してやろうとしたとき、また水音がした。

おおおおお――人間の声が集まると宗教音楽顔負けの荘厳な響きになる。

「来たぞ！　海底の王が」

坂崎はふり返った。声のした方に――黒い水の広がりへ。

「何だおまえら、生簀《いけす》でもやってるのか？」

おれの声は、はじめて虚しく響いた。

連中は地べたに膝をつき、両手を宙に突き出して、あれをまた唱え出した。

ふんぐるい　むぐるうなふ　くとぅるう　るるいえ　うがなぐる　ふたぐん

また水音がした。潮気を含んだ風が吹きつけて来た。

合唱がひときわ高くなった。

三たび水音。今度はずっと近い。

「聖なる炎で来訪を照らし出せ」

坂崎が命じた。

水音めがけて次々に松明やら蝋燭が投じられた。何か勘違いしたのか、懐中電灯まであった。

おれは見た。

前方――二メートルもない水の中から何やら巨大なものが持ち上がったのを。

そいつは丸い頭部に一枚のちょん髷《まげ》みたいな鰭《ひれ》

をつけていた。顔全体は乾いてひび割れた川底の泥か。要するに皺だらけだったのだ。そのひびの——皺のあいだに二つの眼が、水辺の炎を映していた。

耳に当たる部分から首のつけ根までは二メートルもあったが、不様に開閉する鰓で埋め尽されていた。

眼の下の小さな隆起は鼻であり、その下の分厚い、鱈子みたいな唇から鋭い牙の列が見え隠れしていた。しかし、唇は一メートル、牙一本三十センチというスケールも珍らしい。

波が寄せて来た。そいつがこちらへ向かって来たのだ。

顔のサイズに比べて肩はひどいなで肩だったが、幅は十分にあった。胸や腕についてはどうということもない。ひび割れそっくりの鱗に覆われているだけだ。

「何だ、あれは？」

腰から上だけ——七、八メートルはある上半身から滝のようにたぎり落ちる水と、水しぶきを見ながら、おれは呆きれ気味に訊いた。

またＣＧ合成の化物か？　それともディズニーが「海底二万哩」で使った大烏賊みたいな機械仕掛けのアニメトロクスか？　信者をつないどくためとはいえ、よくもまあ手間と暇と金をかけてこんな大げさな見せ物をこしらえたもんだ。

しかし、動きは実にスムーズだった。

床に片足をかけ、ぐうっとこちらへのして来たところなんて、絶対に機械仕掛けじゃ無理だ。やっぱりＣＧ合成か。奥に張ったスクリーンへ、化物が出て来るシーンを大容量のビデオ・プロジェクターで映し、スクリーン内の波とコンピュータでシンクロさせた水を流して、おれたちを濡らしてやがったのだ。

ぴしゃん、と床が鳴った。三本指の間に水掻きを張った鉤爪《かぎづめ》付きの足だ。音《サウンド》のシンクロも見事というしかない。こいつらの中にはプロの映画屋がいる。それも複数だ。

坂崎が走り出て両腕を掲げた。金切り声をおれは聞いた。

「ダゴン。ダゴン。父なるダゴン。母なるハイドラは、何処《いずこ》におわします。我ら伏して尊《とうと》びたまう。この贄を偉大なるクトゥルーの下へとお運び下さいませ」

下手な台詞だが情熱はこもっていた。眼の前のでかいのは、ダゴンというらしい。何処かで聞いた名前だ。記憶を辿ってみた。わかった。

「サムソンとデリラ」——セシル・B・デミルが一九四九年に作ったヴィクター・マチュアとヘディ・ラマー主演の史劇だ。古代の英雄サムソンの物語だが、彼に敵対するペリシテ人たちの崇拝する半人半魚の神が、確かこいつだった。

「でもって、その親玉がクトゥルーか」

ピシャン、と床が鳴った。巨大両生類——でっけえ蛙の仲間が、ついに前進を開始したのである。

なにどうせCGだ。人など殺せやしねえ。

しかし、近くで見上げると、さすがにでかいな。グエグエ鳴く声もリアルだ。このモンスター・デザインはハリウッドの歴史に記されるんじゃやねえのか。こいつがハリウッド製ならだが。

いきなり、坂崎はおれの方を向いて左腕を大きく、おれや生贄たちを覆い尽すように動かした。

「父なるダゴンよ、我らが集めたこのものたちをラリエーの奥深く眠る大いなるクトゥルーに届けたまえ。いあ　るがるるな　ふろうるらん　くとぅるう　ふひなる」

ダゴンの足下で黒いものがふくれ上がった。水だ。

実に見事なシンクロだと感心するおれの腰に凄まじい圧力が押し寄せた。

「誰か来て」

蘭子が悲鳴を上げた。

「畜生、離しやがれ」

おれは波に逆らいながら坂崎に滲り寄った。

「てめえ――いい加減にしろ。みんな溺れちまうぞ」

奴はふり向き、頭巾の下で、リーマン以外は務まらねえ平凡な面を邪悪に歪ませて見せた。

「溺れる？　はは、俗物どもの考えそうなことだ。偉大なるクトゥルーのための聖なる贄を、死して届けてどうする？　彼らはみな呼吸する身体のままラリエーへ送り届けられるのだ。ほれ、父なるダゴンの配下〈深きものども〉の手によってな」

あちこちで悲鳴が上がった。

黒い水が台上の連中を呑みこみはじめたのだ。

「やめろ、この野郎。てめえは人殺しか？」

坂崎は嘲笑を放った。

「言ったはずだぞ。誰も死なんと――水の中をよく見ろ」

見たとも。あれ？「魚人亭」で春菜をひっさらってった半魚人スーツの人さらいじゃねえか。器用にロープを外し、生贄どもを二人がかりで水中へ引きずりこんでいく。

おれは田丸金造の方へ走り出した。こいつが死んだらもう一件、弁済不能が出来ちまう。だが、二歩と進まねえうちに、田丸は台から離れた。

「止まれ、この野郎。勝手に行くな、銭返せ」

とびかかろうとした足首を掴まれ、おれは勢い余って水の中へつんのめった。

「この野郎」

無茶苦茶に蹴とばした。ゴムのスーツらしい粘っこい感触が伝わってきた。連続十回蹴ると、ようやく離れやがった。

「これくらいにしといてやらぁ」

おれは蘭子と春菜の台に戻った。

蘭子は台から引き剥がされるところだった。水掻きのついた手で豊かな乳房を押さえ、くびれた腰に絡んで、蘭子はそれを引き剥がそうと奮闘中だった。

行こうとしたが、間に合わなかった。大きな波が首まで呑みこんだ。不意に蘭子は頭まで沈み、それきり浮かんで来なかった。

「糞ったれ」

おれは黒い水をぶっ叩いて、春菜の台へと戻った。

水は口もとまで来ている。水没寸前だ。

「待ってろ。いまほどいてやる」

ロープの結び目は水の中だ。それを探ろうとしたとき、

「無駄よ」

と春菜がつぶやくように言った。

「この町へ来たときから……わかってた……こうなる運命……だったの……よ」

「莫迦野郎、あんな特撮映画に呑まれるんじゃねえ」

こう叫んだ手の先から、ずるりと春菜が滑った。白い貌が水に溶けた。

どこか掴もうとしたが、女の身体は指先をこすりながら水に呑みこまれた。

「何をしている？　そいつに用はない。八つ裂きにしろ！」

坂崎の阿呆がおれを指さして叫んだ。

「父なるダゴンよ、その手で邪教徒に引導をお渡し下さい。くとぅるぅ　るいえるるふはな　はるひはるひ　だごん」

おれの全身を影が塗りつぶした。

CGのはずだが、照明《ライティング》のしわざか。十メートルの高みからおれを見下ろす鱗だらけの巨体は迫力満点だった。

その腰や肩に半魚人もどきの〈深きものども〉が貼りついているのも芸が細かい。CGこそ特撮映画の明日だ。

ダゴンの手が下りて来た。映像とはいえ質感は素晴しい。爪なんか刃物より切れそうだし、したたり落ちる水が、おれのすぐ手前の水面でしぶきを上げているのも立派だ。どこまでが合成でどこまでが本物か、おれにもわからない。

爪と指と水掻きがおれを包んだ。うお、風まで来やがる。それと水流のせいでおれはよろめき、床に手をつこうとして上衣の裾をつぶしちまった。抵抗がなかったのは、ボタンが外れていたからだろう。

巨大な手にぐうっと握りこまれた。さあ、どうなる？　と思ったら、案の定、手は勢いよく引き戻された。ま、それ以上やっても、おれの身体が手の映像を突き抜けておしまいだ。

「お⁉」

おれは眼を見張った。ダゴンが引き戻した手を眺めている。爪も指も水掻きも、ぼろぼろと乾いた粘土みたいに剥がれ落ちていくじゃねえの。陽光を浴びたクリストファー・リイのドラキュラのように。

「ダ、ダゴン――父なるダゴン、〈深きものども〉の頭よ、どうなさいました？　お、おのれ、邪悪の権化、腐敗した異教徒め。父なるダゴンに何をした？」

何ぬかしてやがる。おめえんとこのモンスター・スーツの出来が悪かっただけだろうが、しかし、そんなNGシーンまで上映するとはおかしな趣味してやがる。

おれは水を掻き分け、坂崎に迫った。逃げようとして水中の何かにひっかかり、とび込みみたいな格好でつんのめった奴の肩を掴み、こっちを向かせて、ぼこぼこと十発以上殴りつけた。奴が訴えれば傷害事件だが、紳士面なんかしていられなかった。

たちまち血まみれの顔へ、

「さあ、金を返せ、このペテン師野郎め。五千と一百億円——耳揃えて返しやがれ。でなきゃ、このまま沈めてやるぞ」

三回潜らせると、さすがにまいったらしく、だらしなく水を吐いて、

「助けて……くれえ……」

と泣きついた。

「助けて欲しけりゃ、銭返せ。五千億と溺死とどっちがいい？」

「は、払う……払いますう」

「よっしゃ。具体的な話を聞かせろや」

「〈深きものども〉に……ラリエーの宝物蔵から、黄金と……その万倍も価値がある貴金属や宝石を取って来させる……三日待ってくれ」

「いいだろう。その代わり、てめえの身柄は預かるぞ」

「わ……わかった」

弱々しくうなずいたその眼の前で水しぶきが上がった。何かが降って来やがったのだ。

それが沈む前に、おれはなぜ坂崎の手下どもが頭を救いに来ないのかがわかった。

降って来たのは半魚人の生首だったのだ。

そして、片手を手首まで失った父なるダゴン様は、痛みのせいかプライドでも傷つけられたのか、身体にくっついた半魚人を掴んでは投げ、地上の人間どもを踏みつぶし、それでも飽き足らず、で

かい口に放りこんでは、ムシャムシャボリボリとやりはじめたのである。おお、首が落ちる、手足がこぼれる、血はもちろん滝みたいに溢れて、ダゴンの足下を赤く染めた。久しぶりにＣＧとは思えぬリアルな残酷シーンを見た。

「狂っている。父なるダゴンが怒り狂っている」

坂崎はうわごとみたいにつぶやいた。

おまえな、これはＣＧだぞ。おまえらがおれを脅かすためめか、ろくに教育も受けてねえ低能信者どもを折伏《しゃくぶく》するために仕かけたんだろうが。

いや待てよ、あのダゴンの顔――誰か人間に似てねえか。それも俺の知ってる奴に。次の瞬間、俺の口はあんぐりと開いた。サービス・エリアで会った和服のハンサム――修馬薪野。あいつだ。何でえ、やっぱ、頭のおかしな金持ちの道楽か。ま、もう本物とも会うこたねえだろうな。

「何もかも、貴様のせいだ。この邪教徒めが。誰か――誰かおらんか?」

呼びかけに応じて、サングラスをかけた女がひとり、水を押しのけながらやって来た。

「おまえ――武器は持っておるか?」

「いえ」

「ならば、これを使え」

坂崎は長衣の内側に右手を突っこんで青光りする物体を取り出して女に握らせた。

拳銃だ。

型はわからないが、グロックだ。ハリウッドのアクション映画で、ベレッタのＭ92Ｆと並んで、最も使用頻度が多い。こいつらもか、と思ったが、よく考えると狂信者だ。空砲《ブランク》用の改造グロックとも思えない。

女はいきなりこちらへ銃口を向けるや、引金を引いた。

バキュンとドンの中間くらいの音だ。

右頬に焼けるような痛みが走り、おれは水中に倒れた。やめろ、本物だ。

女はまた狙いをつけている。

おれはあわてて逃げ出した。

また銃声が上がり、右腿近くの水面に小さな水柱が上がった。

「うわわ」

左へ走った。

今度は左腿近くに水柱。右だ。

無我夢中で水を押しのけ、闇の中を走った。松明や蝋燭が何処にも点り、それが目印になった。

気がつくと、乾いた床の上にへたり込んでいた。

周りには誰もいない。石づくりの廊下の上だ。さっきの廃墟の一部だろうが、前方にかかる鉄の梯子がおれに希望を抱かせた。

——逃げられる！

ステップを踏みたい気分だった。何処か遠くでぐえぐえと蛙そっくりな声と、こちらは人間の悲鳴が聞こえたが、おれにはよくやるよとしか思えなかった。あんな見世物に金をかけるくらいなら、ラリエーとやらを浮上させるのに使ったらどうだ？

身体が石みたいに重い。おれは何とか立ち上がって梯子を昇った。

えらく長いジグザグ型の梯子だったが、遙か天井までつづき、昇り切るとトンネル状の通路が二十メートルばかり横に走っていた。おれを喜ばせたのは、その端から溢れる光だった。太陽に違いねえ。

砂利を敷きつめた地面の上に這い出た途端、今までの出来事は丸ごと夢だったような気がした。忘れていた疲れがまとめて挨拶に来やがった。おれはぱったりと地面に横たわった。

右方から足音が近づいて来て、顔の前で止まった。

見上げると、長い竹箒《ほうき》を持って頬かぶりをした爺いが見下ろしていた。

「何してっだ?」

と来やがった。

「何も。横になってるだけだ。とっとと行け」

「そうはいかねえ。おめ、そこは王港の史蹟だぞ」

「はあ?」

「立て札見っだ、立札」

爺いは空いてる方の手で、おれの左横を指さした。眼をやると、確かに白い立札が立っている。

「何て書いてある?」

すると、爺いは朗々と歌いはじめたのだ。

「史蹟・源義経の隠れ家。

文治三年(一一八七)、兄頼朝に追われた源義経は、平泉の藤原秀衡を頼るが、途中、王港付近で追手に追いつかれ、懸命に逃げ廻るうちに、このトンネルを発見、身を隠して討手をやり過ごした。トンネルの奥は行き止まりだが、過去に数名が入りこみ、行方不明になったことがあるとの伝説が残っている」

梯子使って下へ下りたんだろうよ。

「わかった――すぐ出るよ」

「今立て」

「えらそうな爺いだな」

「なにを」

野郎、箒を木刀みてえに構えやがった。今は勝つ自信がねえ。

おれは芋虫もどきに穴から這い出し、何とか立ち上がって少し離れたベンチに腰を下ろした。遅まきながら公園だとわかった。

腕時計を見ると午前六時すぎ。

「うお、寒い」

と口を衝いた。ずぶ濡れの身体に海風はこたえる。

　このまま眠ると凍死するぞと思いながらも、瞼はどんどん重くなって来た。いざとなったらさっきの爺いが箒で叩き起こしてくれるだろう。

　ふっと暗黒に吸いこまれたとき、肩をゆすられた。

「はン？」

　眠気が吹っとんだ。おれを射ちまくったサングラスの女だ。

「て、てめえ、ここまで」

「案内してあげたのよ」

　にやりと笑ってサングラスを取った。

「――優子か!?」

　踏み倒し野郎の女房から、神出鬼没のスパイに化けた女は、妙に乾いた笑顔を見せた。

十一章　邪神の敵は味方か？

1

　ぼんやり考えてみると、優子の放つ弾丸に追われて、おれは脱出できたようなものだ。案内とはこれか。

　しかし——

「おまえ——あんな地下で何してたんだ？」

「スパイ」

「はあ？」

「正確には工作員。あの遺跡を始末しに行ったのよ。今頃、あそこはただの海中洞窟になっているわ」

　こいつも訳のわからんことを、と思ったが、もうどうでもいい。おれはまた坂崎を追いかけなくちゃならねえ、

「助けてもらったのは確かだが、おかげで坂崎の阿呆を逃がしちまった。礼は言わねえぞ」

「彼の居場所なら、じきにわかるわ」

　身体の内と外から疲れと冷気が吹っとんだ。復活だ。おれは優子に詰め寄った。

「おい、何処だ？」

「じきと言ったでしょ。それより、すぐにお仲間

が来るわよ。とりあえずこの町を出なさいな。ここにはクトゥルーの臭いが強すぎる」

「そういや、おめえ、下の遺跡をバラしに来た工作員とか言ってたな。ＣＩＡにでも就職したのか？」

「ＣＩＡ？　だったら良かったわ」

「ＭＩ６か？　モサドじゃねえだろうな？」

「金融屋にしちゃ夢物話が好きな人ね。もっとも正直に言ってもわかりゃしないけど」

影みたいなものが色っぽい顔をかすめ、一瞬おれは冷たい地の底へ引きずり込まれた気分になった。この女、一体何処の組織に就職しやがったんだ。

「それより——ほら、来たわよ」

優子は通りの方を向いていた。

その片方の端から黒塗りのベンツが滑って来た。会社《うち》の車だ。公園を囲むステンレスの柵に沿って止まると、運転席のドアから色摩がとび出して来た。

おれのベンチに駆け寄って、隣りに腰を下ろし、

「こんなところに、よくもまあひとりで。しかも、無事って凄えや」

「まあな」

「とにかく車へ行きましょう。凍死しそうだ」

色摩の手をふり払って立ち上がり、

「おまえ、よくここがわかったな？」

とおれは頭に浮かんだばかりの疑問を口にした。

「夜中に携帯へ女の声で電話があったんです。今日の朝七時に、王港町の海浜記念公園で、あなたが待っていると」

「女の声？」

おれは、はっとして優子を探した。いない。

「どうしました？」

「女を捜してる。おれといただろ?」

「いえ。僕が車の中で見つけたときから、あなたはひとりでしたよ」

嘘つきやがれと怒鳴りつけてやりたかったが、代わりに力が抜けた。どいつもこいつもグルになって、おれを陥れようとしてるんじゃねえのか。

とにかくベンツに乗り込み、おれたちは東京への道を走り出した。

「あ?」

「レストラン　シー・フード」の前を通った。閉じている。マスターとママはあの地下から出られたのだろうか?

「おっ!?」

「魚人亭」だ。色摩に命じて周囲をひと廻りさせたが、おかしなところは何もなかった。ただ、窓ガラスを開けると、ぷん、と強い潮の匂いが鼻を刺した。

「やっ!?」

マスターの家だ。坂崎の離れもそのままだった。ベンツを止めて少し様子を見たが、人の動く風はない。

それ以上、見張る気にもなれず、三時間足らずでおれたちは東京へ戻った。

まず会社へ向かった。社長がいるかも知れないと思ったからだ。

残念ながら人っ子ひとりおらず、おれは自分の席について大欠伸いっぱつ、残った眠気を跳ねとばした。ベンツの中で眠りっ放しだったので、疲れは何とか取れていた。

早速色摩が、逃がさんぞという勢いで何があったのか訊いてきた。

おれもしゃべった方が気が楽になる気がして、洗いざらいぶちまけた。色摩が顔色を変えたのは、

「魚人亭」で半魚人スーツの連中と渡り合った話を聞かせたときだ。

「それは〈深きものども〉だ。よくもまあ、さらわれませんでしたね」

このオタク野郎に何を言っても仕方がない。おれは反応を返さず、事実だけを淡々と口にした。

色摩はもう興味津々どころか、眼を見開き、歯を剥き出して耳を傾けていたが、「魚人亭」を脱出するとき、家いっぱいに広がっている黒い物体と、その泣き声に話が及ぶと、ほとんど狂乱というか、狂喜に近い表情になった。

「てけりりり？　それはテケリ・リ、テケリ・リです。ショゴスの声だ。そして、その黒い物体こそ、ショゴスに違いありません！」

「何だ、そのショゴスって？」

「この地球に生命が誕生する遙か以前、大宇宙の深奥から到来して、巨大な石の大都市を建設した生物を〈大いなる種族〉と呼びます。彼らが都市の建造やら、新参者を排除すべく造り出した原形質の塊りがショゴスです」

「なんでえ、大昔の土方か」

吐き捨てると、色摩は、上手《うま》い！　とテーブルを叩いて、わなわなと身を震わせた。何に感動したのか、さっぱりわからねえ。

「ところが、このショゴスは何万年もの間に、単なる奴隷から進化し、意志を持つようになったのです。〈大いなる種族〉が地球に覇を唱えていた時代の後半は、そのショゴスの反乱に消磨されてしまった程なんです」

「あれがかよ」

おれには、ゴムや布を貼り合わせた下手糞な縫いぐるみ——イギリスの映画会社「ハマー・フィルム」が一九五五年に作ったSFホラー「原子人間」のラストに出てくる変身怪物——以下としか思えなかったがな。

色摩は、おれの溜息も気にならなかったようにつづけた。

「いや、おかしい。ショゴスは基本的に〈おおいなる種族〉に従うもので、クトゥルーとは敵対関係にあるはずなんです。クトゥルーに加担してあなたの生命を狙うはずがない」

右拳を左の手の平に打ちつけ、社内をうろつきはじめた二枚目に、おれは、だからどうした？　と言ってやりたかった。

すべては「ラリエー浮上協会」とその一派が企んだ、壮大なコケ脅しなのだ。ただ、あいつらは本物の狂信者で、田丸や蘭子や春菜を生贄に捧げたことは、おれも否定しねえ。その辺は、連中の家族が警察に訴えるかどうかにかかっている。おれはわざわざタレ込むつもりはねえ。

「わかった！」

いきなり色摩が叫んだので、そっちを見ると、おれに人さし指を突きつけていた。

「何がだよ？」

「その後から田丸優子さんがやって来て、あなたを救い出したと言いましたね。それでわかりました。恐らく彼女はいま、別のものの従者なのです。ショゴスもろともに」

「別のもの？」

また話がややこしくなって来た。何とか潰さねえとな。

「——何だそりゃ？」

「わかりません。いや、わかるような気もするんだが、言えない。口にしたら——消されてしまうかも知れません」

「おい、おれしかいねえよ」

「とんでもありません。あなたはまだ、この世には金融以外の現実があるってことに気づいていないんだ。ああ、なんて愚かで幸せな俗人よ」

「なんだ、この野郎」

「お聞きなさい」

色摩は、まるでそばに誰かがいるかのように空中に眼を据え、監視カメラを探すみたいにゆっくりとその顔と身体を移動させた。

「彼は、いかなる時間、いかなる空間にも同時に存在するのです。彼こそ、〈旧支配者〉の棲む外宇宙への〈門の鍵〉にしてその守護者なのです。人間はもちろん、クトゥルーさえその姿を仰ぐことはできず、人間は臭いによって彼を知覚するしかない」

「へえ、中々ユニークな奴だな。優子はそいつの仲間だってわけか?」

「仲間?」

色摩は、じろりとおれを凝視した。

「はは、莫迦なことを。どこまで幸せな一生を送るつもりなんです? 〈旧支配者〉が人間など仲間にするものか。いや、人間を生物として見ているかどうかさえ怪しいものですよ。その女は単なる人間社会における駒だ。人間レベルでの利的行動を全うすれば処分されてしまう」

「あのな、その〈旧支配者〉てのは、クトゥルーの他に幾つかいるんだろ。うちひとつが優子を操っておれを助けたのか? すると奴らは一枚岩じゃねえのか?」

「とんでもない。『恐怖の山脈にて』を読んでごらんなさい。〈大いなる種族〉はコゴス星の菌類生物やクトゥルーの落とし子たちと地球の覇権を巡って争いをつづけ、やがて、最初に建造した南極の石造都市に追いこまれてしまいます。そして、大氷河期と予期せぬ星辰の変化とによって、あらゆる〈旧支配者〉が、暗く冷たい何千兆トンもの大地の牢獄たる地の底や、中心核温度千五百万度の太陽の中枢や、どんな力も掘搾し得ぬ異次元の壁の彼方に消えてしまいました。なぜ、そんな苛酷な環境に去ったのかは、わかっていません」

「成程な、その後で恐竜や人間が生まれたわけか」

ちと知ったかぶりをしてみたが、色摩は眼と唇の端を吊り上げた。

「ああ、無知だ。金勘定以外の趣味を持たない凡俗がここにいる。神さまお話し下さい。この男は世界について何も知らぬのです」

「この野郎」

立ち上がりかけた鼻先に、ぐいと突き出された三角定規がおれを食い止めた。

「『恐怖の山脈にて』を読みなさい。『超時間の影』も加えれば完璧だ。それだけで世界がわかる。いいですか、我々人類も、ショゴスの餌ないし労働種として、〈大いなる種族〉に生み出された存在なのですよ」

そして、彼は頭を抱えて机に突っ伏してしまった。

恐らく絶望の村に深刻の津波が押し寄せる気分なんだろう。だが、それに同意したのはおれの高笑いだった。

「そうかいそうかい。おれたちはただの餌だったのか。だとしたら、大した出世じゃねえか。そのショゴスとかいう土方の餌が、とうとうこの星の最強支配者になったんだぜ」

「ちがあぁう」

色摩は突っ伏したままテーブルをぶっ叩いた。

「誰に金を貸したと思っているんだ？　クトゥルーの眠るルルイエー＝ラ・リエーを浮上させる会社にだぞ。〈旧支配者〉どもは、今なお海底の巨城で、灼熱の核の中で、異次元の牢獄で、虎視眈々とこの世界への復活と征服を狙っているんだ。あなたはそれに手を貸してしまったんですよ。一生悩むといい。自分は人類を魔物に売った売国奴だと」

「なーに言っとるんだ。おめえな、おれはおれと同じ人間に担保を取って銭を貸しただけだ。その担保が出鱈目だったんで今困ってるが、じきに契約書に判を押した野郎は見つけてくれる。なに、日本は狭いんだ。どうせ、どこかの魚臭え町でおかしな祭りをやらかしてバレるさ」

正直、色摩の過度にイカれた反応のせいで、これ以上しゃべくるのは嫌になりかけていたが、これで止めることも出来なかった。止めたら色摩と殺し合いになっていたかも知れない。奴の筆立てには、鋏やコンパス、ペーパーナイフなんかが突っこんであるのだ。

「ああ、ダゴン、ああ〈深きものども〉――まさか、千葉県の暗い水の彼方から出現するとは。そして、それを拝めるとは、何という幸運児なんだ、あなたは。そして、何という不幸だ。あなたのような人間の眼にしか止まらなかったとは！」

「何が不幸だ、莫迦野郎。ただのＣＧとモンスター・スーツじゃねえか。後は海水さえありゃあ簡単だ。腐るほどあったぜ」

不意に色摩はふらふらとよろめき、かろうじて応接用のソファに倒れこんだ。

「まだわかっていない。自分がどんな恐ろしい、貴重な体験をしてきたか。あなたが見たものは夢でも特撮でもない。現実です」

「ああそうかい。なら、そんな化物相手におれが生きて帰って来れたのは、どういうわけだ？　そんな人間離れした化物なら、おれごときはイチコロだろう？」

「それです――想像はつくが確信は持てない。何故なんだ？」

「とにかくそれならそれで結構。どっちにしたって、五千億を取りっぱぐれたのは間違いねえ。おれに関心があるのは、どうやって取り立てるかだ」

「ああ」

色摩は本格的にソファに引っくり返り、とうとう何も言わなくなっちまった。

そのとき、おれのすぐ後ろで、

「ご苦労だったな」

社長だった。なのに、何故かおれはふり向かなかった。

「いえ——下手打っちまいました」

「すぐに取っ捕まえろ。五千億の損だぞ」

「わかってます。地の涯てまでも追っかけて回収して来ますとも」

「多分、近々片がつくだろう」

「え?」

同じおかしなことを口走っても、この人と色摩とじゃ重みとリアルさが違う。

「どういうことです?」

「何でもない。大分お疲れのようだ。今日は帰ってゆっくり休め」

色摩との話はみな聞いた。

返事をする代わりにおれはふり向いた。どうしても顔が見たかったのである。だが、例によって、おかしな雇い主の姿は、社長室の磨りガラスの向うに消えていくところだった。

2

世の中、幸と不幸は紙一重というが、あながち間違っていない。

社長の許しを得て外へ出るとすぐ、肩を叩かれた。

ふり向いて見ると、誰もいねえ。

と、今度は上衣の裾を引かれた。

「この野郎」

身をよじって引っ張られる方を見た。

「あれ?」

坂崎と一緒に金借りに来た爺さん――「ラリエー浮上協会」相談役・鈴木三郎だった。初お目見得のときと同じ地味なスーツと蝶ネクタイをしている。いわば踏み倒しの親分なのに、不思議と腹が立たなかった。

しかし、親しげに挨拶するわけにもいかねえ。

「おい、おっさん。よくのこのこ出て来られたな。てめえが何したかわかってるんだろうな?」

凄んだつもりが、爺いはニコニコと人懐っこく笑って、人さし指と親指で円をつくり、口もとに当ててくいっとのけぞった。

言うまでもねえ。一杯飲もうだ。

「なにが一杯だ。まだ真っ昼間だぞ」

おれは呆れ返ったが、爺いは構わず上衣の裾を掴んだままぐいぐいと引いた。

踏み倒しの張本人が借金取りのところへ来て、一杯飲ろうと誘う。どんな神経をしてやがる?

しかし、わけがわからねえのはおれの心理の方だった。大して逆らいもせず、引っ張られるままに近くのレストランへ入り、二人でビールの大ジョッキを注文しちまったのだ。

百五十センチもない白髪白髯の爺いが、一リットルのビールをぐびぐびと飲み干すのを、おればかりかホステスや他の客も呆然と眺めていた。しかも――三杯目だ。

ぷう、と息と泡を一緒に吹いたら、少し離れた席の若いOLらしいのが、

「可愛い~~」

と身を震わせた。おれは何もかもアホらしくなった。

まだ半分も残ってるジョッキを置いて、

「で、爺さん、五千億の話だが」

と切り出すと、爺いめ、にやりと笑って上衣の内ポケットから宝石らしい塊りを取り出してテーブルに置いた。

チーズと生ハムを運んで来たホステスが、きゃっと悲鳴——みたいな声を上げた。

時たまだが、おれたち人間には、それまで経験してきたあらゆる森羅万象を考慮した上で、それらさえ越えて、全く未知の事象に対する確信を抱くときがある。

今がそれだった。

爺さんがテーブルに置いた——ダイヤで言や百カラットもありそうな深い紫色をした石の塊りは、ひと目見た瞬間、かつてこの世界に存在したことのない、これに比べたらダイヤなど石ころ同然だとおれに確信させた。おれと——少くともひとりのホステスは、信念を持ったのだ。

その証拠に、

「お爺さん……これは？」

眼を爛々とかがやかせ、生肉を前にした飢えた犬のように荒い息を吐きながら訊いたのは、おれではなくそのホステスだった。

爺さんは少し困ったような顔になると、すぐににんまり笑って、右手の人さし指を水のグラスに先っちょだけ入れ、——気障ったらしい仕草だった——それでテーブルの上に、ミミズがのたくったような字を書いたのだった。

こう読めた。

ORIHARUKO
「なんだ、オリハルコって？」

おれは爺さんに訝しげな視線を注いだが、にやにやするばかりで返事は返ってこない。

「女の名前か？　折春子とか？　春子ちゃんの

誕生石か？」

自分でも嫌がらせか冗談かわからねえ。ただ、とんでもないものを見てしまったという衝撃だけが、全身を駆け巡っていた。雷に打たれたような——とは正しくこれだ。

「これって……幾らするの？」

ホステスの虚ろな声が、おれを少し正気に戻した。

「わからねえ。だけど……途方もねえ値段がつくぞ」

ホステスは黙ってうなずいた。

「だがな、爺さん」

とおれは嘘を意識しながら言った。

「借金のかただろうが、こんなものひとつで」

生唾を呑みこんだ。お袋は嘘をつくような人間になっちゃいけませんって遺言して死んだ。

「五千億がチャラになるとは思っていねえだろうな？」

いきなり横合いから、

「五千億？　何よそんなもの。この石に比べたら端金《はしたがね》じゃないの。年寄り相手だからって嘘八百並べてるんじゃないわよ。おお、アラーの神よ、このペテン師に罰をお与えたまえ」

イスラム教徒らしいホステスが文句をつけて来やがった。

「てめえ」

と凄むと
「何さ」

と腕をまくる。ようやく、おれはこの女が途方もないデブだということに気がついた。少くとも昔の曙くらいは優にある。腕っぷしでいったら、おれにも自信はねえ。

そのとき、爺さんがおれとホステスの腕を交互にピタピタと叩いて立ち上がり、両手を上衣のポケットに突っこんだ。

「ん?」

と細めた眼は、途端に限界まで剥き出された。

眼球がとび出すのをおれは意識した。

爺さんは、オリハルコの塊りを両手で掴み出すと、テーブルの上に平然と、砂場に砂でも撒くような調子でバラ撒きやがったのだ!

普通なら、ギエエと喚いてもおかしくないくらいなのだが、それどころじゃなかった。気がつくと、おれは椅子の背にもたれていた。向かいの椅子には爺さん——じゃなくて、ホステスが絞められた豚みたいに大口あけて、これも、ぶで〜〜とひっくり返ってやがる。

はっと気がつき、テーブルの上を眺めると、さすがにオリハルコの海は消え、それでも二つだけ残っていた。

あわててポケットに仕舞い、出入口の方へ眼をやると、レジで精算中の爺さんの姿が見えた。

「ありがとうございました」

レジ係の女の声に片手を上げ、飄々と自動ドアを開けていく。おれは大急ぎで後を追った。レジ係に、勘定は? と尋ねた。ご精算いただきました。

爺さんはヒョコヒョコと、妙な足取りで通りを銀座方面へ歩いていく。

舗道に横づけしてあった黒いセダンの脇に達したとき、異変が生じた。

二つのドアが開くなり、スーツにネクタイ姿の男たちがとび出して来たのだ。日本人と外国人が半々くらいだった。道には通行人がいる。彼らが気づかぬくらい迅速で、手際よく、そいつらは爺さんの両脇を固め、セダンの方へと引っぱっていった。

「待ちやがれ!」

おれは叫んで突進した。通行人がこっちを見る。手の空いてる男が二人――外人と日本人だった――無表情におれを迎え討った。

真ん中を突っ切るつもりが、いきなり両側からボディブローを食らった。今までで最高に効いた。こいつらプロボクサーか。

ぐえ、と身体を二つに折って胃の中身を吐き出すおれの脇腹へ、外人が蹴りを放った。

肋骨が折れたな。

おれは自分の吐瀉物の中にぶっ倒れた。

二人が近づいて来る気配があった。とどめを刺すつもりなのだろう。

次の瞬間、気配と――眼の隅に見えていた足が不意に消えた。

悲鳴が上がった。通行人だった。

おれは詰まった息を必死に吐こうと鳩尾に力をこめながら、両手を地面につけて上体を起こした。

ほとんど眼前――リムジンの前で、爺さんと他の日米混合チームが揉み合っている最中だった。

いきなり、爺さんが右手をふった。

二メートルを越す外人の身体がふっとそっちへ移動し――消滅した。

反射的にその先を見上げるおれの眼に、ほんの一瞬、虚空に吸いこまれていく人影が映った。今の外人か？　だとしたら、爺さんどれくらいの力持ちなんだ？

もうひとつ――後を追った。

闘争の場へ眼を戻した。

日本人が二人、歩道の端にへたりこんでいる。おや、リムジンが無えぞ。その死人みたいな顔色と表情の向うで、ぴょこたんぴょこたん、スタコラサッサと通りを渡っていく爺さんの後ろ姿が見えた。

その前方からお巡りが二人小走りにやって来

た。誰かが通報したらしい。

ひとりがおれの、もうひとりが二人組の方へ廻り、

「あーっ!?」

と絶叫を放った。

おれと――助けに来た警官も通行人もそっちを見て、声もなく立ちすくんだ。

通りの向う――雑居ビルらしい一階のシャッターにどでかい穴が開いているじゃねえか。

遠くで通行人らしい女の声が聞こえた。

「あのお爺さんよ――黒い車を素手で押したと思ったら、あそこへ突っこんじゃったのよ。ちょっと押しただけなのよ。ほんのちょっと」

人が集まって来た。

これを幸い、おれはそっと這いつくばったまま移動し、警官に気づかれる前に、一目散に走って雑踏にまぎれた。

3

会社へ戻るのを見られたら危いと、まっすぐ家へ帰るつもりが、えらい手間がかかった。身体中、吐瀉物の臭いが絡みつき、通行人は避けるは、タクシーには乗車拒否をされるは、地下鉄にも乗れねえは――とうとう近くの交番に頼みこんで、汚れたシャツを脱ぎ、石けんとお湯で身体を洗わせてもらい、何とかタクシーに乗れた。

マンションへ戻るや、早速シャワーを浴び、入念に洗い直してからベッドに横になった。

ボディブローは効いたが、上手く殴ってくれた――と言うのも業腹だが――らしく、胃にも異常はなさそうだった。肋骨はいかん。ずきずきして触れるとまた折れたみたいな痛みが走る。良くてヒ

ビくらいは入っているだろう。早いとこ何とかしなくちゃなるまい。

　アルコールでも、と思ったが、この状態に刺激物は痛みに拍車をかけるだけだ。

　おれは用心しいしい起き上がった。

「ん？」

　眼の中に金庫がとび込んで来た。

「そうだ」

　何てこった。年が明けてから何か忘れてると思ったら、あれだ。黒川一志の赤城伸子に対する二億円の請求だ。

　そもそも、おかしな事態は黒川と出会った忘年会の時に端を発しているのだ。

　魚臭いのも。

　こっちもしっかりぶったくらねえとな。

　二億円か。

　いつかおれは肋骨の痛みも忘れて舌舐めずりしていた。

　たちまち治療への意欲も芽生え、おれは近くの外科へ押しかけて診察してもらった。

　幸い、ひびも入っていなかった。

　塗り薬と痛み止めを貰って帰った。

「お帰りなさい」

　優子がドアを開けた。

「おお」

　片手を上げて三和土《たたき》から上がった瞬間、おれは気がついた。

「お、おまえ、どうやって入ったんだ!?」

「鍵がかかってなかった。半開きだったわよ」

「あン――そうか？」

　確か、がっちりとロック位置まで閉めたつもりだったが、考えてみるとはっきりしなかった。

「無事だったか」

「何とか。あなたの方はまたひと騒動あったみたいね」

「もう、よくわからねえ。巻き込まれてるような気もするし、何もかもおれとは別の世界で起こってるような気もする。ま、おれは貸した金さえ返してもらやいい。もう坂崎の野郎を追わなくてもいいんだ」

「どうして？」

「実は今日——つうかさっき、会社の前で坂崎の会社の相談役をやってる鈴木三郎って爺さんと会ったんだ。金返せというと、おかしな石ころをよこして、出てっちまった。そしたら——」

「あの騒ぎなら、私も知ってるわ。とうとう鈴木さんと会ったのね」

「ああ。前にも会ってるぜ」

「あのときは、鈴木さんの立場——というか環境が違うわ」

「そうかい、ろくにしゃべれねえけど、気の好い爺さんだったぜ」

優子はしげしげとおれを見つめていた。

「幸せな人ね」

「またかよ。舐めてんのか？」

「いえ。とんでもないわ。混沌のど真ん中にいて、その混沌に気がつかないって、ある意味、最高の幸せよ。何が起きても気にならないか、気になってもアホかで終わってしまうんでしょう」

「そらそうだ。外宇宙からの神さまだの、海の底の石の都だのにまともに付き合っていられるか。銭返済と取り立てにどんな関係がある？」

「鈴木さん——かなりキレてるのよ」

優子は話を変えた。

「仕事が上手くいかなくて。本当は家で寝てなくちゃいけない人なの。それで、ちょっかい出して来た連中を可愛がってしまったのね」

「あの日米混合チームか？　なあ、あいつらも金貸しか？　外人がいるところをみると、アメリカのサラ金だな。向うじゃなんて呼ぶんだ？」

「あの人に放り投げられた連中は、宇宙の旋回軌道を廻ってるわ」

おれは吹き出した。

「おまえなあ、真面目な顔しておかしな冗談をいうなよ。すると何か。あの爺さん、アメリカの金貸しを人工衛星にしちまったってわけか？」

「物理的に見ればそうなるわね」

「おめえも、ＴＶとＳ　Ｆ　Ｘ《スペシャル・エフェクト》に騙されてるな。人間が人工衛星になってる映像くらい、今のハリウッドなら下っ端のＳＦＸマンだってやってのけるぞ。人間が人間を宇宙空間へ放り投げて、軌道に乗せる？　おめえ、『マイティ・ソー』と『ハルク』の大ファンだろ？」

優子は返事もせず、

「このままだと、少し危険なの」

と言った。

「早いところ、鈴木さんを家へ戻さないと、何をしでかすかわからないわ。そうなったら、うちの社長でも止められない」

「おまえの社長？　どんな会社だ？」

「気球を作ってるの」

「今どき珍らしいな。儲かってるのか？　何なら融資するぜ」

「真っ平よ。ねえ、力を貸してくれない？」

「何のために？　おれと『ラリエー浮上協会』の件なら、多分もう決着《ケリ》がついた。あの石ころ——相当な値打ち物だぜ。おれにゃ気前のいい爺さんだった。とてもキレてるなんて思えねえ」

「キレてるから、あれを渡したのよ。石じゃない。一種の金属よ」

「え？」

「鈴木さんたちにとっても、あれは大いに役に立つ、必要不可欠な物質のはずなの。それを手放したのは、世界がじきにそういう価値自体を必要としない状態に陥ってしまうからだわ。破滅よ」

「へえ、それにしたって義理堅い爺さんだぜ。普通は逃げっ放しになるもんだ」

「鈴木さんって結構、筋を通す人なのよ」

「なのに破滅好きか。おまえんとこの社長は、それを食い止めようとしてるのか？　気球会社の社長に身をやつしたスーパー・ヒーローだな。何て名だ？」

「佐藤一郎」

「その佐藤さんは、おれに何をしろといったんだ？」

「彼にその物質を返して、やはり現金でなきゃ受けつけられないと言って欲しいのよ。彼は払えないと言うわ。そしたら、担保として、ラリエー――ルルイエを押さえると主張して」

「海の底の都をか？」

「彼には大切な品なのよ。不動産だし、文句ないでしょ？」

「そら、ねえけど、おまえ、海の底じゃ担保にも何にもなるめえ」

「今回は失敗したけれど、次は浮上するわ。佐藤社長も色々と敵が多くて、彼らを処分するのに少々お疲れだし」

「ひょっとして、あれか？　今回、ラリエーが浮上しなかったのは、おまえんとこの社長さんのせいか？」

「それもあるわね」

「じゃあ、社長も相当攻撃されてるだろ。ラリエーだのクトゥルーだのには、狂信者が多いからな」

「一般人もね」

「そら大変だ。正直言うと、おれもこんな石よりは現金《げんなま》の方がいい。だけどよ、これを返すのも正直惜しいんだ」

おれは、言外の意を優子が理解するよう少し間を置いた。

「——つまり、それと同じだけの保証が欲しいって?」

「まあな」

「わかった。すぐ社長と交渉してみるわ。少し時間を頂戴。すぐに連絡する」

「おお」

と言ったとき、チャイムが鳴った。

「あら、あたし、トイレを借りて帰るわ」

こう言うと、優子はさっさとそっちへ行ってしまった。ドアが開いて閉まる音をおれは聞いた。

チャイムを鳴らしたのは色摩だった。

妙に興奮してやがる。しかし、この前も優子がいるときこいつが来て、優子はトイレへ入って、それっきりだったんじゃなかったか。

「何の用だ?」

おれは露骨に面倒臭えんだよ、と態度で示したが、色摩は平気の平佐で上がりこんで来た。その前に立ちふさがって、

「いま、女が来てるんだよ」

「嘘だ。靴ないじゃないですか?」

「あれ?」

確かに優子の靴らしいものは見当らなかった。あいつは——ちゃんと脱いでたし、すると別のところに置いてあったのか? それとも、もう帰っ——たはずはねえ。

おれがとまどってる間に、色摩はさっさと上がり込み、奥のソファ——今まで優子が坐わってたところに腰を下ろした。

「会社の前でやらかしたんですよ」

と泡をとばしてから、

「あ、コーヒー下さい。通りのこっち側にパークしてたリムジンを、通りの向う側にある雑居ビルの一階にぶつけたらしいです」

「ほお」

おれは気のない返事をした。

「実は僕、警察が来る前に、その雑居ビル覗きに行ったんです。会社出たとき、まだ集まってた連中の話を聞いてね。そしたら、シャッターをぶち抜いてる。ぶっ倒したんじゃないですよ、ぶち抜いてるんです。こりゃ並の力じゃない。ついでに中まで入ってみましたよ。シャッターの穴からですが、すごい熱がこもってました。リムジンとの摩擦熱で、シャッターの破損部が溶けちまってるんです」

「……」

「そんなことで、そんな恐ろしい顔しないで下さいよ。まだ先があるんです。吹っとばされたリムジンは奥の壁に貼りついていました。それが、まるでペチャンコなんです。最初は違う――飾りかと思って眺めたら、やっとリムジンだとわかりました。まるで芸術品みたいにきれいにつぶれて、厚さなんか――正直な話――一ミリもありませんでした。一センチじゃないスよ。これだけの力がかかりゃ、壁も只じゃすまないはずです。ところが、こっちは平気の平佐。飾らせてやってる、みたいに無傷なんです。リムジンの方はルーフもボディもこうぴたりと癒着しちゃって、完全に溶け合ってました。どんな手を使っても復元は不可能でしょう」

「――何だ、そりゃ？」

ここは訊きたくなるわな。

「僕らには理解できない。途方もない力が働いたんです」

そうか、人間を周回軌道に乗せるくらいのな。

おれは笑いをこらえた。錯覚だよ、色摩。おめえの眼の錯覚だ。

「リムジンをぶん投げたのは、ポパイみたいな腕をしたレスラー崩れだと聞きましたが、本当ですか？　僕より早く出たんだから、頂度、その乱闘の現場にぶつかったんじゃありませんか？　教えて下さいよ」

「ああ、身長が二メートル、体重は百五十キロもあったかな」

「やっぱりそうか。でも、リムジンは……ねえ、ひょっとして、『ラリエー浮上協会』が絡んでるんじゃないですか？」

色摩は身を乗り出して来た。

じっとおれを見つめる憑かれたような眼が、テーブルの上の小さな光を捉えた。

「ん？」

彼はそれを拾い上げ、鼻先へ近づけて眺めた。

「あっ⁉」

と叫んだのは、おれだった。爺さんが置いてった石だ。いつの間にテーブルに？

「オリハルコ」

「――ンだ」

「何？」

おれは色摩を見つめた。

「おまえ、案外田舎もんだな。ん、だ、って」

色摩の人さし指と親指の間で、紫のかがやきがおれの眼を吸いつけた。なんて奇麗な。これだけで五千億の価値は十分ある。

「オリハルコンだ」

色摩が泣きそうな声で言った。いや、もう涙ぐんでやがる。

「何だ、そりゃ？」

「遠い遠い昔、太平洋に覇を唱えた幻の大陸アトランティスで使用されていた貴金属です。アトランティスのエネルギー源だったとも、宇宙の涯てと交信する際の媒介だったとも言われてます。まさか、現存するなんて」

「現存するって、おまえ、なぜオリハルコンだとわかるんだ？」

「向うのオカルト雑誌に想像画が載ってました」

それでわかるのか。一体、世の中どうなってるんだ。

「これって、もう値段もつけられない貴重品ですよ。何処で手に入れたんです」

「ある債務者から貰ったのさ。そいつ、ひと握りくれようとしたぜ」

「ひ、ひと握り」

おれは色摩の裾を掴んで引き戻した。興奮のあまり、とうとう失神しやがったのだ。幸い、テーブルに軽く額を打ちつけると即蘇生した。勝手にキッチンへ行き、ビールの缶を持って来て、ぐびぐびと——一気に飲み干した。

「ぷふぁあ——オリハルコンをひと握りだなんて、もう。『ラリエー浮上協会』の人ですか？」

「だったら、坂崎なんざ捜してねえよ」

「それもそうだ」

あっさり引っかかりやがる。

「あ」

いきなり、腕時計を見た。

「いけない。催促に行かなくちゃ」

「何だ、おまえの客にも性質《たち》の悪いのがいるのか？」

「そうなんです。赤城信平ってんですが、三月前外国の古書を購入したいってんで、五百万貸しました。殆どアクセスする者のいない、小規模なネットオークションに出たんだけど、これが珍品ですぐに買われてしまう怖れがあると、電話してきたんです」

「おれも行く」


「――で？」

おれは声を殺して先を促した。

「当人は古書店の主人で、店も地所も彼の名儀ですし、汚れてもいないので、三十五万の手形を二十枚切らせました。二回は返済したんですが、三回目――今日でとんだみたいです」

汚れていないとは、不動産を担保に銀行やノンバンクから借金していないという意味だ。とんだ、とは返済不能に陥った。必ずしも逃げたということではない。

「それでこれから家へ行くってわけか？　何処だい？」

「神田の神保町ですね」

「その男にゃ女房はいねえのか？」

「えーっと、いましたよ。確か」

色摩は宙を仰いで記憶を確かめた。

「――伸子」

十二章　海から山へ、取り立て隊は進む

1

色摩は露骨に、

「迷惑です」

と言ったが、おれは構わず、同じ名前の奴に昔ひどい目に遭った。フォローしてやるからありがたく思え、などと言い張り、神田へ同行した。車は会社のベンツだ。

優子はいつの間にか消えていた。色摩とはそりが合わねえらしい。

世界に名高い神保町古書店街も、この頃は閉店、廃業が相次ぎ、すっかり寂れちまったというが、おれの目には十分客が入っているように見えた。インターネット小説だ、ケータイ小説だとやかましいが、本自体を一種の美術品扱いする日本人は、本から離れることがない。
だが、「赤城古書」はシャッターが下り、電気のメーターも止まっていた。
とどめとばかり、シャッターの正面に、
心機一転　北の国で新生活を始めます。長い間

のご愛顧ありがとうございました。

と貼り紙があった。

「ずらかりましたかね」

「ああ、トンズラこきやがった」

色摩と話しながら、おれは歯ぎしりしたい気分だった。

まさか、二億円の女の亭主が、うちから借金していやがったとは。

待てよ、この取り立てに関する社長の奥歯にものがはさまったような言い方――あの野郎、知ってたんじゃねえのか？

「どうしましょうか？」

「実家だな」

「この貼紙にも書いてあるけど岩手です。しかし、わざわざ行く先を書いてく奴なんかいませんよ。ガセだと思います」

「こいつが実家へ戻るかどうかじゃねえ。親と喧嘩でもしてなきゃ連絡ぐらい取ってるさ。とりあえず会社へ行って報告しろ。東北行きはそれからだ」

社長はいなかった。経理の西さおりが、

「社長からよ」

とメモを手渡した。

赤城信平の件では、色摩をフォローしろ。片づけるまで帰社には及ばない。

「これが旅費――それから、社長直々の」

さおりがテーブルの上に置いたのは、瓶に詰まった荒塩だった。

手に取ってしげしげと見つめるおれへ、

「色摩さんには内緒にしとけって」

さおりが小声で告げた。

翌日、おれと色摩は朝イチで東京駅から東北新幹線に乗り込み、十時過ぎには盛岡に着いていた。

赤城信平の実家は、ここから「暮六線《くれむつ》」というローカルで一時間ほどの「河無亜《かむあ》」にある。

三両きりの、しかも、おれたち以外にほとんど客がいない電車にゆられていると、じき左右に山が迫って来た。

「やっぱり田舎ですねえ」

朝飯を食って来なかったという色摩は、盛岡で買った牛飯弁当を品よく平らげながら、満更でもなさそうに言った。

「おまえもエコ・マニアか?」

「とんでもない。東京生まれの東京育ちなもんで、こういう草深いところが好きなだけですよ」

ここで箸を置き、

「しかし、こりゃ凄い。どんどん深くなっていきますね。『河無亜』てなどんな僻地なんだろう」

「調べてねえのか?」

「いや、一応インターネット見ましたよ。この線の中じゃ結構でかい町です。来年は大学誘致の話もあるんだそうです」

「へえ」

人口は六千、小中高校は勿論、映画館に博物館、東京の大手電機会社の部品工場もあるという。

「こんな山ん中にか? 材料の搬入や製品の搬送だって手間と金がかかりすぎるだろう」

「全く。なに作ってるんですかね」

悪口を言い合っている間に着いた。

駅の前には「河無亜タクシー」とボデイ書きした車が二台停っていた。

眼の前まで山肌が迫り、家と言ったらせいぜい二階建て、瓦屋根どころか今どき藁葺き屋根もあちこちに見えるのに、駅前には五階建て六階建てのビルが四つも建ってやがる。

何だこりゃ？　と確かめに行くと、五階建てのひとつはファッション・フロア、外科、内科、歯科、精神科、小児科、婦人科と揃った医療フロア、書店、古書店、古道具が二軒ずつ並んだアンティーク・フロア、和洋中エスニックのフード・フロアと映画館が入ったファッション・ビルで、六階建ての方は町役場の何とか課の出張所で埋まっていた。あとの二つは面倒くさくなってやめた。

だが、どちらもさして客は入っておらず、外から見ても、商品だけが並ぶ倉庫を思わせた。やっぱりど田舎の百貨店だ。これも古いか。

「店員もいませんね」

「幾らなんでも。どっかにいるさ。ところで、赤城の実家てな、この近くなのか？」

「それが、いま駅で聞いたら、ここからバスで一時間も入った山の奥らしいですよ」

「なんじゃ、それは？　おまえそんなことも確かめてなかったのか？」

「今頃そんなこと言ってもはじまりませんよ。それより早く行かないと。じき十三時です。『一《いち》運《うん》陀《だ》』からのバスは十八時に出ますから、向うで動く時間は四時間しかありません」

「何だ、そのいちうんだってのが、目的地か？」

「そうです。名前を言ったら、話してくれた駅員も他のも変な顔でこっち見てましたよ？」

「変な顔？」

「ええ。まるで戦場へ行く兵隊を見るみたいに。この戦場は余程の激戦地ですよ。行ったが最後、二度と帰って来られないみたいな」

「やめろ」

レンタカーにすりゃ良かったと後悔したが、もう仕方がない。

おれたちは寒風吹きつける駅の待合室まで戻り、バスの発車を待った。田舎とはいえ、その分仕事への誠実さは残っているものか、バスは時間通り来た。

バスガイドもいるかと思ったが、残念ながら、日本中のバスと同じ「ご乗車ありがとうございます」のテープだった。

鍬を握った方がお似合いの運転手がハンドルを握っていた。

動き出してしばらく後、運転手が、

「お客さんたち、どちらへ?」

という意味のことを、凄まじい方言丸出しで訊いてきた。

「『一運陀』だ」

途端に運転手は静かになった。

「何だい、特別なとこなのか?」

と訊いても返事はない。その名前さえ聞きたくもないし口にしたくもないという雰囲気が、濃密な霧のように運転席を取り巻いた。

「河無亜」の駅から二十分くらいは左右に畑が広がっていたが、そのうち本格的に木立ちが辺りを埋めはじめた。

「凄いとこですねえ」

色摩がうす気味悪そうにつぶやいた。

「学生の頃、十和田湖へ行きました。あの周りの原生林もかなり凄かったけど、ここに比べりゃ遊園地だ。見て下さいよ、あの木——まるで図鑑で見た中生代のセコイアそっくりだ。ティラノサウルスが出てきたって少しも不思議じゃない。よく道が出来たもんだ」

確かに太い根っ子は蛇というより恐竜の尻尾みたいに太く凶暴にうえくり返って、その間を道路が縫っているように見える。

途中、幾つか停車場らしいものがあったが、人の姿はなかった。

そういえば、木の間に家らしい形が見えても、どれも傾き、屋根もつぶれかかって、人が住んでいるとは見えなかった。

やがて、景色が開けた。

「ぐえ」

ひと目でまともなとこじゃねえとわかった。

普通なら山と山との間に横たわる平凡な山村で済んだろう。

だが、おれの方向感覚が確かなら、村の北は大規模な山崩れに埋もれ、東の畑の一部は、上質の西瓜みたいに裂けて、何か石の塊りみたいなものが突き出している。脳味噌から記憶が流れ出した。優子の家のTVで観た光景だ。

おや？　と思ったのは村のほぼ中央にそびえる丘らしい土盛りで、その上にも石柱が妙に規則正しく並んでいる。

家はある。今では貴重品の藁ぶき屋根ばかりだが、たまに、何とかハウス製みてえなスマートな一戸建ても散らばっている。

おれは運転手の背中に、

「おい、おっさん。結構やられてるじゃねえか」

と話しかけた。運ちゃんは相変わらずの大訛りで、

「この間――この付近だけ直下型地震にやられましてね」

と言った。

「おかげで、山崩れは起きるわ、地面の下からおかしな石の塊りは出てくるわ、鴉は鳴きやがるわ、みな、えらい目に遭っとります」

「ほお」

「まあ、この辺は昔からおかしな言い伝えの多いとこで、さっき、お客さんが乗った『河無亜』の連中なんか、いっそ、村ごとつぶれちまや良かっ

たなんて言ってますがねえ」

「へえ、そんなひでえとこなのかよ。村の連中が丸ごと山賊の子孫だったとか」

「なら、大歓迎ですよ」

「え？」

こいつは驚いた。

運ちゃんは苦い顔で言った。

「『一運陀』の連中全部が悪いってわけじゃないんです。あそこを代々仕切ってる鳥居上《とりいうえ》という一家が問題なんですがね」

2

「鳥居上？」

「江戸時代からこの辺りの庄屋だったんですが二代目の当主が呪術だの星占いなんかに凝り出しましてね。こんな田舎じゃ考えられねえ外国の本だの道具をどっかから取り寄せて、何かの祭りというか、儀式みてえなことをやらかしたらしいんですよ」

「どんな儀式だよ？」

「その辺はちょっと」

「で、今の鳥居上の連中も、それを継いでドンちゃん騒ぎをしてるのか？」

「うーん、おれは見たことがねえけど、近所の連中の話だと、年に二回か三回、あの家の離れから変な声が聞こえたり、『覗きヶ丘』のてっぺんにある石の柱の間で、でっけえ火の玉が燃えてたりしたそうですよ。そうそう、地震は多かったな。あのでかいのが来る前は、一日に何十回も小さいのが起こったらしいすよ。おれもバスん中で随分と感じたな」

「その鳥居上って家は、村長か何かなのか？」

「いや、みなと同じ一村民《そんみん》ですよ。ただし、金は腐るほどあるらしい。これは『河無亜』の知り合いから聞いたんだけど、あそこの爺さんが、何だかおかしな石か金物を両替え屋に持って来たんだが、品物の正体がわからねえと断わられ、次には黄金の塊りを持って来たってよ」

頭の中に、昨日の金属片が閃いた。オリハルコン。その爺さんが両替屋に運んだというのは、あれじゃなかったのか？　田舎町の両替屋が訳わからねえと断わるのももっともだ。すると、鳥居上の爺いてのは、おれにオリハルコンを渡したあの爺い——鈴木三郎と同一人物じゃなかろうか。

「——で、いまここに住んでるのは、爺いの他には？」

「ああ。悴がひとりいたが、死んじまったらしいよ。あと娘がいるけど、これが普通じゃねえ」

「ほお」

「生まれたときから髪の毛は真っ白、その代わりに眼は血みてえに真っ赤で、肌と来たら、血管がみんな透き通って見えるくらい白いんだ。これはおれも見たことがあるよ」

「何て名前だ。二人とも」

「死んだ悴は馬石《ばいし》、娘は帯有《たいゆ》」

「素っ頓狂な名前だな。親がおかしいと子供は苦労するぜ」

「全くだ」

「ところで、その鳥居上って家は金に実は困っちゃいねえか？」

「黄金を売りに行ってるんだぜ」

「だからさ。現金があれば——つまり、ちゃんと定収入を稼いでれば、そんなことする必要はないだろうが」

「そういやそうかね」

こいつはひょっとしたらひょっとする。

「なあ、運転手さん、おれは電機会社の営業でな、この辺を新規開拓しに来たんだ。その鳥居上さんってとこへ行くのに、あんたの名前出しちゃまずいかな？」

「とんでもねえ」

運転手の全身は石に化けたみたいに硬直した。

「今まで話したことは、みんな忘れてくれ。おれは今日、この時間、誰も乗せなかったぜ――おお、そこで終点だ。さ、下りた下りた」

バスが走り出すと、色摩が心細そうに、

「次のバスは夜の六時までありませんよ」

「だからどうした？　さっさと片あつけて、お茶でも飲んで待ちゃいいだろ」

「いえ、六時までに帰れるのかなあ」

「何言ってやがる。それより、おい、人が来た。赤城の家が何処だか訊いてみろ」

バス停前の細道をちんたらちんたらやって来るのは、赤ん坊を背負った中年女だった。野良仕事に疲れ果てたのか、舌出してくたばる寸前の牛みてえな顔をしてやがる。

色摩が近づいて話しかけると、女はすぐ東の方を指さして何か言った。

「ありがとうございます」

と頭を下げて戻って来た。女はそのまま、背中でむずがってる餓鬼をあやしあやし行き過ぎた。

「こっちです」

と色摩が女のやって来た方を指さして促した。

「赤城家は老夫婦が二人きりだそうですよ」

「そんなことまで訊き出したのか？」

「ええまあ」

「おまえ、やっぱり商売替えしろや。ホスト・クラブに入れば、今の百倍は稼げるぞ」

水田の中の道を歩きながら、

「あの女の亭主、ええとこに住んでやがるんだな。田舎者が」

と悪態をついてすぐ、おれはバスの中から感じていた異常が、はっきりと形を取ったのを知った。

「おい、なにガタついてんだ？」

「え？」

イケメンが持ち上がった。女に道を訊いてから今まで、ずうっと俯いてやがったのだ。それなら、こいつにも気が滅いるときもある、で済む。

震えてちゃ別だ。

「ここ……怖いんです」

「何がだ？　ただのど田舎じゃねえか。そら少しは土が盛り上がったり、おかしな石の柱が立ってたりするがよ。踏み倒し野郎の住所を知るのに、何の関係がある？　十分で済むぜ、十分で」

「似てるんですよ、『ダンウィッチの怪』に」

「何でえ、そりゃ？」


「H・P・ラヴクラフトが一九二八年に発表した短篇です。最高傑作のひとつとされています。『邪神』たちの一柱が、人間の女と関係して双子を産ませる。その子供が『ネクロノミコン』に記された危険な呪文を使って人類を死滅させようとしますが、それに気づいた科学者たちによって滅ぼされてしまうまでの物語です」

「なんだそのネクラノミコンてのは？」

「『ネクロノミコン』。クトゥルー神話の中核ともいうべき魔道書です。この世の人間が知ってはならない、或いは決して理解できない内容が網羅されているそうです。こういう本は他にも『エイボンの書』『無名祭祀書《むめいさいし》』『妖蛆《ようしゅ》の秘密』などがあって
――」

――それぞれに宇宙的恐怖に関わる様々な秘密が記されているなどと、色摩は寝言を口走りつづけたが、おれはロクに聞いてやしなかった。おか

しな本を読んで魔物が出てくるんなら誰も苦労しねえ。『金が儲かる本』を読んで儲かった奴がいるならお目にかかりてえや。

「見て下さい。あの丘と上の石柱群――あれは環状列石です。そして、あっちの地中から突き出した石柱と巨石の山――」

「それは何なんだ?」

「わかりません。『ダンウィッチの怪』には出てこないから」

「おめえはテキストがねえと何もできねえのか。このマニュアル野郎」

この悪態も、自分の世界に入りこんだオタクには効きもしなかった。

「――しかも、あの屋敷にある大きな離れ――あそこには、ウィルバーの双子の兄弟が潜んでるんだ」

「ああそうかい。ところで、そろそろ着くぞ。気張って行けよ」

かなりでかい藁葺き屋根の農家が迫って来た。垣根に囲まれた門から入ると、広い前庭――そして、母屋の玄関だった。

「あの、離れ見て来ていいですか?」

「莫迦野郎」

おれは、まだ板戸を使っている開けっ放しの戸口から暗い土間へ入った。

小学生の頃、野外学習とやらで郊外の農家を見に行ったことがある。これほど大きくはなかったが、感じは良く似てる。あちこちに闇があり、クラスの臆病者どもは、お化けが出ると言って怖がった。

声をかけたが、誰も出て来ねえ。ふざけやがって。とうとうおれは叫んだ。

「赤城信平――てめえがここにいるのはわかってるんだ。とっとと出て来ねえと、上がりこんで家捜しするぞ」

それでも同じだった。こうなりゃ成り行きだ。

おれと色摩は靴を脱いで家に上がった。

「ごめんよ」

声をかけて障紙を開けた。

「ん？」

おれは眼を剥いた。

三十畳もある居間だった。

ど真ん中に炬燵が置いてある。それを囲んだ座布団の数は四枚。目下の住人は二人だけだから、後の二枚は——

「客ですかね？」

「赤城夫婦だよ」

こいつはどこか阿呆だ、と内心罵りながら、

「しかし、今の今まで話し声がしてたよな。何処行きやがった？」

「逃げた様子はなかったですものね」

おれは炬燵の上のトレイを見下ろした。ガラスの鉢に入れた蜜柑の山と皮が五つ。これはいい。古臭い湯呑み茶碗がふたつにコーヒーカップ——へえ、田舎者のくせに、ウェッジウッドなんか使ってやがる——が二つ。赤城夫婦の分か？

おれの眼を引いたのは、たっぷりと残るそれぞれの中身から立ち昇る湯気だった。カップの表面に触わったら火傷しそうだ。みないれたばかりなのだ。つまり、ここの家族は、おれが声をかけるまで、炬燵を囲んでワイワイやっていた。それが、ごめん下さいの次の瞬間、足音ひとつたてずに何処かへ行っちまったのだ。

「消えちまった……持ってかれたんだ……」

怯え切った色摩の声が、おれにまたか、と思わせた。

「持ってかれたって、誰にだよ？」

「ヨグ＝ソトホースにです」

「何だ、そりゃ？」

「ありとあらゆる時間と空間に存在する、邪神の中でも大物中の大物です。位からいえば、偉大なクトゥルーを超えると言われてます。人間をまとめて消すくらい朝飯前でしょう」

「神さま神さまと言ってる割りには、朝飯前だの形容詞が人間用なんだよ。いいか、見てろ」

おれは膝立ちになると、右方の障紙めがけて走った。

障紙を開けて廊下へとび出し、すぐに音がしないように閉める。

またすぐ開いて、炬燵のそばの色摩に、

「わかったか。あっという間だろ？　音もしねえ。こうやって逃げ出したのさ」

「親子四人がまとまってですか？」

「そ、そうだ」

「どうしてそんなことをする必要があるんです？　逃げ出すなら立って走った方が、よっぽど速いですよ」

「うるせえな。走り方なんて個人の趣味だ。グダグダ言うんじゃねえ。それより、赤城夫婦を捜せ。この家の中にいるのは間違いねえ」

「無駄ですよ。ヨグ＝ソトホースのすることに、人間が手を出せるわけがないんだ」

「莫迦野郎。そのヨグ何とかが赤城夫婦の銭払ってくれるのか？　捜せ」

昔の農家だから部屋はみな広くて多い。どれも畳敷きで田舎の臭いが詰まっていた。

最後に残った納戸の前に立ったとき、おれたちは息を切らせていた。

「ほら、いないでしょ。持ってかれちゃったんですよ」

「うるせえ」

おれは引き戸に手をかけ、引こうとして、凍りついた。

向うから、ゆっくりと開いていくじゃないか。

「…………」

おれたちが何ひとつできないうちに扉は開き切った。

ぷん、とカビ臭い臭いが広がる闇の中に、白い影が浮かんでいる。

「な、な」

何だ、と言うつもりだったが、終わらないうちに、影はすうと前へ出た。

「うわっ!?」

叫びの前半は勿論、恐怖のそれだったが、後半には驚きが詰まっていた。

出て来たのは白い影――白いワンピをまとった娘だったのだ。両眼は紅宝石《ルビー》のようにかがやき、唇は真紅の炎のように燃えている。口には歯が見えなかった。肌に溶けこんでいたのだ。正しく雪のような肌に。その顔に黒い血管が走って見えるのは、腰まである髪の毛の一部が触れているのだった。

「お、おまえは――誰だ?」

おれの声は震えてはいないが、呆然としていた。昔だったら白子とよばれる娘の、桁外れの美貌のせいだった。

朱唇がうすく笑った。金鈴の鳴るような声が後を追った。

「鳥居上帯有《たいゆ》」

3

この名を聞いても、おれはさっぱり状況が呑みこめなかった。運転手が言ってた忌わしい一家の名字だと気がついたのは、少したってからだ。

「あなた――どうして、ここに?」

おれより早目に気がついたらしい色摩が、ぼんやりと訊いた。こいつも美貌にKOされちまったらしい。

答えはうす笑いだった。

娘は左の人さし指を咥えて、笑顔を見せた。

ああ、おれは自分の洩らす溜息を聞いた。

この娘にこの美貌を与える代わりに、神さまは別のものを奪い取ってしまったのだ。知能という奴を。

おれは色摩を見た。奴の顔に浮かんでるのも、多分、おれと同じ気持だった。色摩はしかし、諦めなかった。

「ね、どうしてここにいるの?」

重ねた問いに、娘――帯有は、やや顔を伏せ、眼の玉だけを上げて色摩を見つめた。

ふふふ、と笑った。なんて澄んだ響きだ。おれはひどく懐かしい気分になった。ふっとある姿が浮かんだ。ピアノを弾く女だった。あれは、高校のとき――

そちらへ意識を向けた瞬間、白い影が眼の前を離れた。

「あっ!?」

「おい!?」

おれと色摩が伸ばした手指の先を、帯有はしなやかにすり抜けて、玄関の方へと走った。

おれの前を色摩がすっとんで行った。

土間へ下りたとき、帯有は戸口を抜けるところだった。

表へとび出したおれの眼の前に、色摩の背中があった。止まっている。莫迦野郎、なんで追いかけねえ。

喚いて、おれは異常に気がついた。色摩の身体ががちがちに固まってる。

「おい？」

「あれを……」

指さす先は、前庭の一隅——物干しの位置だった。

薄闇の中に、四人の男女が立っていた。禿げ上がった爺いと中年のでぶ。白髪の婆あと妙に色っぽい中年女だった。

間違いない。赤城夫婦と亭主の両親だ。その後ろで帯有がのけぞるように笑っている。

「こんなところにいやがったのか。色摩——赤城だな？」

「そうです——でも」

「何がでもだ。さっさと話をつけろ」

おれに尻を蹴とばされ、色摩はつんのめるように五人の下へ走り出した。

「赤城さん——〈CDW金融〉の色摩です。支払いを願います」

なに脅えてやがる。見ろ、赤城も他の三人もビクともしねえ。帯有が面白そうに色摩を見つめ、ケラケラと笑った。

この女《あま》、金貸しを舐めるなよ。おれは肩で風を切りながら、奴らの前に立った。

虚ろな四対の眼がおれを映した。もう一対は色摩用だ。

おれは赤城伸子の前に立つと、内ポケットから封筒に入ったままの権利譲渡証明書を取り出して、色っぽい顔の前に突きつけた。

「これは〈須藤金融〉の黒川一志から、おれへの債権譲渡書類だ。あんたが奴に借りた二億円——耳を揃えて返してもらおうか」

「そ、そんなに？」

色摩がびっくりしたようにおれを見た。

「さあ、返せんのか、奥さんとご亭主？　もう何処へも行けねえぜ！」

おれが凄めば大概の一般債務者はびびる。ところが、この四人は例外だった。なんと、四人揃ってニンマリ笑いやがったのだ。このおれでさえ、背すじを冷たい水が通るのを感じた。そんな笑いだった。

四人の背後で、帯有がまた笑った。それがぷっつり切れた。

白い美貌が緊張の色さえ浮かべてふり向いた。他の四人もだ。

おれと色摩は彼らより早く、そいつに気がついていた——と思う。

家の前を通る道の方から、ひょこひょことこちらにやって来るのは、「ラリエー浮上協会」相談役ことオリハルコン親父——鈴木三郎だった。スーツに蝶ネクタイは変わらねえ。

何かが起こる——とおれは直感した。

あの爺さんとこの四人プラス美しい異人がひとり。トラブルが起きないわけがねえ。

はたして——四人は声もなく、近づいてくる訪問者を迎えた。帯有さえ沈黙した。

おれは心臓の音を聞いた。いきなり、それが乱れた。

鈴木の爺さんがすっと身を沈めたのだ。

ひい、と色摩が放った。

空気が凍りつき、全員の視線が不様な影に集中する。

それは溜息をひとつついてから、地べたに手をついて、よっこらしょと立ち上がった。

パンパンと尻をはたきながら片手で一枚の地図を取り出し、赤城信平に向かって広げた。尻をはたいた手で、その一点を指さした。

赤城は——帯有以外の連中も——凄まじい眼で老人を見つめていたが、すぐに地図を眺め、爺さんがやって来た道を指さし、右の方を示して何か口にした。

爺さんはうなずき、にっこり笑って頭をひとつ下げた。

どうやら道を訊きに寄ったら、足が滑って尻餅をついた——それだけらしい。

いや、そうはいかなかったようだ。尻を撫で撫で、爺さんが背を向けた途端、四人は喉元を押さえて身悶えしはじめたじゃねえか。

まるで毒でも飲んだか毒蛇にでも咬まれたような苦しみ具合に、

「何だ、こりゃ？」

おれは呆然とつぶやいた。あの爺さんと話した途端にこれか。

「おい——色摩」

ふり返ったら、野郎、おれを指さしやがった。

「？」

「き、き、き」

「猿公《えて》にでもなったのか？」

「き、消えた」

「なにイ？」

ふり向くと——あれ、誰もいねえ。

帯有だけがぶっ倒れ、後の四人は忽然と姿を消していた。

「どうしたってんだ？」

「消えました。僕の見ている前で、みんな一斉に、ぱっと」

おれは舌打ちした。こいつは前からブルってた。そのせいで、おかしなことが起きるに違いないという強迫観念に取り憑かれ、一斉に逃げ出した四人を消えた、と思いこんでしまったのだ。帯有だけが残ってるのがその証拠だ。

周りには、生垣だの、藪だの、逃げこむとこは山ほどある。赤城一族め、どこ行きやがった。

「ど、どうします？」

「どうもこうもあるか。その娘を起こせ。家へ届けるしかねえ。後で騒ぎになったら、えらいことだからな。少し足りなくても、自分の名前は名乗ったんだ。おれたちのことを駐在にしゃべるくらいはするかも知れん。却って、届けてやったと恩に着せた方がいい」

「わかりました。でも、ここからあの屋敷までは遠いですよ」

「その辺に車はねえか？」

「裏行ってみます？」

おれたちはそっちを見た。

「大丈夫よ」

え？

向き直ると、二メートルと離れていないところに優子が立っていた。

その後ろ——道の上にカローラが一台止まっている。

「お、おめえ——いつ？」

「早く——ここは危険よ」

優子は大股で車の方へ歩き出した。

「あの——どなた？」

「債務者の女房だよ」

「どうして、ここに？」

「訊いてみろ」

「はあ」

とにかくカローラの後部座席に帯有を横たえ、色摩にまかせておれは助手席に坐わった。

「何処へ行っても大忙しね」

エンジンをかけながら、優子が冷やかした。

「うるせえ。道順はな」

「鳥居上の家ね——わかってるわ」

「——何で知ってるんです？」

色摩が恐怖だらけの声で訊いた。

車はスタートした。

次の瞬間。優子はひっと口を押さえた。おれも眼を見張った。

「あ、さっきの——」

と色摩の声がした。

前方三十メートルほどの道の左端に、鈴木の爺さんが立って、右手の親指を立てている。

ヒッチハイカー? 乗せてくれの合図だ。

「無視するわよ」

優子がアクセルを踏んだ。ぐん、と身体に負担がかかる。

「わっ!?」

あと十メートルというところで、爺さんいきなり両手を広げて、道の真ん中へとび出したのだ。

「止めろ!」

おれは優子の方を向いて——ぎょっとした。

優子が何かつぶやいてる。

こうだ。

「イグナイイ……トゥフルトゥクングァ……イブトゥンク……ヘフイエ……ングルフドルウ……ヨグ=ソトホース……」

こいつもか、と思った瞬間、ばん! と来た。フロント・ガラスに激突した鈴木の爺さんがルーフの方へ吹っとぶのをおれは見た。

「止めろ!」

と優子の肩に手をかけた瞬間、電撃じみた衝撃が全身を駆け巡った。

「生きてる!」

色摩が叫んだ。身体が動かない。おれは何とか首だけを上向いて、バックミラーを見た。

ぐんぐん遠ざかる道の上を、鈴木の爺さんが追いかけてくるところだった。

「は、早い!」

車の前方で道は激しく蛇行しはじめている。これなら時速四十キロも出せない。

追いつかれる！　ま、いいけどな。

「おい、止めてやれよ」

「駄目よ、ねえ、社長から何か預って来なかった？」

おれはすぐ浮かばなかったが、色摩は一発だった。

「あります！　これだ！」

上衣のポケットから取り出したのは、確かにおれも貰った荒塩の瓶だった。

「それを撒いて！」

色摩は一瞬、え？　という顔をしたが、すぐに、

「わかりました！」

パワー・ウインドが開いた。

車内に風が荒れ狂う。

ひと息吐いて、色摩は瓶をふった。

白い粉が空中に霧のように広がり、たちまち風に散った。


鈴木の爺さんが、前へのめった。

またつまずいたのだ。人間、足から弱くなる。

無念じゃあとばかりに右手をのばした「ラリエー浮上協会」の相談役を後に、冷酷な女運転手に身を任せたカローラは、ようやく直線を取り戻した田舎道を、猛スピードで走り抜けて行った。

十三章　神さまだって銭払え！

1

バスから見たでかい屋敷には、十分とかけずに着いた。

まだ日暮れてすぐのせいか、門は開いていた。

優子はためらいもなくカローラを侵入させ、激しく警笛を鳴らした。

玄関のガラス戸が開いて、レスラーみたいな巨漢が現われた。作業衣《さむえ》を着ている。前庭に立つ常夜灯の光が、真っ白い髪の毛と顎鬚を照らし出した。

地響きをたてそうな荒々しい歩き方で車の横まで来ると、車内を覗きこんで、すぐ後部ドアを開けた。帯有を見つけたらしい。

「下りろ」

太い腕が色摩から白い娘を奪い取り、おれたちも下りた。

いきなりカローラがバックしたので、おれは驚いた。置き去りか。

「おい、待て！」

と叫んだが、カローラは一度も止まらず道へ出て、すぐに走り去った。

何なんだ、あの女は!?

おれは舌打ちして、色摩の方を向き直った。

みな玄関の方へ移動していく。帯有は爺いの腕に抱かれていた。フランケンシュタイン・モンスターに抱かれる美女にそっくりだ。

でかい土間から上がる前に、おれは爺さんに声をかけて、

「――娘さんは、その道路でひっくり返ってたんです。それでお連れしました。私たちはこれで」

と縁を切ろうとした。

「そうはいかんな」

どすの効いた――どころか地中の深いところから洩れ出てくるマグマみたいに迫力のある声だった。

「えっ?」

「危険が迫っておる。恐ろしい危険がな。それにあんた方は、赤城の夫婦に借金の返済を求めに来たんじゃろうが?」

「そ、そうです」

「なら、わしが手助けできるかも知れんぞ」

「本当スか?」

「本当じゃ」

「そいつは助かる――でも、どうして赤城夫婦とおれたちの事をご存知なんで?」

「この村みたいな狭苦しいところじゃ、みな一家族みたいなものなんじゃよ。村ん中で何かしでかせば勿論、他所へ出ても大概のことは耳に入ってくる」

「へえ」

おれは本当に感心しちまった。田舎じゃ絶対に隠し事は出来ねえと聞いたことがあるが、本当だったらしい。老後も都会に住もう。

「――危険て何です?」

色摩が切迫した声で訊いた。汗びっしょりだ。

若いくせに情けねえ。何が出て来たって、こんな草深いとこなら、足さえ速けりゃ何処にでも隠れられるっつうのによ。

「うむ。まあ、お上がんなさい」

老人は上へと誘った。

嘘はついてねえらしい。やむを得ず、おれたちも上がりこんだ。

赤城ん家《ち》と同じく、上がったところはでかい居間だった。こっちは百畳はある。三方は白壁で、廊下に面してるらしい東側が障子だ。卓伏台がこれまた凄え。五十人は周りを囲めそうだ。その隅っこに塩せんべいを盛った器と湯呑みがあった。

爺さん、帯有を抱いて部屋を出たが、すぐにひとりで戻ってきた。

皓々と照明が点いてる。

ひどくモダンなデザインの明りを見上げて、

「明るいですねえ」

色摩がしみじみ洩らすと、

「LEDちゅうだ。知っとるかね?」

「ええっ!? そんなものがあるんですか? 凄く進んでますね」

この野郎、とおれは思ったが、爺さんはそうではなかったらしく、

「ふふ、まあな」

と破顔した。呪われた一族だか何だか知れねえが、田舎者はやっぱり田舎者だ。こういう奴が借りてくれるといちばんなんだがな。

「危険ちゅうのはな」

と爺さんは身を乗り出して、

「ま、せんべ食え」

「あ、どーも」

一枚手に取ったものの、おれは食う気になれなかった。色摩は平気でバリバリやって、

「美味しい。やっぱり東北の食べ物は日本一っス

ね。あ、お茶いれて来ます」

「お、悪《わり》いな」

「とんでもない。美味いのいれますよ」

さっさと廊下の方へ出て行ってしまった。なんて要領のいい野郎だ。これじゃ取り立てじゃなくて売り込みじゃねえか。借金取りじゃねえ。セールスだ。

「あ、鳥居上さん――熱めがいいですか?」

「いや、もう歳だからよ。ぬるめにしてくれや」

「はあい」

煮えくり返る腹の中を何とか抑えながら、

「でー　危険てのは?」

と訊いた。

「おお、わしんとっから借金した野郎がよ、結局返せねえもんで、わしを殺して踏み倒そうと、昨日から辺りをうろついてやがるんだ」

「とんでもねえ野郎ですね。許せん」

「おお、そう言ってもらえると助かる。あんた方、東京から来たにしちゃ話がわかるねえ。おおい、冷蔵庫にビールと酒があるから、持って来てくれや。つまみもあっからよ」

爺さんの返事の間も、おれはあのことが気になっていた。正確にはあの爺いが。

「ひょっとして、その恩知らずてのは、鈴木って奴じゃないですか?」

「おお」

爺さんは手を打ち合わせて、

「それだ、それ」

「こちらにも借金を――失礼ですが、お幾らで?」

「大したこたあねえ、十兆円と少しだな」

「――どうした?」

爺さんは濁った眼でおれを見つめ、

「――十兆?」

「ああ」

「あと、少しって？」

「五千億くれえだな」

おれは沈黙した。この爺い、誇大妄想狂だ——と断言することも出来なかった。何となく——ありそうなことだと思っちまったんだ。いかん、ど田舎のでかい家に住む爺いってのは、おれの天敵らしい。

「その——お友達で？」

「とんでもねえ」

爺さんは粘土素材みたいに顔を歪めて否定した。憎々しいというより、汚らわしいという口調だった。

「あんな、てめえの棲家も金借りなきゃ手入れ出来ねえ能無しが友達なもんかよ。ま、血はつながってるらしいが。でなきゃとおに縁は切っとるだ」

「ほお、あの爺さんの遠縁ねえ」

こいつもおかしいと決まった。何が十兆円だばや。

「警察に連絡しないでいいんスか？」

「この村の駐在なんざ、猪にだって莫迦にされてるアホだべ。餓鬼どもと違うのは、警棒とピストル持ってることだけだ」

「でも——物騒ですよ」

「ま、何とかなるべ。それより、あんたたち、赤城一家は捕まえられなかっただな？」

「そうなんです。正直困りました」

「ま、あんな奴らに貸したのが間違いだ。諦めた方が良かっぺ」

おれは、笑ってみせた。それにパンチをこらえるのを足したら、どんなにキツい倫理社会の先公だって、最高点をくれるだろう。

「いや、おたくの金額に比べたら、笑い話みたいな金ですけど、放っとくわけにもいかないんですよ」

「赤城夫婦なら、じきここへ来るで」

「え？」

身体が急に引き締まったような気がした。

「来る？　ここへ？」

「んだ」

爺さん、重々しくうなずいた。田舎で力仕事ばかりを七十年くらい——笑いとばせねえ。

そこへ、色摩がでかいトレイを抱えて戻って来た。

「はい、お待ち。料理するんで、ガス使わせて貰いました」

おれは首から垂れたピンクのエプロンを見つめた。

様になってやがる。色々とつぶしの効く野郎だ。

ビールはキリンのラガー。酒は一升瓶に入った自家製だ。蛇の頭みたいなものが入ってる。蝮《まむし》酒か何かだろう。今でもアメリカ南部のど田舎では、ガラガラ蛇の頭を漬けたウィスキーが売られてるそうだ。

「ん？」

瓶の中を透かして見て、おれは妙な気分になった。何かの頭らしいが、どう見てもこの世の生きものじゃねえ。深海魚みたいな顔はともかく、首がそこから下へ生えのびている。つまり何本足かは知らねえが、直立歩行する生物なのだ。なのに鰓がついている。

「おお、それかね」

テーブルの向うにいた鳥居上の爺さんが、いつの間にか隣りから顔を出したので、おれはびっくりした。いつ、どうやって廻って来た？　おれの驚きなど気にした風もなく、爺さんは、それはだな、と続けた。

「レンの高原に住むトウチョトウチョ人が食っとる猫の首じゃ」

「これのどこが猫だよ!?」

おれは身の毛がよだった。二の句も継げないでいるところへ、色摩がエプロンで手を拭きながら、

「おっ、トウチョトウチョ人の猫ですね」

とやって来た。頬が赤い。眼は据わっている。野郎、化物の飲む酒をきこしめやがったな。

「凄えや、本当にいたんだ。先輩、この酒、効きますよお。ねえ、お爺さん？」

「勿論じゃ。さ、一杯《ぺえ》飲《や》んなせえ」

爺さんは手づから茶碗を手に取り、生首の入った酒をなみなみと注いで、おれに突きつけた。どう見たって怪物の首だ。何ともいえない臭いが鼻を——

「あれ？」

おれは茶碗を受け取って、くんくんとやった。いい臭いじゃねえか。しかし、まだ決心がつかないでいると、いきなり、

「いっただきまーす」

色摩がぐびりと飲《や》っちまった。

「おい!?」

心配半分、興味半分、少し安心でおれはイケメンを見つめた。

動かねえ。茶碗を手にしたまま、身じろぎもしないのだ。

おれは爺さんの方をふり返って、

「あれは毒——」

じゃないですか？　と訊くつもりだったのだが、声は失われた。

爺さんはいなかった。

「ど、何処行きやがった？」

呆然と周囲を見廻したとき、チャイムの音がした。

「誰だ？」

と色摩に訊いても仕様がない。ようやく、脈を

取り、瞳孔を調べる気になった。異常なし。筋肉がこわばってもいない。ただ動けないだけらしい。呑み過ぎだ。

色摩もチャイムも放っとこうと思ったが、向うも諦めねえ。ピンポンピンポン、まるで楽しんでいるように鳴らしやがる。

とうとう我慢が出来なくなり、おれは土間へ下りて、玄関扉の前まで歩いた。

「何じゃい、われ?」

と関西弁で凄みを効かせた。

「赤城と申します」

男の声だったが、オカマでも構やしねえ。おれはすぐ扉を開いた。

扉の向うに立っている二人は夫婦に違いねえ。重患みたいにへなへなと頭を下げる男へ、

「赤城信平さんと伸子さんかい?」

「はい」

と女の方が蚊の鳴くような、というか幽霊みてえな声を出した。

「おれはCDW金融の者《もん》だ。さっきも言ったが、ご亭主の債務と——黒川一志の奥さんへの借金の取り立ては、おれが肩代わりしたよ」

「存じております」

陰気この上ねえ声だ。

「なら話が早えや。上がってくれ。細かい話をしようじゃねえか」

「それでは」

「失礼します」

辛気臭えがちゃんと挨拶して座敷へ上がったところを見ると、金を返すつもりはあるらしい。居直ってブスリとも思えねえ。

本当ならいのいちばんに、今まで何処に行ってたと訊くところだが、そんな気になれなかった。正直言うと、答えを聞くのが何となく薄気味悪

かったのである。この村はどこもかしこも何処《どっか》おかしい。

2

おれは更におかしなことに気がついた。

他人の家へ来たというのにこの夫婦、正座したきり押し黙ったままだ。何の用なのか。そもそも話し合いに来たのかどうかもわからねえ。鳥居上爺さんがいるかどうかも訊かないのだ。

これはこっちから切り出す他はねえ。

色摩は動かすのが面倒なのでそのままにしといたが、夫婦は気にもしなかった。

こいつらに効き目があるかどうか疑わしいところだが、おれはとりあえず、黒川から預っといた借入れの譲渡証明書と、色摩のポケットから引っ張り出した亭主の方の契約書を卓上に並べて、

「あんた方はどっちも返済期日を過ぎてるんだ。わかってるよな？」

と凄んだ。

「はい」

二人揃ってうなずいた。

「で、どうするつもりだ。こうやって来た姿勢は評価する。今更、鳥居上の爺さんに会いに来たなんて聞こえねえぞ」

二人は顔を見合わせてうなずき、俯き加減の状態からゆっくりとおれを見上げた。なんて気味の悪い眼つきだ。まるで死人の眼だぜ。幸い、「ナイト・オブ・ザ・リビング・デッド——死霊創世記」や、FOXテレビの「ウオーキング・デッド」その他のゾンビもので鍛えてあるからその程度で済んだ。色彩《いろ》つきのコンタクトひとつで死人の眼などお易い御用だ。

「いま——全額お支払いいたします」

と信平が言った。

「ほう、そうかい。え？」

え——っ!?　とのばしたいところだが、こらえた。まさか。

「い、今、返せるのか？」

「はい。お金は頂いて参りました」

「頂く——って、誰がくれたんだ。合わせて、三億近いんだぜ」

信平がうすく笑った。

「それくらいなら——これで」

皮ジャンのポケットからテーブルの上へ、小指の先ほどの黒光りする結晶が移った。

おれの眼にも、ただ事じゃねえかがやき方だった。

オリハルコンか？　いや、違う。

「〝輝くトラペゾヘドロン〟の一部です」

伸子が、地味臭え声で陰々と告げた。

「何だ、そりゃ？」

「ユゴス星で作られた、あらゆる世界に通じる宝です」

こいつらも色摩の仲間か。

「この世界のいかなる道具を使っても切断はできませんが、今回は特別にこれだけを切り取って貰いました。時価にして約五無量大数ですか」

最初、おれはこいつが口にした単語を理解できなかった。

確かムリョウタイスウてのは、数の最高単位じゃなかったか。億の一万倍が兆で、その一万倍が京。最新のコンピュータが可能にした一秒間の計算数だ。これは十の十六乗に当たる。そして無量大数は十の六十八乗——こうなると計算する気にもならねえが、ひょっとしたら、太陽系くらいは購入できるかも知れねえ。売る奴がいるとしての話だが。

おれは水晶体をしげしげと眺めながら、

「悪いが、こいつは担保にならねえ。現金化できそうもねえんでな」

と言った。嗄れてる。

「大丈夫です」

と信平が無表情に言った。

「ニューヨーク、ブルックリンのクリントン・ストリート一六〇番地のアパートに入ってる『レッド・フック銀行クリントン支店』でこれを担保に現金化してくれます」

「何処の世の中に十の六十八乗の現金を用意してる銀行があるんだ？」

「必要なのは三億円だけなのでは？」

「そ、そうだ」

「なら、それを見せただけで千兆ドルまでは無担保で貸してくれますよ」

「無担保？」

「ああ、それも返してくれます。たかだか千兆ドルで、『輝くトラペゾヘドロン』の所有者から担保なんか取れませんってね。あんたは見せるだけでいいんです」

どちらかと言えば暗い暗い赤城の声は、ゆるぎない自信の支持架に支えられていた。嘘じゃねえ。おれもそう思った。

しかし——

「悪いが駄目だ。ニューヨークなんか行ってる暇はねえ。今すぐ返済しろ」

「それを撮影して、パソコンに入れ、『クリントン支店』へ送ったらいいですよ」

「いいや、駄目だ。そんな手間暇はかけられねえ。他に弁済の方法を考えろ」

「手間暇？」

夫婦はまた顔を見合わせて、にやりとした。

「そんなこと。私の主人が今すぐニューヨークへ連れて行ってくれますが」

おれは多分、?という表情になっていただろう。

「おまえの主人?」

「はい」

「さっきまでここにいた鳥居上の爺さんか?」

「とんでもない。彼は単なる呼び出し屋です。もっともご主人を呼び出すまで百年以上かかりましたけどね」

「百年? ——じゃああの爺さんは百歳以上なのか?」

「それより上ですけど、ま、とにかく、あなたのご希望は全て叶えるようにと仰せつかっております。これからニューヨークへ入りませんか。向うは頂度お昼ですし。銀行も営業中でしょう」

こいつ本気だ。そして、おれもそれを信じかかっている。

「おまえ——おまえらの主人って、一体?」

「勿論、〈旧支配者〉の棲む外宇宙への〈門の鍵にして守護者〉でございます」

「ヤケに気前のいい守護者さまだな、え?」

「ええ、何しろ〝神〟でございますからねえ」

と女房が、もじもじしながら口をはさんだ。

「名前は何てんだ?」

「あ、佐藤一郎と申します。怒ると怖いですが、下々との約束——というか契約は守ります。それに、たかが三億円——ぷっ」

この糞アマ、吹き出しやがった。口に指当てるんじゃねえ。

「たかがと抜かしやがったな。おい、奥さん。その三億が払えねえで逃げ廻ってたのは、おめえらじゃねえか。おまえのご主人がそんな大金持ちなら、最初から頼んでみたら逃げまわらなくても良かったんじゃねえのか?」

「それはね、実は内緒のお金だったからですよ」

「何イ？」

「実はクトゥルーさん復活のために資金を提供してくれと頼まれましてね。ご主人——大枚用意したんです。ところが、それだけじゃ足りないって、あたしたちにも依頼が来たんです」

「あたしたちにもって、あんたらのご主人はクトゥルーじゃねえんだろ？」

「ええ、でも同じ〈旧支配者〉ですからね。考えてみりゃ相身互い、同じ穴のむじな、一蓮托生、死なばもろともってことで、ねえ。あたしたちも『ラリエー浮上協会』の株主でしたし——いえ、百株くらいずつの小物なんですけどね」

「それで三億借りて返せなくなったのか？」

「はい。ご主人は失敗だと知ってました。何せ、過去、現在、未来に同時に存在するお方ですからね。それでも日頃の付き合いから五京円くらいは貸したらしいんです。モスバーガーひとつくらいの額ですが。ところが、あなた」

と女房は、おれの方へちょいと片手をふって、

「クトゥルーさんの復活はやはりなりませんでした。途端に、クトゥルーさん、手の平を返すように、金なんか借りてねえよ、と知らんぷりをし出しまして。考えてみればモスバーガーですから、いつものご主人なら、ま、いいよで済ませるんですが、今回はあんまり態度が悪いというんで、借用書どおり返せと、再三再四クレームをつけたんです」

モスバーガーひとつでも借用書は取るのか。うお、大物だ。

ところが、あなた、と女房は熱を込めてつづけた。

「クトゥルーさんたら、最初はそっぽを向いてたんですけど、とうとう逆ギレしましてね。生まれ

つき癇性の気質ですから、野郎うるせえ、ぶち殺してやる、と、ご主人の周りをうろつきはじめたんですわ」

おれは鳥居上の爺さんの台詞を思い出した。それでか。

「――しかしよ、するとあんたたちのご主人――佐藤さんてのは、この家にいるのか？」

「とんでもない」

と赤城が唸るように言った。

「我が主人は滅多なことでは人前に顕現したりはなさいません。現われるときも、かがやく球体の集合物にしか見えませんから、人間は理解できないでしょう。ただ――少々、コウショクなのが珠に傷ですが」

「コウショク？　助平ってことか？」

「はは、まあ」

赤城は頬を紅く染めて俯いた。死人みてえな顔して照れ臭がるなよ。しかし、助平な球体の集合物で佐藤さん――どーいう野郎だ？　口からでまかせにも程がある。こんな怒りをおれは何とか呑みこんだ。先に片付けなきゃあならねえことがある。

「なあ、あんた方が、おれに金を返しに来たってのは、どういうこった？　もともとそのクトゥルーさんてのが払う筋だろうが？」

「そこが、ご主人の素晴しいところで、実は私も女房もクトゥルーさん復活に金を出してるのがバレて、一度は持っていかれてしまった身なのです」

「ほら、ちょっと前に、この人の実家でご両親と――ご存知ですよね？」

女房が恥かしそうに笑った。

「鈴木の爺さんの前でみな消えちまったことか？」

「いえ、その前からずっと。あのとき、あなたがいらしたものだから、〝輝くトラペゾヘドロン〟の一部を手渡しに戻してもらったんです。倅の借金とはいえ、こういう風に育ててしまったのは親にも責任がある。きちんと詫びてこいと、両親も一緒にね。ところが、前触れもなく――」

「鈴木の爺さんが来たんだな？」

女房はちょっと眉を寄せてから、

「そうです。それで危険だからと、またご主人に持っていかれました。幸いこの家には、ご主人が結界を張ったので、鈴木さんは入って来れません。それでもう一遍出て来られたのです」

ま、筋は立ってるが、出て来るだの持って行かれただの、おかしな言い方をしやがる。

「話はわかった」

ちっともわからねえが、これ以上こいつらのたわごとを聞いていたら、頭が偏《かたよ》っちまう。とにかく銭を返させて東京へ戻る手だ。

「だがな、おまえらには端金でも、うちの三億は大金だ。どうやって弁済するのか、もっとまともな方法を聞かせてもらおうじゃねえか」

「わからん人だなあ」

と赤城が怒気のこもった声を出した。

「なにィ」

「いいか、その〝輝くトラペゾヘドロン〟は――」

と水晶体を指さした途端、遠くの方で花火でも開いたような音がした。

「？」

少し遅れて家が大きくゆれる。こんな頑丈そうな農家でもこれだ。かなりでかい花火――いや、爆発に違いねえ。

「あいつ――やったな」

赤城が立ち上がった。

けたたましい笑い声が広い座敷に響き渡ったのはこのときだ。座敷の真ん中に立つ絢爛たる包形をおれは見た。

全身を振袖に包んだ帯有だった。

広く古めかしい座敷の真ん中に深夜立つ艶やかな狂女、そして笑い声。特殊メイクの化物が何百匹来ようと平気だがこういうのは弱い。血が凍る恐怖に骨の髄まで蝕まれながら、おれは恍惚となった。この女は狂っている。狂っているが故に怖くて、狂っているが故に美しい。無垢だ。知能を失って、帯有は無垢の美しさを手にしたのだ。

「おお」

赤城夫妻が両手を高く上げ、そのまま額を畳にこすりつけた。虫のように丸まった身体の下から、

「ンガイ・ンガアグアア・ゴブ＝ショゴグ・イハア、ヨグ＝ソトホース……イブトウンク……ヘフイエ……ルグルクドルウ……」

例の訳のわからねえ呪文が流れて来た。こいつらのご主人をやらに捧げる祝詞《のりと》か何かだろう。待てよ、これと同じ念仏を――誰かが唱えて……

「イア！」

帯有の右袖がきらめいた。

美しいとしか言えない人さし指が、土間の先――戸口を指していた。

赤城夫妻が立ち上がったとき、帯有はもう土間へ下りていた。

夫婦は艶やかなその後ろ姿を追った。おれもだった。赤城夫妻を逃がす訳にはいかねえからだ。得体の知れない力なんぞに引っ張られた訳じゃねえぞ。

前庭にカローラが止まっていた。優子が乗って逃げた車だ。優子だけがいねえ。

帯有は助手席に乗り込み、夫婦が後ろに乗った。当然、運転席にはおれ――と思ったら、何と帯有がハンドルを握っているじゃねえの。おれが助手席につくや、あの不気味で美しい哄笑を迸らせて、

狂女はカローラをスタートさせた。

3

こんな運転を体験したことは一度もねえ。これからもそうだろう。細くてひん曲がった夜の田舎道を、帯有は時速二百でふっとばし、一度もそれを切らなかった。しかも、これはおれの勘違いかも知れねえが、ノン・ブレーキで通したのだ。

ヘッドライトの光輪の中にカーブが迫るたびにおれは悲鳴を上げ、赤城夫妻は沈黙を守っていた。色摩は——置いて来た。

昼間だろうと深夜だろうと、時速二百に変わりはねえ。

一キロ近く離れた丘の麓に、おれたちは二分とかけずに到着した。

かなり急な——二十度近い傾斜の道を、帯有はまたも先に立ってまるで踊るような足取りで上り、おれと夫婦は五分も遅れて上り切った。

丘の頂きがかなり広い——二百坪近いのはわかっていたが、着いてみると、ずっとでかい——三百坪はあるように感じられた。

晴れた昼間に来れば、村は勿論、四方の山脈《やまなみ》も一望——絶景といってもよさそうな体験が出来るだろう。

だが、月光の下に浮かび上がったそれは——

あの環状列石はことごとくぶっ倒れ、吹きとんで、無残な瓦礫の山と化していた。空気にはまだコルダイト火薬の臭いが残っている。

「ダイナマイトを仕掛けやがったな。こんな夜中にとんでもねえことをしやがる」

三人の後から列石が立っていた広場の中央まで来て、おれは溜息をついた。

不意に帯有がふり向いた。

もう笑いは浮かべていなかった。

赤城夫婦もこちらを向いていた。三人の眼はおれ——ではなく、背後を見つめていた。

「よお」

肩にぺたんと手が乗り、おれは見もせずに爆破犯の正体がわかった。


それから後のことはよく覚えていねえ。切れ切れの記憶によると、おれは誰かに手を取られて丘を下り、車で鳥居上の家まで運ばれた。優子だったような気もするが、確信はねえ。

それから——霧の中をさまようような感じで、色摩と朝一番のバスに乗って「一運陀」の駅まで行き、これも「河無亜」行きの始発にとび込んで——その日の昼過ぎには東京に戻っていた。

色摩に訊いても、戻って来たおれに起こされるまでは、あのとんでも蝮《まむし》酒の影響で何も覚えていないという。本当におれだったかと訊くと、いや、女性だったような気もするが覚えていねえと来て、それよりあの後何があったんです？　と訊かれておれも肩をすくめるしかなかった。記憶の喪失は気持ちいいくらい徹底的だったのだ。悪夢ひとつ見ていねえ。

ひとつだけ確かなのは、赤城夫婦への借用書と保証契約書が失くなり、代わりにあのおかしな水晶体——「輝くトラペゾヘドロン」がポケットに収まっていたことだ。

これまた逃げられたと社長に伝えると、何と磨りガラスの向うの偉い人は、

「よくやった」

と誉め、その場で、

「二人とも御苦労だった。金一封出そう」

と言った。今日はもう帰っていいと言われ、経

理から手渡された封筒の中身は何と百万ずつ入っていた。

翌日、おれは社長に鈴木三郎と「ラリエー浮上協会」、及び赤城夫婦の追っかけを進言したが、

「もういい。十分だ」

のひとことで潰されちまった。

つまり、今度の件は大団円を迎えたのだ。

気が済まねえ。

おれは色摩と例のローカル線とバスを乗り継いで、「河無亜」から「一運陀」を訪れたが、何と、赤城の家も鳥居上の大邸宅も、あの環状列石の丘も姿を消していた。あった筈の場所には——もう百年もそこにあったような水田が広がっているきりだった。

通りかかった農夫や駐在にも訊いてみた。返事は同じだった。

「鳥居上？　赤城？　知らねえだな、そげな名前《なめえ》。この村にゃあ昔からそげな家ありゃしねえど」

「ふざけるな」

おれは村役場で住民台帳を調べた。係員に鼻薬を万札一枚分効かせただけで、一室独占することが出来た。田舎は素晴しい。

だが、赤城と鳥居上の番地は、もう百年以上前から別の村人が所有する耕作地だった。台帳にも、この眼で見た田圃にもおかしなところはなかった。それは間違いなく百年、いや、それ以上前から田圃だったのだ。

役場にも「河無亜市」にも二つの家を知る者はなく、おれたちは呆然と東京へ戻った。

新幹線の車中で、色摩がある提案をした。

「催眠術？」

「そうです。そんな胡散臭そうな顔しないで下さいな。いま催眠療法といって、ちゃんとした精神

医療の分野として認められてるんですからね」

その中に、過去遡行という技術があるのだ、とイケメンは言った。

「催眠によって、脳の中に眠ってる記憶が意識の表面に浮上するのを妨害してる枷を取り払うんです。あの晩、先輩はあの丘の上で、絶対に何かを見たはずです。何かの力で、或いはショックの余り、それを忘れただけだと思います。だとしたら、案外簡単に記憶を取り戻せるかも知れません。生命の危険はないはずです。試してみませんか？いい催眠術師、いえ、療法医を知ってるんですよ」

オカルト野郎の保証じゃ心もとなかったが、万にひとつでもそれが可能なら、おれにも異存はなかった。誰よりもあの日「覗きヶ丘」で起きたことを知りたがっているのは、おれ自身なのだ。

で、二月に入った日曜日の午後、おれは麹町のビルの一室にある催眠療法医を訪ねた。

話は通っているらしく、すぐうす暗い一室に通され、まず、治療の全てを録音させていただきたいと申し込まれてＯＫした。治療はすぐはじまった。まず、白衣の医師に手にしたペンシル・ライトを見るように言われた。

「ほら、光が眼の奥まで広がって——段々、瞼が重くなって来ましたね」

何でえ、子供の頃、漫画で何度も読んだのと同じじゃねえかと嘲笑いつつ、ふっと闇に引きこまれ——気がつくと、陽光がさし込む部屋には誰もいなかった。

医者が使っていたテーブルの上に〝マイクロ・レコーダー〟が、それだけ記念品みたいにポツンと置かれていた。

これだけ残して何処行きやがった？

レコーダーをポケットに入れて、おれは部屋を出た。

受付の娘もいなかった。机上の書類の一部が床に散らばっていた。「ラリエー浮上協会」の光景が脳裡に浮かんだが、あれはみな整然と消えた――逃亡したものだ。こっちは泡食って逃げ出したような気がする。

おれはとりあえず家へ戻り、ウィスキーを飲《や》りながら、レコーダーを聴くことに決めた。

さして緊張もせず再生ボタンをＯＮにすると、クリアな医者の声が聞こえた。

「はい、このペンライトの先を見つめて下さい。光に意識を集中して。ほおら、段々瞼が重くなって来ます」

徐々に催眠が深くなるような暗示が三度つづき、おれはあの晩の、あの丘に導かれたらしい。

「今、何処にいますか？」

の問いに、

「『一運陀村』の『覗きヶ丘』の上だ」

と答えている。

「よろしい。では、あなたがそこで見たことを全て話して下さい。邪魔する者はおりません。正直に臆さず何もかも」

ここで、

「大丈夫ですかね？」

と訊く色摩の声がしたが、医者の返事なかった。うなずいたのだろう。

そこへおれの声が。

「……ふり向いて見ると、鈴木の爺さんだった。手にはダイナマイトを三本束にして持ってた。導火線が十センチばかりついてて、爺さん、反対側の手に握ったライターを導火線の先に近づけていた。

『何のためにこんなことを？』

と訊いた。

『わずかばかりの銭を返せとうるさいからじゃ

よ』

月光しかないのに、にやにや笑いが良く見えた。

『これで当分、この国に佐藤一郎は現われん』

間を置かず赤城が訊いた。

『そんな寝言を本気で信じているんですか？』

『いいや』

爺さんはあっさり答えてダイナマイトの束を空中高く放り投げた。落ちて来るのをカッコ良く受け止めようと手を上げ、見事にすっぱ抜けて地面に落とした。大儀そうに腰を曲げて拾い、

『たまには人間みたいにしてみたのよ』

と苦笑した。

おれはようやく、

『鈴木さん、五千億の件だけどな、あんな石ころじゃ困るぜ』

と凄んで見せた。

『わかった。少し待て』

爺さんはこう言って、別のひとりを見つめた。見たことを永久に忘れてくれるような眼つきだったが、見られた方は平然と笑った。

ほほ　ほほ　ほほ
帯有は白い貌をのけぞらせて笑った。

その姿が徐々に変わっていった。

着物のあちこちがぼこぼこと、水泡かできものみてえにふくれ出した。その部分はすぐまばゆい虹色に色を変え、振袖の色彩もあっという間に呑みこんでしまった。胴体はひとつの巨大な球体に化け、顔も手足もそれに同化し、溶けて球体の一部となっていった。

『おお、我が主人、佐藤一郎——ヨグ＝ソトホースよ。私と妻をともにあなたの内部《なか》に取り入れたまわんことを。イアイア・シュブ・ニグラス・アインズロ——トビニア・ラライル・ルツシルツシ・ファムネ……』

ひょい、とその身体が宙に浮いた。帯有が化けた球体と赤城との間には、何ら物体の交流もないのに、奴は持ち上がり、歓喜の声とともに球体にぶつかり、何の抵抗も示さねえで吸いこまれちまった。勿論、作りもののゴムの球体に開いている、こっちからは見えない出入口にとびこんで手足をばたつかせただけだ。問題はクレーンも見えねえのに球体を吊す方法だが、多分、ヘリでも使ってるんだろう。最近はエンジン音が殆どしないヘリもあることだしな。

するとと女房の伸子が叫んだ。

『嫌よ、あたしは嫌よ、またご主人の内部《なか》に入るなんて死んでも御免だわ。お許し下さい。いっそ殺して』

本気でそう願っているのは一目瞭然だった。奴らの主人てのはホント慈悲深い。伸子の身体も宙に浮かぶや、それに対してどんな反応も示す暇もないうちに、鈴木の爺さんめがけて叩きつけられたのだ。

女房は爺さんの胴の真ん中を貫いて後ろの地べたに激突し、とび散る数千塊の血と肉に化けた。信仰心を失った人間への見せしめだ。神さまも人間臭えな。

だが、血糊と生肉でこさえた女の人形をつぶすなんて、品のねえ芸当だ。スプラッタ描写なんざ十年も前に消滅しちまったよ。

すでにあの魅力的な帯有という娘はいなかった」

「ヨグ＝ソトホース——虹色の球体の集合物」

呻くのか泣いているのかわからない色摩の声が割って入った。

「続けましょう」

と医者の声がやや強い口調で言った。

「次に何が起こりましたか？」

「おれは球体よりも鈴木の爺さんが気になった。その胸には傷ひとつなく、血の一滴も付着しちゃいなかった。まだこいつら、おれをペテンにかけるつもりなのだ。爺さんも人形《ダミー》だ。他に考えようがねえ。

『わずかばかりの銭をしつこく要求しやがって』

と爺さんのダミーは、内側に仕込んだテープから、そっくりな声を発しながらダイナマイトに火を点けた。

導火線が花火そっくりの火花を噴いて燃え出し、それが半分ほどになったとき、鈴木の爺さんは、宙に浮かぶ球体にダイナマイトを放った。

まるで海にでも沈むように爆薬は球体に吸いこまれ、次の瞬間、赤城の女房そっくりに爺さんめがけて吹き戻された。

爺さんの口が開いた。人間の十倍くらいはあったろう。大したメカニカル・エフェクトだ。ダイナマイトは口腔内に消えた。

小柄な身体が倍にふくれ上がった。まるでアニメだ。

その耳と口と股と肛門から炎が噴き上がった。エクスプローシブ・エフェクトだ。

おれはこのとき、妙な感じがして空を見た。

宇宙の何処かで何かが起こったような気がした。

爺さんが笑った。

『愚かな真似をしたな、佐藤一郎よ。わしの代わりに千兆ばかり消えたぞ』

静かな、〝クオ・ヴァディス〟のＴＶ放映のとき聞いたキリストの吹き替えみたいな深い声が、

『黙れ、踏み倒し野郎め』

と天から降って来た。あまり声に合った内容じゃねえな。

『やかましい。〈旧支配者〉の面汚し。宇宙開闢以

来のどケチめ。一三七億光年の涯へまで行ってしまえ！』

爺さんの上唇のあたりから、白い髯がぞわあと球体めがけてのびた。

それが触れるや、球体は跡形もなく消滅した。

『しまった⁉』

と鈴木の爺さんは叫んだ。

『位置をミスった。宇宙の地平線の向うまでとばしちまった。あっちの奴らがこっちの宇宙に気づいて、進入して来るぞ！　いかん、止めに行かなくては』

おれは訳もわからず爺さん――のダミーを見つめた。

その姿が変わって来た。

「どう変わって来たんだね？」

医者の声が訊いた。怯え切っている。

「爺さんは、ぐんぐん大きくなり、ダミーのサイズを越えて――途中で３ＤＣＧに変わったのだろう――ああ、なんだ、このみっともねえ造形は？

ぶよついた灰緑色の肌、その表面は油を流したみたいに濡れててかてかだ。頭はヤリイカそっくりに後方へ突き出し、口のあたりには、無数の白い虫みたいな髯がくねくねと蠢いている。だがその顔は――爺さんの顔なのだ。

四肢を備え、背中には退化した翼を備えた見上げるばかりの巨体。四肢を持つイカともタコとも見える。だが、顔は『ラリエー浮上協会』相談役鈴木三郎爺さんのものなのだ。ただ、その大きさが何メートルもあるのだった。

翼が羽搏き、爺さん――鈴木三郎こと〈旧支配者〉クトゥルーは音もなく空中に舞い上がった。

ふと、巨大な顔がおれの方へねじ向けられて、

『世話になった。詫びと礼はしておいたぞ。達者でな』

言うなり、爺さんは星空の奥へと吸いこまれた。

突如、世界は静寂に包まれた。

おれを脅かすのに、こんなことまでしなくちゃならねえのか。あいつら阿呆か。

『かも知れないわね』

と背後で誰かが言った。それもふり向かなくてもわかった。優子だ。

『おめえは何者だ?』

とおれは訊いた。我ながらくたびれ切った事だ。

『優子よ』

『嘘つきやがれ。あいつらの仲間だな?』

『そうかも知れないわ』

『おかしな本名でもあるのか?』

『ナイアルラトホテップ』

『何だ。そりゃ?』

『〈旧支配者〉の中でただひとり、この世界を自在に動き廻れる存在よ。あらゆるものを観察するのが役目。あるときは、古代エジプトの肌黒き神官としてね。またあるときは、リンカーンという名のアメリカ合衆国大統領。信条は人類の平等と平和。時に容赦なく人間を殺し、時には〈旧支配者〉に逆らっても人間を救おうとする。我ながら、厄介な性格だわ。さ、もう行きましょう。この件に関してはあなたの味方よ』

『まだだ』とおれは止めた。

『訊きてえことが山程ある。クトゥルーはルルイエとやらに閉じ込められてると聞いた。なのに何故、鈴木三郎をやってるんだ?』

『あれはクトゥルーの魂だと思うわ。実体はなおルルイエで夢を見ながら待っているわ。ラヴクラフトの一九二六年作の〈クトゥルーの呼び声〉を読めば、想像も出来ない深みから精神波を送って感受性の鋭い人々や芸術家を狂わせ、自分の像を造らせたと記されている。さらに時が経ち、遂にクトゥルーは魂のみを外へ出現させる力を得たんだわ』

『魂にしちゃ暴れ過ぎだろうよ』

『そこは神さまよ』

『けっ』

おれは吐き捨てた。この女、まだ阿呆してやがる。

『クトゥルー――鈴木の爺さんに塩ぶっかけて難を逃れたよな。おれはけつまづいたと今でも思っているが、王港の海底で、魚の化物の手を溶かして逃げられたのも、あんときポケットの中で砕けた瓶の中身が海水に溶けて広がったからか。あのでかいの、CGじゃなくて、塩で溶けるような素材で出来た着ぐるみだったんだ』

『はいはい。そうしておきましょ』

優子はどうでもいいという口調で言った。それから、弄うような調子で、

『おたくの社長さん、かなりミステリアスな人なんですってね』

『社長のこと知ってるのか⁉』

『その筋では、有名な人よ。顎鬚生やしてるというだけで、顔を見た社員はひとりもいないそうね』

『よく知ってるな。おまえ――知り合いか？』

『ナイアルラトホテップとしてね。あの人の正体を知りたい？』

『も、勿論だ』

久しぶりに頭の中〝軍艦マーチ〟が鳴っていた。パチンコ屋でしょっちゅうかかってるあれだ。

『一体、何者だ、あのおっさん？』

『それもラヴクラフトの〝チャールズ・デクスター・ウォードの事件〟読んでごらんなさい。あの中で、主人公デクスター・ウォードの主治医が、過去に抹殺されたはずの魔道師のこしらえた地下の実験室の中で、塩の詰まった瓶の蓋を開ける

シーンがあるわ。彼はその中身を床にこぼしてしまう。そして、そこから立ち昇る煙の中に人間らしい姿を認めて、恐怖のあまり失神してしまうのよ。医師が意図したわけではないけれど、それが一時的にせよ世界を救ったの。塩から復活した誰かは、医師を外部へと脱出させ、甦った魔道師を斃す方法を指示した上、世界中に散らばったその仲間を自らの手で滅ぼしてくれるのよ。医師が生命の恩人——強いては人類の救世主について記憶しているのは、顎鬚を生やしていることだけ』

おれは脳味噌が回転しているのを知った。伴奏は言うまでもなく軍艦マーチだった。

『おい——それって……』

『CDW金融——すなわち、チャールズ・デクスター……』

『……』

声も出なかった。

何を訊くにも疲れ果てていた。おれは優子とども『覗きヶ丘』を下り、鳥居上の屋敷へ戻ると、色摩をゆすって蘇生させた上で、村を離れた。おれたちをバスに乗せると優子のカローラは走り去った。なぜカローラに乗せていかないのか、さっぱりわからねえ。ま、あの別名じゃ無理もねえか。

——これで全部だ」

「よろしい。では——おい、君」

医者の声が突然、変わった。

「おい!?」

「逃げろ!」

色摩の叫びに、女の悲鳴が重なった。足音と息づかいの狂乱。それが熄んで——終わりが来た。

おれはレコーダーを止めて、ウィスキーをひと口飲《や》った。

こんな支離滅裂な与太公の告白を聞いて逃げ出

す医者だの色摩なんてのは、どういう輩だ。何を見たってんだ。

「やれやれ。情けねえの」

おれは、手元のリモコンでTVを点けた。

いきなり、興奮した声が噴出した。

「三千五百光年彼方の外宇宙で、約千兆の星々が消滅したことが確実となりました。アメリカの天文学者ホーキンズ博士によると、原因は全く不明。いかなる状況を考えてもあり得ない現象とのことです。他天体——特に地球への影響は——」

うるせえな、正月早々不謹慎な。

チャンネルを変えた。またニュースだった。

「百三十七億光年——宇宙の涯てで超新星一京個分に相当するスケールの爆発が生じ、その破壊孔から異生物らしきものが、こちらの宇宙へ侵入しているといると、パロマ天文台の鈴木三郎教授が発表いたしました。それらは凶暴凶悪な存在で、宇宙的規模の戦いが繰り広げられると——」

なあに言ってやがる。そいつらが凶暴だなんて誰にわかるんだよ。おれはTVを切って一杯飲り、ふとTVを見ちまった。

消えていなかった。

三十インチの液晶画面の中で、白衣を着た金縁眼鏡の爺さんが笑ってやがる。テロップが出た。

パロス天文台　鈴木三郎主任教授。

「わしじゃよ」

と爺さんは笑って見せた。その唇のあたりで白い蛇が蠢き——すぐに消えた。

「ク、クトゥルー……」

「ちゃうちゃう。鈴木三郎じゃ。しかし、とんでもないことをしてしまった。佐藤一郎め、遥かに地平線を越えおったな。あちらの奴らが流れ込んで来る。もう誰にも止めれんぞ。だが、おまえは大丈夫だ。礼はしてあると言ったよな」

わかっているとも。いま、やっと、な。

おれの眼は五十センチもとび出し首すじには鰓が生じていた。顔はカエルに似て、ゲコと声が出た。

だが、この変身の代わりに、おれは不老不死の力を得た。外宇宙からやってくる奴らの、どんな武器も力もおれには通じない。おれは水の中で奴らを待ち受け、片っ端から溺死させるつもりだ。悪いな、色摩。ひとりでいい眼を見て。——とまあ、妄想はここまでにしよう。しかし、自分をまだ邪神だと思い込んでる鈴木の爺さん、いつの間に、こんなメイクを施したんだ？

そのとき、玄関のドアの方から、

「いるか？」

と尋ねる声がした。あれは——社長だ！

「お、おまえは!?」

と液晶画面の中で、鈴木の爺さんが扉の方を見た。

「久しぶりだな、クトゥルー。ＣＤＷの名を忘れてはいまいな。だが、今日は敵対するために来たんじゃない。手を結ぶためだ」

「手を？」

「そうだ。外宇宙の連中を迎え討たんことには、我らはますます暮らしづらくなる。あの不平屋アザトホースや女好きヨグ＝ソトホース、子沢山シュブ＝ニグラスらと手を結び、奴らを殲滅《せんめつ》するのよ。おお、うちの社員に不滅処理をしてくれたか。これはありがたい」

そして、社長はこの物語のとどめにふさわしい寝言を、それにふさわしい声で、こう言った。

「奴らを迎え討つために、クトゥルーよ、うちからその資金を借りるがいい。金利は特別に優遇するぞ」

完

あとがき

今どき「クトゥルー神話」を知らない非常識はいないと思うが、いると困るので念のために記しておく。

「クトゥルー神話」とは、一八九〇年に生まれ一八九二年に亡くなったアメリカの怪奇書小説家H《ハワード》・P《フィリップス》・ラヴクラフトが遺した一連の作品群を指す。ただし、名付け親はラヴクラフト本人ではなく、一度も師匠と顔を合わせたことのない高弟オーガスト・ダーレスだといわれている。物好きな男だ。しかし、たった二年しか生存しなかった作家に作品群など書けるはずはないのだが、手元の資料がそうなっているのだから仕方がない。ほかに資料があるという奴もいるが、捜すのも面倒だ。インターネットで調べろ？

インターネット？　何だ、それ。

名称だけではわからない輩のために神話の内容を明らかにしておくと――

かつて地球には、その創成後すぐ外宇宙やら異次元やらから異形生命体――つまりエイリアンが飛来し、あちこちに自分好みの都市やアジトを建設した。〈大いなる種族〉だの〈ユゴス星の甲殻生物〉だの〈古《いにしえ》なるもの〉だの〈先行種族〉だの、名前からもわかるような自意識過剰の塊りばかりだから、たちまち地球の覇権を巡って争う羽目になったのも無理はない。資料によれば、ラヴクラフトは友人に、

「みなゴジラのような連中だ」

と言っていたらしいが、なぜ、六十年も後の日本映画の内容を知っていたのかは謎である。

ところが、どいつもこいつも単なる宇宙生物のくせに〈神〉さま扱いされているものだから、中々死んでも滅んでもくれない。一向にしみじみしないドンパチの日々がつづくうちに、星辰の狂いや地球自体の地殻変動によって、〈神〉さまたちは割と呆気なく、地の底や海底・深山の奥、あるいは星の彼方や異次元に姿を消してしまう。結構情けない連中であり、ここの部分のラヴクラフトの筆も甘い。ま、二歳だから仕様がないか。

これで一件落着なら〈クトゥルー神話〉は書かれなかったわけで、ラヴクラフトはこれらの神々が今なお人知の及ばぬ潜伏場所に生き続け、その精神波によって人類を操り、おかしな教団を結成させて自分たちを甦えらせようと目論んでいる——こういう魅力的な設定を作り上げた。その割りにはヨグ＝ソトホース（邪神の名前。以後登場するおかしなカタカナはみなこれ）はたまにこちら側へ出張して、人間の女を孕ますくらいしか能がないし、アザトホースときたら、宇宙の果てでイカれたフルート吹きのチンタラ演奏を聴きながら悪態をつくに留まっているのだが、当然、他の作品もこれにリンクさせていけば、一大神話群が出来上がる、と誰もが考えた。筋から言えば、ラヴクラフト本人がまず「イケる」とフィンガー・スナップをしたはずだ。

ところが、この男、自分の創作に結構いい加減であった。というより、私をはじめ多くの物書きが「やった！」と踊り出しそうなこのシステムをあまり気にしなかった。つまり、何処かで一貫性を欠いているのである。肝心要のクトゥルーの描写など、「クトゥルーの呼び声」ではヤリイカの頭部（つまり尖っている）だったのに、いつのまにかタコみたいな禿頭になってしまっている。

創作に関しては、病的なほど綿密なプランを立て、一語一句揺るがせにしない生真面目な執筆ぶりを誇っていたにもかかわらず（二歳でこれは凄い）、他人が創作した神々や魔道師の名を平気で自作中に取り入れたり、向こうが使うのも平気で許可したりしている。ひと昔前のラヴクラフト像ときたら、病的な酔いどれ作家が、昼間は隠者のごとく古い屋敷の一室に閉じこもり、夜になると美女の生血《いき》を求めて街路をうろつき、合間にペンを走らせるといったとんでもない代物であった。ところが実在の彼は、なかなか陽気で、結婚までやらかし、あろうことか、近くとはいえアメリカ一のイカれた都市ＮＹにまで進出、移民たちの悪口を書き留めながら、女房とイチャイチャ暮らしていたのである。

こんな風だから、「クトゥルーの呼び声」や「狂気の山脈にて」等を読んで、スッゲー真面目！　と感嘆するのは世間知らずであり、昔の作家だからというだけで、アナクロな眼で見る阿呆に限られる。しかし、誰が悪いかといえば、そんな冗談を平気でやらかすラヴクラフトがいちばん悪いわけで、送った原稿を突っ返されて、

「生命を断たれたに等しい」

などとひねくれる割には、設定に対する真摯さが足りなかったのではないかと、私は思うのであった（自分のことは棚に上げる）。

ラヴクラフトのいい加減さの極みは、頻出する神々の名前が、

「人間には発音できない」

としているところで、なら文章にするんじゃねえ、と当初から非難の声が山のように出版社や彼の許へ

押し寄せていた。私の祖父もしたらしい（日記にある）。後年、かの名物プロデューサー＝ロジャー・コーマンが製作した「怪談呪いの霊魂」で、登場人物のひとりが、はっきり、

「ヨグ・ソトト」

と邪神の名を呼んでいる。これをある上映会で観たとき、客席がどよめいたものだ。これで決まりか、と思ったら、ラヴクラフトの呪いは中々手強く、〈ヨグ＝ソトト〉君はついに定着せず、今でも、ヨグ＝ソトース、ヨグ＝ヨトホート、ヨグ＝ソトホースなどが、それぞれ一派を結成して抗争を続けている。

大看板の〈クトゥルー〉にしても、クルゥルー、クトゥルフ、クスルフ、ク＝リトルリトル、クルルル等、翻訳者、作家の意図によって、百花繚乱のありさまだ。

ちなみに、私の場合はずばり、

おれの勝手

つまり、気に入った名称を使っている。ほぼ定着化の気がある〈インスマス〉（カエルと人間の間に生まれた餓鬼が幅を利かせている港町）は、〈インスマウス〉だし、〈ダニッチ〉（女好きな神さまが、イカれた女に子供を孕ませた田舎の村）は〈ダンウィッチ〉。外谷《とや》さんは〈でぶ〉ではなくて〈ぶで〉である。ニャルラトホテップ？　おまえは怪猫お玉が池か。

日本のインテリがいかに当てにならないかは、実は私も〈ダンウィッチ〉ではなく〈ダニッチ〉だとい

う意見を、やめときゃいいのに信じてしまい、アメリカのSF／ホラー・コンベンションに出席したおり、

「ダニッチ、ダニッチ」

と連発した挙句、太ったおっさんから、

「ダン・ウィッチ」

と区切って訂正されたことでわかる。おまえの発音の問題だという人は、私の発音を聞いたことがあるのか、と言いたい。〈輝くトラペゾヘドロン〉は、〈輝くトヤデブヘドロン〉だという説を唱える者もいるくらいだ。

ま、ラヴクラフトとクトゥルー神話に関しては、これ以後も、物好き連中の研究や深読みが相次ぎ、読者を飽きさせないだろうし、映画化も熄まないだろう。ラヴクラフトも草葉の陰で、「生きてりゃ良かった」と歯を剥いているに違いない。

なお、帯にあるオーガスト・ダーレスの推薦文は作者が直々「恐山」を訪れ、ダーレスの霊を降ろした某氏にゲラを読んでもらった上で頂戴した。本家ラヴクラフトにしなかった私の奥ゆかしさとセンスを買っていただきたいものである。

これが好評なら、ハワードやスミスやグリーンやライトやブリンやユンツトも降ろそうかと思っている。

多分、毀誉褒貶はあるだろうが、本書は私しか書けっこない、世界でいちばんユニークな「クトゥルー

神話」である。

品の良いユーモアに忍ばせてある華麗な仕掛けや、心地良い隠し味、そして、それとなく、しかし、いつの間にか大宇宙の深遠に思いを馳せさせてくれる深い内容に気づいていただきたい。

二〇一二年八月末

「ダンウィッチの怪2」(15)を観ながら

菊地秀行

解説

植草昌実

　ここにまた一つ、〈クトゥルー神話〉の傑作が誕生した。

　そう、本書、菊地秀行の『邪神金融道』である。

　このタイトルには、驚いた読者も多いのではないだろうか。見るや否や、青木雄二の漫画『ナニワ金融道』を連想した人も、少なくないはずだ。〈クトゥルー神話〉の熱心な読者ならばことに、未知なるものへの恐怖の具現としてラヴクラフトが描いた「邪神」と、あまりに人間くさい「金融」のギャップに、当惑せずにはいられないだろう。

　驚いてください。当惑してください。

　そのときはもう、あなたは菊地マジックにとらえられ、恐怖と冒険に満ちた主人公の借金取り立て行脚に、同行しているのだから。


　この小説は、消費者金融会社〈ＣＤＷ金融〉の社員である「おれ」の一人称で語られる。「おれ」は名乗らないし、自分の見た目も語らないから、何という男で、どんな容姿なのか、わからない。押しも腕っぷしも強くて、女に手が早いところを見ると、相当タフでけっこう男前なんじゃないか、というイメージがわいてくる。おまけに、ときどきピリッと気のきいた台詞をはいて、読んでるこっちをニヤリとさせてくれるから、頭も切れるし気風《きっぷ》もよさそうだ。

ここで思い出すのが、ハードボイルド・ミステリの祖、ダシール・ハメットが描く、コンチネンタル探偵社の調査員、通称「コンチネンタル・オプ」だ。やはり名乗ることも自分を語ることもない彼は、狂騒《ローリング・》の一九二〇年代《トゥエンティーズ》に活躍。『赤い収穫』では鉱山町の抗争に単身飛び込み、『血の報酬』ではサンフランシスコに集結した百五十人もの犯罪者どもと渡り合う。ハメットといえば『マルタの鷹』のサム・スペードのほうが有名だけれど、ハードボイルド・ヒーローとしては、この男、ひけをとらない。

その「コンチネンタル・オプ」が取り組んだ、最大の怪事件が『デイン家の呪』。天才科学者一家にまつわる事件を担当した彼は、その娘を救出するため怪しい宗教団体に潜入するのだが、そこで悪霊に襲われることになる。もっとも、これはミステリなので、事件とともに悪霊の正体も暴かれるのだが、ミステリだけでなくホラーも理解し、愛好していたハメットの一面を感じさせる作品だ。なにしろ彼は、早くからラヴクラフトを評価して、ホラー・アンソロジーを編んださいには「エーリッヒ・ツァンの音楽」を収録したほどなのだから。

狂騒の一九二〇年代に「コンチネンタル・オプ」が活躍したように、混迷の二〇一〇年代を、〈ＣＤＷ金融〉の「おれ」が疾走する。相手が犯罪組織でも地方都市の顔役でも、オプが一歩も退かないように、「おれ」もまた、金を貸した相手が人間であろうと邪神であろうと、取りたてるまでは一歩も退かない。やはり、ハードボイルドな男なのだ。

ところで、〈CDW金融〉という社名に、聞き覚えはないだろうか。「知ってるよ！」という人は、相当に熱心な菊地ファンだ。

一九九九年九月に出版された、井上雅彦監修の書き下ろしホラー・アンソロジー〈異形コレクション〉の第十二巻、タイトルどおりに〝神〟をテーマにした競作集『GOD』。そこに発表された短篇「サラ金から参りました」が、この会社の扱った奇怪な案件のひとつを語っている。余談だが、発表当時は「サラ金」（サラリーマン金融）と言ったほうが、「街金《まちきん》」と呼ぶより通りがよかった。この凄んでいるようでとぼけたタイトルも絶妙で、自分から「サラ金」と名乗って取り立てるやつはいないよな、と首をひねったときには、もう小説世界に引きずりこまれている。

この短篇も主人公「おれ」の一人称で語られているが、彼の名は「堺」。社員の顔触れも本書とは異なり、当時の経理は「梅干し婆あ」などと堺に悪態をつかれているから、BWHそろって一〇〇の熟女、西さおりではないだろう。もっとも十四年もたてば、どんな会社でも社員は入れ替わるし、出入りの激しそうなこの業界の、ましてお客が異界から来るような会社となると、居着く社員は少なそうだ。そして、社長は、渋い声で指示はするが、決して姿を見せない。

だが、この社長、今回は長篇なだけに、出番も（やはり声だけなのだが）多く、鮮やかな采配をふるってくれるから痛快だ。いったい何者なのか、「サラ金から参りました」を読んでからこっち、ずっと気になっているのだが、本書をじっくり読むうちに、曇りガラスの向こうの素顔が、ほんの一瞬、見えるような気がする。

〈クトゥルー神話〉と街金という、ちょっと考えられないような組み合わせの物語を、ハードボイルドな主人公の切れの良い一人称で、時にサスペンスフル、時にコミカルに語り、奇抜なタイトルで捕まえた読者を、最後のページまで放さない。これまでのどの作品でも発揮されてきた菊地マジックが、この分厚い本書ではことに、ページ数以上にフル稼働している。

ホラーもアクションもギャグもセックスも、奇想も驚異も特盛だ、いや特盛じゃ安いしまだ足りない、和牛の赤身のいいところを五百グラム、焼き過ぎず、でも生っぽさを残さず、絶妙な火加減で焼き上げて、厳選された塩だけで供された極上のステーキだ（塩は本書の重要なアイテムです）、いやいや菊地クトゥルー神話のもうひとつの傑作、『妖神グルメ』の主人公、料理の天才児内原富手夫《ないはらふてお》が腕を振るう、奇怪にして豪華な美味珍味にたとえるべきか。

というのも、『妖神グルメ』がそうであるように、本書もまた、作者が〈クトゥルー神話〉を、そして自らの小説を心底楽しんでいるのが、ページをめくるたびに、ひしひしと感じられるからだ。ラヴクラフトと〈クトゥルー神話〉への、作者の愛情と深い洞察が込められている。

本書でも言及されているラヴクラフトの原典「クトゥルーの呼び声」では、浮上した海底の廃都ルルイエに漂着し、かの邪神と遭遇した船員たちは、意外にあっけなくその追撃をかわし、脱出に成功する。目覚めかけただけで狂気と大量死を招き、身じろぎひとつで大災害を引き起こすクトゥルーが、なぜ？　この「なぜ？」が『妖神グルメ』を生んだように、本書もまた、〈クトゥルー神話〉の深部への、作者の「？」

に根ざして書かれている。〈クトゥルー神話〉を深く、かつ楽しんで読んでいなければ、この「?」は生まれてこないし、邪神とお金を組み合わせるという発想も、この壮大な物語を支えることはないだろう。

その「楽しみよう」は、たとえば地名や人名などにも見えてくる。たとえば「王港」という地名は、〈クトゥルー神話〉ゆかりの地のもじりだが、佐野史郎主演、小中千昭脚本の、今や伝説にさえなっているTVドラマ『インスマスを覆う影』にも現れる。作品を関連づける「遊び」がそのまま世界観を拡大していく、〈クトゥルー神話〉の大きな楽しみのひとつが、ここでも実践されているのだ。ほかにも、ファンには馴染み深い名前が、思わぬ形であちこちに潜み、他の作品とつながっている。ぜひ、余さず見つけていただきたい。

また、それは登場人物の台詞にも表れる。「おれ」に疎まれながらも相棒役となっていく後輩の色摩の口を借りて語られるのは、読者への親切な「解説」なだけではない。ラヴクラフトの作品に、そして彼の友人たちや後継者たち、たとえばロバート・E・ハワードやオーガスト・ダーレス、ロバート・ブロックらの作品を読み込んでいてこそ語ることのできる、作者の〈クトゥルー神話〉論の披歴であり、同好の士の心を心地よくくすぐるはずだ。

もうひとつ触れておきたいのは、「シネアスト菊地秀行」の顔が、作品のいたるところに現れていることだ。もっとも、どこに現れているかは、ここには書けない。ただ、ある登場人物の語る、映画の特撮技術についての台詞や、「大《おお》アマゾンの半魚人」などタイトルの珍読誤読への怒りには、映画好きならば共感の笑みを禁じ得ないだろう。どの作品にも映画へのオマージュを忍ばせ、著書のあとがきは必ず「『……』

を見ながら」と、ひと仕事終えて好きな映画でひととき寛ぐ空気を伝える。そんな我らがシネアストだが、その映画愛をここまで反映した小説は、これまでの作品の中でも指折りではないだろうか。本書を読むうちに、『妖神グルメ』だけでなく、映画を熱く語った『怪奇映画の手帖』や『魔界シネマ館』も、読み返したくなってきた。

ところで、読者諸賢は、こんな事実にお気づきだろうか。

「サラ金から参りました」が発表されたのは一九九九年、ノストラダムスの予言詩では、恐怖の大王が来ると言われ、世界の終末が噂された年だった。そして、本書が上梓されるこの二〇一二年は、マヤ文明の長期暦がひとつの区切りを迎える年である。そこから、世界の終末は実はこの年なのだ、と主張する人々も現れ、さらに十二月には、世界中のクトゥルー信徒たちが太平洋上に集う、との情報さえある。集合するのは、南緯四七度九分、西経一二六度四三分……この海底にはルルイエがあるはずだ！

ことの真偽は定かではないが、今こうしている間に「ラリエー浮上協会」が暗躍し、社長が渋い声で発する号令一下、〈CDW金融〉の社員たちも密かに駆けまわっているのかもしれない。

（ホラー季刊誌『ナイトランド』編集長）

クトゥルー・ミュトス・ファイルズ
The Cthulhu Mythos Files

邪神金融道

2012年11月10日　第1刷

著者

菊地秀行

発行人

酒井武史

カバーと本文中のイラスト　ヨシタケシンスケ

カバーデザイン　神田昇和

発行所　株式会社　創土社
〒165-0031 東京都中野区上鷺宮5-18-3
電話 03-3970-2669　FAX 03-3825-8714
http://www.soudosha.jp

印刷　モリモト印刷株式会社
ISBN978-4-7988-3001-8 C0093
定価はカバーに印刷してあります。